Fahimeh Farsaie
Die gläserne Heimat

Fahimeh Farsaie

Die gläserne Heimat

Erzählungen

Aus dem Farsi
von Kaweh Parand

Dipa

CIP-Titelaufnahme der Deutschen Bibliothek

Farsa'ïya, Fahima:
Die gläserne Heimat: Erzählungen / Fahimeh Farsaie. –
Frankfurt am Main: dipa–Verl., 1989
ISBN 3-7638-0514-1

© dipa-Verlag & Druck GmbH
Frankfurt am Main 1989
Alle Rechte vorbehalten
Lektorat: Werner Mackenbach
Satz und Gestaltung: A&M TYPO GmbH, Frankfurt am Main
Gesetzt aus der Berthold Bodoni-Antiqua
Druck und Bindearbeit: F.M.-Druck, Karben
Printed in Germany

ISBN 3-7638-0514-1

Inhalt

Sieben Bilder

G leich kommen die Beamten, und ich hab' noch nichts erledigt. Ich möchte ja schließlich nicht meine Sachen von dieser und jener Straßenseite auflesen müssen. Alles muß ich ordentlich zusammenpacken.

(Gol, meine Gute! Ich bitte dich, quängle nicht ewig und lauf' mir nicht zwischen den Füßen rum! Du in deinem unansehnlichen Aufzug. Ach!)

Schön wär's, wenn ich wüßte, wie ich diese Bilder in all meinem alten Kram verstauen soll, daß sie nicht zu Schaden kommen. Ein Leben lang hab' ich sie mit größter Hingabe gehütet, und jetzt will ich nicht, daß sie unter die Rubrik »Räumungsschäden« fallen.

(Gol, dich mein' ich! Laß mich doch zum Nachdenken kommen! Du allein genügst schon, daß ich mich hinlegen und sterben möchte ... Geh mir aus dem Weg!)

Auch zu Herrn Nossrat hatte ich gesagt: »Das heißt also, ich soll mich hinlegen und sterben?«

Und er, mit seinem glattrasierten, bleichen Gesicht, hatte das rechte Ende seines langen, dichten Schnurrbarts gezwirbelt und im Ton eines Richters, der im voraus sein Urteil gefällt hat, erwidert: »Das habe ich nicht gesagt.«

Während er diesen Satz mit kalter Stimme von sich gab, hielt er die Augen geschlossen, als hätte er vergessen, daß er mich noch vor ein paar Minuten fixiert und gesagt hatte: »Meine Dame, Sie sind hier überflüssig!«

Ich fragte nur: »Was soll das heißen?« und blickte dabei auf die Wand hinter seinem Kopf, wo sich ein helle Stelle von der Größe eines Bilderrahmens abzeichnete.

Herr Nossrat hatte gleichgültig geantwortet: »Das heißt, daß wir für Sie nichts mehr zu tun haben!«

Und mir war plötzlich eingefallen, daß dieses saubere Viereck an der Wand die leere Stelle vom Bild des Schahs war, und ich begriff, daß mein Hin- und Hergeschobenwerden zu diesem Amt und zu jener Abteilung nur stattgefunden hatte, um das Terrain vorzubereiten.

Sie hatten mich als Rechtsberaterin der Organisation eingestellt, doch die einzige Tätigkeit, die mir nicht anvertraut wurde, war das Beraten. Aus dem einfachen Grund, weil die Akten, die ich anlegte, ausnahmslos zu Ungunsten der Arbeitgeber waren: Arbeitgeber, die sich in den meisten Fällen entweder mit dem Sprecher der Provisorischen Regierung den Besitz ein und derselben Immobilie teilten oder mit dem Erdölminister bei einem Hypothekengeschäft Bekanntschaft geschlossen hatten oder Blutsverwandte dieses Kraftmeiers waren, der dem Fernsehen vorstand und für den eben diese Arbeitgeber und die Basarkaufleute Unterschriftensammlungen veranstalteten.

Jeden Morgen ließ mich der Vorgesetzte in sein Büro rufen, machte mir Vorwürfe, weil das Tippfräulein »ablenen« statt »ablehnen« geschrieben hatte, und sagte, ich hätte nicht die juristische Kompetenz, gegen den und den Arbeitgeber eine Klageschrift aufzusetzen, was er folgendermaßen begründete:

»Wie kann jemand, der nicht weiß, ob ›ablehnen‹ mit oder ohne h geschrieben wird, beurteilen, ob Herr Soundso, der ein ehrbarer Mann ist und erst gestern 100 000 Toman als die vom religiösen Gesetz vorgeschriebene Armensteuer entrichtete, es abgelehnt hat, die Versicherungsprämien für die Arbeiter seiner Fabrik zu bezahlen?«

Ich zog die Nase kraus und sagte: »Was diese Dinge miteinander zu tun haben, ist mir unklar!«

(Gol, mein Liebes! Hab' ich dir denn nicht grade eine Flasche voll Tee mit Kandis gegen dein Wehweh gegeben? Ist's meine Schuld, daß keine Milch zu haben ist? Wie oft soll ich dich unter den Arm klemmen und von Apotheke zu Apotheke ziehen? ... Ich bitte dich, plärr nicht ständig!)

Obwohl ich mir Mühe gab, jeden Tag noch mehr Umsicht als am vorhergehenden Tag in meinem Auftreten und meiner Tätigkeit walten zu lassen, fanden die zunächst zweimal wöchentlich sich abspielenden Zusammenkünfte mit dem Herrn Vorgesetzten bald jeden zweiten Tag und danach täglich statt, und ich beantragte schließlich, um ihm seltener meine Aufwartung machen zu müssen, zwanzig Tage Urlaub.

Noch war keine Woche vergangen, da stellten sie mir durch einen meiner Kollegen den Bescheid über meine Entlassung zu: Das Säuberungs-Komitee hatte mich für »konterrevolutionär« befunden.

Als ich mich Herrn Nossrat gegenübersetzte, legte ich absichtlich meine rechte Hand, deren Haut vom Verbrennen mit Zigarettenglut verschrumpelt ist, auf den Tisch und fragte wütend: »Konterrevolutionär?!«

Ich zeigte ihm das Führungszeugnis, das ich für meine Einstellung von der Polizeibehörde erhalten hatte. Darin stand: »Die Genannte ist wegen Aktivitäten, die gegen die Sicherheit des Kaiserreiches gerichtet waren, zu drei Jahren Haft verurteilt gewesen.«

(Ja doch ... ja doch ... ja doch ... Gleich steh' ich auf und koche dir Kartoffeln ... Ich bitt' dich nur, weine nicht so und steh mir nicht immerzu im Weg, Gol!)

Und ich zeigte ihr das Bild »Die Kartoffelesser«:

(Sieh mal, alle essen sie Kartoffeln! Die Kartoffeln haben sie eigenhändig gepflanzt, mit diesen Händen, mit denen sie jetzt essen.)

Mir schien, daß das spärliche Licht, das die Bildatmosphäre erhellte, mit jedem Augenblick trüber und die bekümmerten, nachdenklichen, knochigen Gesichter der Kartoffelesser mit jedem Augenblick hagerer wurden. Ich blickte Gol in die Augen und fand diese Gesichter in ihren hellen Pupillen widergespiegelt, nur kleiner...

Es war mir klar, daß sie den Sinn meiner Worte nicht begriff. Sie starrte nur mit ihren gleichmäßig grünen Augen auf das dunkle Grün des Bildes und sah es sich aufmerksam an, und Staunen,

Neugierde und oberflächliches Wahrnehmen bewirkten, daß ihre Augenbrauen sich zusammenzogen.

(Wie sehr sie in dieser Verfassung Hosseyn gleicht!)

Bei diesem Gedanken zog sich meine Nase kraus. Auch als Hosseyn Abschied nahm und fortging, hatte ich aus lauter Verzweiflung die Nase kraus gezogen. Als er am Morgen Brot kaufen gegangen war, hatten sie ihn in der Schlange vorgelassen. Er erzählte: »Was für eine lange Schlange! Aber sowie die Leute meine Uniform sahen, sagten sie: Herr Offizier, ... bitte gehen Sie vor! Ihr alle seid das Licht unserer Augen...« Und vor Freude und Stolz lachte er von Herzen.

Als ich fragte: »Und was soll mit mir werden?« fragte er: »Fängst du wieder damit an?« Mir schien, daß er das mit dem gleichen grundlosen Zorn sagte wie meine Tante damals, als sie zum ersten Mal diesen Satz aussprach.

Ich hatte einen Zipfel meines Blusensaums gefaßt und stopfte ihn mir immer wieder zwischen die Zähne. Ich hatte nicht die geringste Lust, meiner Tante in ihr haariges Gesicht zu blicken. Auch wenn ihr Gesicht nicht behaart gewesen wäre, hätte ich sie nicht anblicken mögen! Die Fingerspitzen brannten mir. Von heißem Fett kann man ja nichts andres erwarten! Das wußte ich selbst auch; aber ich hatte einfach nicht anders gekonnt. Meine Tante mußte jeden Augenblick auftauchen, deshalb schob ich die Finger unter das größte Hackfleischbällchen, das gerade im Fett brutzelte, und steckte es, obwohl ich dabei schreckliche Qualen litt und es zerbröckelte, in die Tasche meines grauen Schulkittels. Um den brennenden Schmerz zu lindern, steckte ich die Finger in den Mund. Meine Tante kam mit der Schüssel Reis zurück, um die ich sie gebeten hatte, und heftete ihren Blick gleich auf die Tasche meines Kittels. Ich senkte den Kopf. Ich wollte so schnell wie möglich diese verdammte Schüssel Reis an mich nehmen und die Flucht ergreifen. Seit zwei Tagen hatten wir nichts Ordentliches gegessen.

Meine Tante sagte: »Was ist das da in deiner Tasche?!«

Ich stellte mich taub, und während meine Finger noch brannten und der Schmerz mir die Tränen in die Augen trieb, erhob ich mich auf die Zehenspitzen und reckte die Arme, um ihr die Schüssel abzunehmen.

Ich sagte: »Mutter läßt dir sagen: Vergelt's dir Gott!«

Die Schüssel noch höher haltend, sagte meine Tante: »Gott vergelt's auch deiner Mutter – die mit ihrer Kindererziehung ... Ich hab' dich gefragt, was du da in der Tasche hast!«

Ich schielte auf die Tasche meines Kittels und sah, daß sich ringsherum ein Fettfleck ausgebreitet hatte.

Ich hob den Zipfel vom Blusensaum hoch und stopfte ihn mir immer wieder zwischen die Zähne. Vom Geschimpfe meiner Tante kriegte ich nichts mit. Ich dachte über die Beobachtung nach, daß Fett genauso wie Wasser durchsickert!

Immer noch zeterte meine Tante und machte mich und meine Mutter und ihre eigenen Verstorbenen und die meiner Mutter schlecht. Am Ende schrie sie: »Sag mal, fängst du wieder damit an, he? Fängst du wieder damit an?!«

(Du quälst mich, Gol! Da sind noch viele Dinge, die ich erledigen muß. Eins davon ist, Milch aufzutreiben für dich! Deshalb stör mich nicht dauernd! Klammre dich nicht ewig mit deinen kleinen heißen Händen an mich, daß ich dich auf den Arm nehmen soll! Mein Liebling, meine Freude! Laß mich meine Arbeit tun! Gleich kommen die Beamten. Guck mal, guck dir dies mal an! ... Diese kleinen Menschlein sieh dir an, die gehen im Kreis! ... Sieh mal, wie hoch die Mauern reichen ... So hoch sind die, daß man es nicht für möglich hält, Sonnenlicht und frische Luft könnten darüber hinwegstreichen! ... Das ist ein Gefängnis! Dies Bild heißt »Der Kreis der Gefangenen«. Siehst du die Polizisten, wie sie aufpassen? ... Diese Männer sind zum Luftschnappen herausgekommen, danach gehen sie wieder in ihre Zellen! Siehst du diese kleinen Fenster mit den Gittern davor? ... Die gehen da hin ... Ich will das in den Koffer mit deinen Kleidern tun, ja?)

Ich hatte gesagt: »Das ist gut, dann ruhe ich mich mal so richtig aus. Das ist doch besser als dies sinnlose Herumgelaufe ... Was gab's denn draußen für mich außer Elend und Hunger?!«

Ich hatte die Nase krausgezogen und sah mir Stück für Stück die großen und kleinen Figuren an, die in dem Zimmer im Glasschrank standen. Offenkundig hatten ungeschulte Hände sie angefertigt. Mir ging allmählich die Geduld aus. Der Herr Doktor war noch beim Konjugieren der sechs Formen des Verbs »patriotisch gesinnt sein«: »ich bin patriotisch gesinnt ... die, die hier sind, sind alle patriotisch gesinnt ... ihr seid alle patriotisch gesinnt?«

Es überraschte mich nicht, daß er, als er zur Anredeform im Singular und Plural gelangte, das Verb im Frageton konjugierte.

Aus Ärger war es ... Alles, was ich sagte, sagte ich im Ärger. Ich war einfach dabei zu platzen. Ich, die es keinen Augenblick an einer Stelle gehalten hatte, brachte jetzt meine Zeit vom Abend bis zum Morgen, vom Morgen bis zum Abend in einer zwei mal zweieinhalb Meter messenden Zelle zu. Ich wünschte mir nur, daß sie mich in Ruhe ließen.

Der Herr Doktor war beim Imperativ von »patriotisch gesinnt sein« angelangt. »Seid alle patriotisch gesinnt!« – und ich blickte immer noch auf den kleinen Teppich am Boden und seine Ornamente. Die vom Block 4 hatten ihn geknüpft. Frau Hosseyni hatte gesagt: »Der Herr Doktor verrichtet sein Gebet auf diesem Teppich in seinem Zimmer...« und hatte die zum Himmel erhobenen Augen in einer Art und Weise gesenkt, als sei sie Gottes strafendem Blick begegnet.

Während ich auf den Teppich blickte, hörte ich gleichzeitig den Worten des Herrn Doktor zu: »Also, das ist ja nun gar nichts ... Steh auf, nimm das Bildnis des Schahs von da oben runter, zerbrich es, dann verpaß' ich dir lebenslänglich ... und du kannst dich bis ans Ende deines Lebens ausruhen.«

Ich sagte: »Darin seh' ich absolut keinen Sinn.«

Und um nicht in Gelächter auszubrechen, zog ich die Nase kraus. Aber als ich mir die ineinander verschlungenen Linien im Teppich mehrmals genau ansah, konnte auch das Krausziehen der Nase nicht mehr meinen Lachanfall bremsen: in dem Teppich waren die Worte »Tod dem Schah!« eingewebt. Und der Herr Doktor tat dreimal täglich vor diesen geheiligten Worten einen Kniefall!

Danach, wann immer ich guter Laune war, foppte ich Frau Hosseyni: »Im Ernst, Frau Hosseyni, wo verrichtet der Herr Doktor sein Gebet?!«

(Ja doch ... mein Schatz, komm auf meinen Arm und laß das Weinen! Du mein Liebling, bist du's leid? Gleich geh' ich mit dir raus ... geh' Milch für dich kaufen ... Wie sehr lieb' ich doch deine weißen Perlmuttzähnchen ... Hast du Sehnsucht nach Papa? Ich auch ... daß er uns beide in die Arme schließt, danach sehne ich mich! ... Aber wenn wir ihm das sagen, weißt du, was er dann antwortet? Sofort hält er uns »die anderen« vor! »Die anderen«, »die anderen«, ich hab' sie einfach satt, »die anderen« ... Ich mag sie ja gern, aber ihretwegen bin ich mit den Nerven fertig ... Weißt du: diese anderen drängen sich zwischen uns und ihn. Und du wagst nichts zu sagen, sonst werden dir Berge von »Verantwortung«, »Verpflichtung« und »Liebe« und dergleichen auf die Schultern geladen! Ich möcht' mal wissen, sind wir denn nicht ein Teil der anderen? Du, mein Kleines, bist du denn nicht mal soviel wert wie die anderen?!

Offenbar nicht! Denn Tausende wie dich gibt es, die täglich geopfert werden! ... Seine Antworten kenn' ich ja auswendig! ... Aber lassen wir dies Thema, Schätzchen! Komm, für dies hier wollen wir jetzt einen Platz finden. Weißt du, wie es heißt? »Der 3. Mai 1808« ... Siehst du, welch Grauen in seinen Augen steht? Das Grauen seines ganzen eigenen Lebens und das seiner Landsleute. Unser Tod hat ihn vor Grauen in den Wahnsinn getrieben.)

Als ich das Handtuch vom Kopf zog, hatte ich dies Todesgrauen direkt vor Augen: in den tiefschwarzen Augen von »Onkel«, der im Winter barfuß, bis zu den Knien im Schnee, ohne zu verschnaufen auf den Gipfel des Toutschal zu steigen pflegte. Seine Stimme zeugte von Gesundheit: klar und rein. Seine Zähne zeugten von Gesundheit: blendend weiß. Seine Gestalt war die verkörperte Gesundheit: straff, breitschultrig, kräftig und immer gepflegt.

Und jetzt stand er mir gegenüber; schmutzig und struppig war er und gebrochen, zerschmettert, mit einer Welt von Grauen in den Augen.

Die widerwärtige Stimme des Doktors wurde laut: »Kennst du den?«

Er hatte mich erbarmungslos geprügelt, hatte mich erbarmungslos gefoltert, erbarmungslos zermürbt. Mit dem Jackenärmel das

Blut von der Nase wischend, sagte ich: »Nein, woher soll ich den kennen?«

Dann sagte er: »Und du? Kennst du die?!«

Auch an seiner Stimme war »Onkel« nicht wiederzuerkennen. Er sagte: »Ja. Es war geplant, Sie in der Aufklärungseinheit einzusetzen...«

Ich dachte bei mir: Wen? Mich? Welche Planung? und blickte um mich, und meine Augen verweilten auf der Skizze eines Gewehrs, das mit Kugelschreiber auf den Putz der Wand gezeichnet war. Ich zog die Schultern hoch und lachte laut und höhnisch auf.

Die widerwärtige Stimme des Doktors erhob sich wieder: »Tragt die Leiche raus!«

Ich wußte nicht, ob er von mir sprach oder von »Onkel«!

Mir war, als träumte ich mit offenen Augen. Von allem, was ich hatte, war mir allein das Ins-Leere-Starren geblieben. Alles hatten sie mir geraubt, auch meinen Körper. Als sie sich an mich machten, brachte mich die Wut nahezu um den Verstand. Obwohl mir Hände und Füße gefesselt waren, kippte ich mitsamt der Pritsche um. Ich glaubte, tot zu sein. Eine Woche lang war ich wie tot, eine ganze Woche lang. Nur Schmerz und Gram, Abscheu und Wut riefen mich ins Leben zurück.

Ich hatte nichts auszusagen ... Ich wußte nichts, was ich hätte sagen können. Erst fünf Monate vorher hatte ich Hosseyn kennengelernt. Er hatte zu mir gesagt: Du bist die Liebe für mich ... die Liebe ... Und ich hatte gesagt: Du bist mein Alles ... An was ich mich erinnerte, waren diese zwei Sätze. Das konnte man doch nicht wiedergeben ... Ich und eine Terroristengruppe?!

(Sieh mal, Gol! Ich kann dich doch bei all meiner Arbeit nicht dauernd auf dem Arm herumtragen! Genügt es denn nicht, daß ich so viel mit dir rede? Nimm ein klein wenig Rücksicht auf Mama! Gleich ist's Mittag, und ich hab' noch nichts getan! Ist's denn schön, wenn die Beamten kommen und hier alles kunterbunt durcheinanderfliegt? Ist's denn schön, wenn die bei sich denken, was für eine Schlampe deine Mama ist?! Setz dich hier hin und mampf deine Kartoffeln! Ich möchte dich ja gern auf dem Arm tragen, dich an meine Brust drücken und möchte, daß du mit deinen kleinen warmen Händchen mit mir spielst! ... Schließlich bist du ja meine ganze Freude! Aber bei all der Arbeit, die mir aufgehalst ist ... wie soll das gehen?! Guck dir dies an; das ist »Der Sommer«, Mama liebt dies Bild sehr. Ich bin auch auf solchen Feldern gewesen ... mit diesen lebhaften, fröhlichen, wilden Farben bin ich aufgewachsen. Meine Mutter hat auf solchen Feldern gearbeitet. Sie wurde auch so müde und kam so ins Schwitzen und trank auch so aus dem Milchkrug, den wir von zu Hause mitgebracht hatten! Sie nahm auch solche Sicheln wie diese zur Hand und schnitt mit einer Bewegung ... pischsch ... eine Unmenge Weizenhalme. Sie arbeitete soviel, damit ihr, wie sie sagte, leichter werde. Sie sagte immer: Ich genieße diese Erschöpfung! ... Sieh mal die Kette von Vögeln: ein Halsband aus violetten Perlen für den wie ein Bräutigam blaugewandeten Himmel ... Unser Verkaufsstand gefiel dir doch, nicht?)

Arme voll weißer, roter, rosa Blumen nahm ich und stellte sie gebündelt in große Vasen. Noch war die klare Kühle des Morgens nicht gebrochen, da hatte ich schon den Boden vor meinem Verkaufsstand gefegt und mit Wasser besprengt und setzte mich und sah mir das Hin und Her der Passanten an. Nachdem sie mich entlassen hatten, beschloß ich, Blumen zu verkaufen. An der Ecke einer belebten Straße stellte ich einen Bretterverschlag auf, beschaffte mir auch einige wacklige Gestelle und ein paar Tonvasen. Drei Tage in der Woche ging ich aus dem Haus, schrieb auf einen der kleinen Zettel, die eigentlich Hosseyn als »Gedächtnis« dienten, »Blumen«. In Mußestunden schnitt er sich diese kleinen viereckigen Papiere zurecht und schrieb die zwei Worte »In betreff« darauf. Das war sein Notizbuch. Er sagte oft: »Die kann man leicht vernichten.« Darin hatte er recht. Denn etliche Male, als ich hinter das »In betreff« geschrieben hatte »uns selbst«, hatte er gar nicht reagiert. Das geschah immer dann, wenn ich über seine Vaterschaftspflichten reden wollte, und, wenn ich keine ermutigenden Anzeichen sah, sogar über die Auflösung unserer Ehe. Ich war sicher, daß er, sobald er ihrer ansichtig wurde, den Kopf schüttelte und sie lächelnd zerriß. Wenn ich dann fragte: Warum nicht, sagte er nur: Ich liebe dich ... und nochmals: Ich liebe dich ..., und er sagte so oft: Ich liebe dich, daß ich schließlich so tat, als ob die Angelegenheit nicht existierte. Und ich zog die Nase kraus und wußte selbst nicht, ob aus Freude oder aus Ärger.

(Ja doch, mein Töchterlein! ... Weine nicht mehr! Möchtest du, daß ich mit dir spiele? Komm, Liebling, komm auf meinen Arm! Wenn doch dein Papa hier wäre! Dann würdest du nicht so viel durchmachen; ich kann doch nicht gleichzeitig beides sein! Manchmal möchte ich mich vor lauter Ratlosigkeit hinsetzen und flennen. Wieviel kann denn ein einzelner Mensch ertragen? Bei diesen Verhältnissen ... Ich bitt' dich, weine nicht! Sonst fang' ich auch noch an zu heulen. Möchtest du vielleicht schlafen? Nein? Dann guck dir das an! Das ist »Der Herbst«. Sieh mal die Sonne; als ob sie erkaltet sei, erfroren; und diese kahlen, von der Kälte schwarz gewordenen Bäume! Sieh dir den Himmel an, wie finster er ist und traurig...)

Am Abend, als wir aus dem Kino kamen und Hosseyn sagte, daß er an die Front müsse, war der Himmel auch so düster. Zwei Jahre waren wir nicht ins Kino gegangen, und ich zuckte bei seiner Aufforderung zusammen. Als ich fragte: »Wieso auf einmal?«, lachte er und strich auf einem der kleinen viereckigen Papiere das »In betreff« aus und schrieb mit großen Buchstaben »Kino« und sagte scherzend »Motor«. Ich zog die Nase kraus, band mein Kopftuch um und ging mit ihm aus der Wohnung, dieser Wohnung, die wir vom »Hilfswerk für die Unterdrückten« erhalten hatten und die wir, weil wir die Miete nicht bezahlt haben, räumen müssen.

(Schön, Gol, mein kleiner Hoffnungsstrahl, gehn wir und machen Tee! Für die Beamten heben wir welchen auf. Warum sollen wir ihnen böse sein?)

Ich sagte: »Schön, sehr schön ... du mußt ja wirklich gehen ... und ich allein mit dem Kind und ohne Geld und ohne Arbeit ... Ich werd' schon irgendeinen Mist bauen!« Er lachte. Immer lachte er. Wie ein Kind, wie ein Schulkind in den Sommerferien lachte er.

Er sagte: »Fängst du wieder damit an?!«

Ich sagte: »Nein, ich hör' damit auf.«

Ich sagte nichts mehr. Ich wußte ja, daß er ging, wußte ja, daß er gehen mußte. Aber ich wollte es nicht. Ganz entschieden wollte ich

es nicht. Das Kind und die Mittellosigkeit und die Arbeitslosigkeit ...
all das waren nur Vorwände. Ihn selbst wollte ich, meinen Hosseyn,
der den anderen gehörte.

Er sagte: »Sie zahlen uns Sold ... ich schick' dir Geld!«

Ich zog die Nase kraus und sagte: »Hach...«

Im Dunkel nahm er meine Hand und sagte: »Wenn du dich
einsam fühlst, kannst du ja, wenn du willst, zu meiner Mutter
ziehen!«

Ich begann, die Bäume zu zählen, die am Straßenrand ohne
Furcht in den düsteren Himmel ragten. Schwarz und kahl.

Ich sagte: »Hast du 'ne Ahnung!«

Er sagte: »Dann findest du auch mehr Zeit zum Lesen!«

Ich dachte bei mir: Zum Teufel mit dem Lesen! Und laut sagte
ich: »Genug davon ... du brauchst dir um mich keine Sorgen zu
machen.«

Ich wartete darauf, daß er wie immer sagen würde: Du bist sehr
egoistisch.

Aber er sagte es nicht, sondern: »Nein, Sorgen mache ich mir
nicht um dich. Ich weiß, daß du niemals in der Klemme sitzen
bleibst ... Nur ...« Er lachte: »Ich werd' mich nach dir sehnen ... Du
bist ja doch für mich die Liebe.«

Warum nur führte ich mich so auf? Hosseyn ging doch fort,
mußte fortgehen!

»Du bist mein Alles.«

Mit dem Zählen der Bäume kam ich aus der Reihe.

(Ja doch, mein Kleines, es ist jetzt Zeit zu gehen. Wenn wir uns zu
spät aufmachen, ist die Milch alle ... Was hast du da im Arm? Oh weh
... »Der Winter«, gleich wirst du's kaputtmachen ... Du weißt doch,
diese Bilder machen mein Leben aus! Dieser dicke Schnee auf den
Hausdächern ... diese schlanken, hohen Bäume ... diese schwarzen,
lärmenden Krähen ... dieser Himmel voll dunkler Wolken ... diese
weiße, kalte, blendende Atmosphäre...)

Das letzte Mal, als Hosseyn anrief, klang seine Stimme müde,
müde lachte er. Er sagte: »Im Frühling bin ich in Teheran!«

Ich sagte: »Hier hat's geschneit ... Aber wir haben genug Petro-
leum ... Warum rufst du so selten an?«

Und ich zog die Nase kraus.

Er sagte: »Wir bereiten einen Angriff vor ... Bestell Grüße an meine Mutter! Was schreiben denn die Zeitungen?«

Ich sagte hastig: »Gol geht's gut. Alles ist in Ordnung ... Warum rufst du so selten an?«

Er sagte: »Die Kniffe vom Maschinengewehr J–3 hab' ich jetzt raus ... Im Schützengraben singen wir Lieder ... Was schreiben denn die Zeitungen?«

Ich sagte: »Ich hab' unsagbar viel Zeit ... Das Geld ist angekommen ... Warum rufst du so selten an?«

Er sagte: »Hier fehlt's uns an nichts. Die Kameraden sind großartig! ... Was schreiben denn die Zeitungen?«

Und dann redete er mich mit meinem Namen an, was er sonst selten tat.

Wenn er sehr traurig war, redete er mich mit meinem Namen an. Er sagte: »Wenn sie den toten irakischen Soldaten die Uniform ausziehen, ist ihre Unterwäsche ganz zerschlissen...«

Es klingelte.

(Ach, siehst du, Gol? Die Beamten sind da, und wir haben noch nichts fertig! ... Komm auf meinen Arm, ich will sehen, wer das ist!)

»Einen Moment, ich komm' schon!

Guten Tag, bitte schön ... Ich dachte, es wären die Beamten vom Wohnungsamt ... Das hast du gut gemacht, daß du gekommen bist ... Was gibt's Neues von Hosseyn? Ich war dabei, alles zusammenzuräumen ... Gol geht's gut ... Sag dem Onkel guten Tag! Ach, ... beinah hätt' ich diesen ›Frühling‹ vergessen!«

Er stand unter dem Bild »Der Frühling« und nahm seine Mütze mal in die eine Hand, mal in die andere. Er schien niedergeschlagen und traurig. Seine Augen waren gerötet, und auch seine Nasenspitze war rot. Er sagte, er wolle es kurz machen, und sprach von ohrenbetäubendem Lärm und von Detonationen und von Mörsern und von Blut und Hirn und Ohnmachten und derlei Dingen. Einige Male sagte er auch »Hosseyn« ..., und er drückte mir einen gefalteten Umschlag in die Hand, öffnete die Tür und ging.

Ich blickte immer noch den »Frühling« an: diese blasse, zarte

Bläue des Himmels und die vollen, dichten Dolden des lila Flieders, dessen betäubender, fiebriger, leichter Duft mich immer trunken machte. Doch mit einem Male merkte ich, daß ich gar keinen Geruch wahrnahm! Und mir schien, ich atmete gar nicht. Das frische, heitere Lila der Fliederblüten verblaßte nach und nach. Der Himmel wurde weiß, und die ineinander verschlungenen dünnen, braunen Stengel der Blüten neigten sich und legten sich auf die gelbgetönte, lockere Erde, und was mir in den Händen blieb, war ein ausgelöschter, toter Frühling, der in einen goldenen Rahmen gefaßt war.

Aus dem Farsi von Sigrid Lotfi

Das Fenster zum Rhein

Die Frau öffnete die purpurfarbene Tür und hielt den Atem an. Sie blickte auf die vielen dunklen Flecke, die den blauen Teppichboden bedeckten, zog ihre Handschuhe aus und schlug den Kragen ihres Mantels herunter. Sie dachte an die Stunde, die hinter der nächsten Tür auf sie wartete, und an die neu gekauften Stifte und Hefte.

Sie atmete aus und schloß die Tür. Der muffige Geruch nach Fisch, der Gestank des mehrmals gekochten Öls, die abgestandene Luft ekelten sie an. In ihrer Vorstellung siedete heißes Öl in einem Topf aus Aluminium, in dem Fische und kleingeschnittene Kartoffeln schwammen und sich langsam verfärbten. Sie spürte, wie ihr übel wurde.

Der Mann lag auf dem Sofa, spielte mit seinem Schnurrbart und telefonierte. Er trug einen weißen Schlafanzug, dessen ausgebeulte Hosenbeine in schwarzen Socken steckten. Als er die Frau sah, richtete er sich auf, und sein fetter, in eine braunrote Weste gezwängter Bauch drängte sich hervor. Der Mann zog die Weste herunter, um das steife Glied zwischen seinen Beinen zu verbergen.

Das Radio war eingeschaltet. Der Sprecher zählte die wegen Eis und Unfällen gesperrten Autobahnen auf und teilte mit, daß die sibirische Kälte inzwischen ganz Europa überzogen habe.

»Es handelt sich um die tiefsten Temperaturen der letzten zehn Jahre.«

Der Mann sagte ins Telefon: »Du irrst dich ... Der Toman ist mehr wert ... also, der amtliche Kurs ist höher. Ach ... du ... ich handle nicht mit Dollars, sondern mit Mark.«

Eine zärtliche Stimme begann zu singen: »Neunundneunzig Luftballons...«

Die Frau öffnete alle Fenster, spürte die Kälte und fror. Sie sah sich in die bleiernen Wellen des Rheins tauchen, der jenseits des grauen Aluminiumrahmens und zu Füßen der nackten, rotgelb gefärbten Bäume vorbeifloß. Sie drehte sich um und schaltete das Radio aus.

Der Mann protestierte: »Ich wollte aber das Lied hören...«

Die Frau antwortete nicht, ging ins Schlafzimmer und zog sich um. Sie nahm die Hefte und die Stifte aus der Tasche und legte sie auf den Tisch. Sie öffnete ein Heft, blätterte darin, berührte die glatten Seiten; sie waren weiß und weich. Sie schloß die Augen und roch das Papier der Buchhandlung, zwischen deren Regalen sie zwölf Jahre ihres Lebens verbracht hatte. Dort lernte sie den Mann und das Leben kennen. Auch die Liebe und die Leidenschaft. Die Freunde und auch sich selbst. Dort, in einer geheimen Ecke im Hinterzimmer, das nach Papier, Papier und nochmals Papier roch, versteckte sie die verbotenen Bücher. Dort wurde sie festgenommen, und nach der Entlassung aus dem Gefängnis ging sie dorthin zurück; in den gepreßten Geruch des Waldes. Zwischen den Regalen stand nun der Mann. Er erwartete sie lächelnd und drückte ihre Hände in freudiger Erregung. Sie umarmte ihn und den starken Geruch der wilden Natur und weinte vor Lust und Leidenschaft.

Nahm er damals überhaupt den Geruch des Papiers wahr?

Die Frau nahm das Löschpapier aus dem Heft. Es war gelb, weich und flauschig und roch nach der harten Haut eines Winterbaums. Sie faltete es, roch daran und schmeckte es mit der Zunge. Sie mochte den süßen Geschmack der Zellulose. Als sie es an die Lippen nahm, fühlte sie den Blick des Mannes im Nacken.

»Ißt du Fisch?«

Die Frau klappte das Heft zu und legte es in die Schublade. Der Mann telefonierte noch einmal.

»Also ... das geht mich nichts an! Wenn du kein Geld hast, darfst du nichts kaufen! Das ist dein Problem ... oder?«

Eine männliche Stimme sang: »Dich brauche ich, ja ... dich!«

Alle Fenster waren wieder geschlossen. Aus den grauen Wellen des Rheins stieg Nebel auf. Die Frau schüttelte sich und ging in die Küche.

Der abscheuliche Gestank der Fische und des heißen Öls ließ ihren Atem stocken. Der Dampf beschlug ihre Brillengläser. Sie nahm sie ab. Trübe verschwammen die Dinge vor ihren Augen und verloren ihre Gestalt. Sie versuchte, durch den Mund zu atmen, und schluckte eine Tablette gegen Kopfschmerzen und eine zur Erhöhung des Blutdrucks. Sie spürte kaltes Fischöl auf der Zunge. Sie wollte sich übergeben. Aber es gelang ihr nicht.

Ein kleiner Fisch mit weißen Augen schwamm auf dem Schaum des heißen Öls zwischen den lehmfarbigen Pommes frites. Wie Blattern hatten sich tausend winzige Öltröpfchen auf der glänzenden Oberfläche des Herdes ausgebreitet. Die Frau goß Milch in ein Glas, stellte es auf das Tablett, legte Brot daneben, wischte sich die Hände mit einem Tuch ab, das neben dem Herd hing und nach Fisch roch. Sie öffnete das Fenster. Der Mann kam in die Küche.

»Ah ... es duftet ... Ißt du keinen Fisch?«

Die Frau nahm das Tablett.

»Nee...«, murmelte sie.

Der Mann schloß das Fenster, noch ehe sie die Küche verlassen hatte.

Die Frau stellte das Radio leise, in dem ein Sänger »Thriller« schrie, öffnete das Fenster halb und starrte die Rheinbrücke an, auf der sie vor einer Stunde mit erstarrenden Händen und Füßen und einer Frage stand, auf die niemand eine Antwort wußte: Was habe ich hier zu suchen?

Der Asphalt war dunkelgrau-grün, und eine Schicht aus wässerigem Eis und schlammigem Schnee bedeckte ihn bis zu den Brückenrampen. Unerträglich der Lärm der rasenden Autos, das Brummen der Schiffsmotoren, das Donnern der Flugzeuge, die über sie hinwegflogen; unerträglich die schwindelerregende Höhe der Brücke, die Tiefe des Rheins, die gläsernen Fäden des Regens; unerträglich die Kälte, ihr erstarrter Körper, das Leben. Ach ... ja ... das Leben selbst. Sie hielt sich die Ohren zu. Ein wilder Fluß rauschte in ihrem Kopf. Ein Chor schrie: »Thriller!«

Sie zuckte zusammen, als sie den lauten Knall der eisernen Tür hörte, die hinter ihr zugeschlagen wurde. Man hatte sie in den Ziegelpflasterhof geschoben. Es geschah während einer Abenddämmerung im Herbst. Der Himmel war wolkig und zinnoberrot. Der Wind war ein Drache, der ständig den Schwanz auf den Boden schlug. Es roch nach Staub und Traurigkeit. Ein Jahr ihres Lebens blieb hinter jener eisernen Tür zurück, so wie der Glanz ihrer Augen hinter einem dicken Tuch. Sie verbrachte dieses Jahr in einer Zelle, die wie ein blinder Spiegel weiß zu sein schien und bis zur Decke angefüllt war von Wünschen, Träumen, Erinnerungen, Seufzen, von Schmerz, Blut, von schwärenden Wunden, Sehnsüchten und Hoffnungen. Ein Durcheinander, in das nicht einmal ein Pasdar einzudringen wagte. Die Zellentür war meist verschlossen. Doch noch ehe sie auf ihren geschwollenen Füßen zur Toilette humpelte, wußte sie schon, daß durch den Türspalt eine sanfte Brise fächeln und den Duft ihrer Träume von einem bis zum Horizont gespannten Reisfeld verbreiten würde, von einem klaren Himmel, unter dessen Sonne sich die Haut allmählich kupfern färbte. Sie glaubte, daß auch die anderen Gefangenen den Duft ihrer Träume riechen und atmen konnten, der unsichtbar durch die Fugen der eisernen Türen in ihre Zellen drang. Sie roch deren Träume voller Hoffnungen, Ängste, Trauer, Geduld und Liebe, wenn sie sich nach den Vernehmungen an ihren Zellen vorbeischleppte, die Fäuste noch immer in unbändigem Haß geballt, der sie von nun an begleiten würde.

Jetzt stand sie allein in der Mitte des quadratischen Gefängnishofes und fühlte, daß sich ihr Körper unter den viel zu weiten Kleidern in eine Bronzestatue verwandelt hatte, in der sich nur das Herz mit menschlichen Pulsschlägen rührte. Sie hörte, wie etwas in den Hof geworfen wurde, und sah einen dunkelgrünen Beutel niederfallen.

»Hier! Deine Sachen! Unterschreib!«

So schwer, kerzengerade und innerlich leer wie eine Statue ging sie auf ihn zu. Selbst als der Wind die Haut berührte, klang das metallisch. Während sie in der zinnoberroten Dämmerung ihre Hand ausstreckte, um den dunkelgrünen Beutel aufzunehmen, sah sie einen an der Brust verwundeten, zu Boden gestürzten Vogel, dessen Gefieder der Wind heftig durcheinander wirbelte. Die Frau näherte sich ihm und entdeckte im Schatten der hohen Wände Tausende verletzter Vögel, die sich vergeblich bemühten, sich vom Wind über die Mauer tragen zu lassen. Ihr Flattern klang wie das Rascheln Tausender Blätter Papier.

Plötzlich pochte ihr Herz in schwindelerregendem Rhythmus. Kräftig pulste das Blut ins Herz zurück, und die Schläge klangen wie Sturmgeläut.

»Unsere Hoffnungen! Auf dem Scheiterhaufen!«

»Geh nicht auf die Bücher zu...«

Eine grobe Stimme befahl: »Nimm deinen Beutel und verschwinde! Du bist frei...«

Die Frau kam von der Brücke ins Zimmer zurück. Als der Mann das Fenster schließen wollte, verließ sie den Raum.

Ob er wohl damals das Sturmgeläut überhaupt hörte, dachte die Frau.

Der Mann deckte sorgfältig den Tisch: Teller, Löffel, Gabel, Salz, Pfeffer, Brot, Salat, Zwiebeln, Zitrone, Soße, Bier... Auf einer Platte begrub er den kastanienbraunen Fisch unter einem Haufen lehmfarbiger Pommes frites. Aus dem Fischmaul floß Öl. Die Frau spürte ihre Einsamkeit und den Gestank des Fisches, als sie die Milch umrührte. Sie schluckte den Gram mit dem Getränk hinunter.

»Wenn ein Elefant in die Diskothek geht...«, sang eine harte Stimme.

»Ich werde ein Videogerät kaufen«, sagte der Mann.

»Warum? Wir brauchen kein Video«, antwortete die Frau gleichgültig.

»Ich brauch nicht bar zu bezahlen, nur ein paar neue Raten. Der Preis bleibt gleich ... Also, selbst wenn wir es gar nicht brauchten, müßten wir es kaufen ... Die Bedingungen sind so günstig...«, sagte der Mann und biß kräftig in eine Zwiebel. Seine Armbanduhr piepte drei Mal kurz.

Die Frau nahm das Tablett und ging in die Küche. Sie fühlte den Fischgeruch in sich eindringen wie den Rauch einer Zigarette, in die Augen, die Ohren, die Poren, spürte, wie er die Eingeweide erreichte, die Lungen, wie er durch die violetten Adern über ihrem Herzen kroch. Dann verwandelte er sie in einen grauen schuppigen Fisch, der mit toten Augen in seinem Gestank und in heißem Öl schwamm. Dann lag sie auf einem zerbrochenen Porzellanteller und wühlte eigentlich ohne jeden Grund in den grauen Fugen des verfaulten Gehirns nach ihrer Vergangenheit. Die Frau nahm den Fisch, warf ihn in den Mülleimer und öffnete das Fenster. Sie genoß die frische Luft mit geschlossenen Augen und hörte eine Frau singen: »Meine Ruhe gib mir zurück...«

Der Mann kam mit dem Telefon in der Hand in die Küche.

»Nein ... ich hab's nicht gelesen und will es auch nicht lesen. Mir ist scheißegal, was im Iran oder irgendwo in aller Welt passiert... Ich will leben und hasse die Politik. Ich habe die Nase voll ... Aus tausend Gründen und ... Na ... ja ... ich hab alles verloren, was ich hatte. Und ich will nicht nochmal enttäuscht werden...«

»Laß das Fenster offen«, sagte die Frau und verließ die Küche.

Sie öffnete das Wohnzimmerfenster. Der Rhein sah aus wie der nasse Asphalt der Straße. Die Lichter der Schiffe schwammen in der traurigen Dämmerung im dichter werdenden Nebel und glänzten wie eisige Sterne.

In einem Zimmer, in dem der Honig einer Frühlingsdämmerung sich allmählich in der Milch des Tages auflöste, beugte sich der Mann über das karierte Blatt und gestaltete die letzte Seite der Zeitung. Er maß die Spalten, zählte die Zeilen, setzte die Überschriften und Bilder, zog Linien zwischen den Spalten.

Die Frau saß unruhig vor der Schreibmaschine und betrachtete den Mann, seine hellen Haare, die über die kupferfarbene Stirn hingen, seine trockenen Lippen, die unter dem dicken Schnurrbart klein erschienen, seine weißen Zähne, die auf die Unterlippe bissen, als er eine Linie zog. Sie war nervös und spürte, wie Diamantenspitzen der Angst ihr Herz durchbohrten. Sie kannte diese Angst, die ihren Körper erzittern ließ, die mit ihrer Knochenhand heftig gegen den Schädel hämmerte und die bitteren Erinnerungen an das Gefängnis weckte.

Sie fürchtete sich immer wieder vor diesen harten Hieben und wünschte sich, so viel Kraft zu besitzen, um die Knochenhand in die eisernen Fäuste ihres Willens zu pressen und sie endgültig zu erdrücken.

»Bist du bald fertig?« fragte die Frau. Der Mann richtete sich auf, sie sah sich in der grünen Wiese seiner Augen ganz verstört. Der Mann strich ihr liebevoll über die Haare.

»Je nachdem...«, sagte er.

»Du weißt, wir müssen pünktlich sein. Die Zeitung muß raus ... Wir müssen weg...«, antwortete die Frau verwirrt.

»Nicht unbedingt ... Wir haben doch Zeit ... Oder?«

»Dann gehen wir aber nicht freiwillig. Dann werden wir abgeholt. Aber nicht zur Druckerei, sondern zum Ewin-Gefängnis. Dort sind alle, die wie du dachten...«

Das Telefon klingelte. Der Mann hob den Hörer ab. Kaum, daß er sich gemeldet hatte, sprang er plötzlich auf: »Was? ... Ach, ja! ... ist schon klar ... Wiederhören!«

Plötzlich verlosch das Licht. Die Angst stach wie eine Nadelspitze in die Wirbelsäule. Alle Muskeln vibrierten. Die Frau dachte, jetzt hilft nur der Mut der Verzweiflung.

»Ist das eine Falle?« fragte der Mann verwirrt und ging hastig auf das Fenster zu.

»Draußen ist es dunkel ... und Stau...«

Er schloß die Fensterläden und zerriß die Manuskripte. Sie vernichtete die übriggebliebenen Dokumente in der Toilette. Als sie zurückkam, sah der Raum unverdächtig aus. Der Mann versteckte seine Notizen im Geheimfach des Telefontisches. Im Lichtstrahl der Taschenlampe wirkte sein Gesicht blaß. Er richtete sich auf, küßte sie, gab ihr ihre Tasche und flüsterte: »Du gehst nach oben ... Da ist ein Atelier ... Bleib da, bis es schließt. Vielleicht ist der Strom zufälligerweise ausgefallen ... Wie immer ... Du nimmst die Zeitung mit ... Versuch mal, mit den anderen Kontakt aufzunehmen ... Jetzt ... geh ... geh«

Er küßte noch einmal ihre Lippen, ihren Hals, ihr Ohrläppchen ... öffnete die Tür und schob sie hinaus. Die Frau spürte, daß die Furcht vor der Trennung wie eine Hand voll Kristallsplitter über ihren Körper geschüttet wurde, auf ihr Gesicht, in die Augen und sogar unter die Fußsohlen. Bei jeder Bewegung stach die Diamantspitze tiefer in ihre Seele und ließ die Muskeln erstarren. Ihr Herz war bei dem Mann zurückgeblieben. Sie spürte noch den Geschmack seiner Lippen. Sie sehnte sich nach seinem Geruch, seiner Stimme, seinem Körper. Sie glaubte, wenn sie bei ihm bliebe, würden sich die scharfkantigen Splitter in Perlen der Liebe, der Lust und des Friedens verwandeln.

»Was geschehen muß, geschieht uns beiden...«

Sie drehte sich um und ging zur Tür zurück.

»Aber was wird dann aus der Zeitung? ... Und aus denen, die ich warnen muß?«

Sie hörte seine Schritte in der Tiefe des Hauses verklingen. Bleierne Stiefel stampften die Treppe hinauf.

Eine halbe Stunde danach, als sie aus dem Fenster auf die Straße schaute, sah sie den Mann, von Polizisten abgeführt, die Straße überqueren. Er blickte nach oben, als er darauf wartete, daß die Tür des Autos geöffnet wurde. Seine Augen konnte sie nicht sehen. Aber sie sah die Sterne, die aus der Brechung des Lichts auf den eisernen Fesseln an seinen Händen entstanden, aufleuchten und wieder verlöschen.

»Ich gehe...«, schrie der Mann.

»Laß die Welt darüber sprechen, daß ich dich liebte und nun gehe...«, plärrte der Sänger im Radio.

Er hat damals die Sterne bestimmt nicht gesehen, dachte die Frau.

Die Tür wurde zugeschlagen. Die Frau schaltete das Radio aus und öffnete alle Fenster. Sie atmete ruhig die frische Luft ein, obwohl sie innerlich bebte, zog ihren Mantel über und setzte sich an den Tisch. Vor ihr lag das neue Heft und daneben der Stift.

Sie fühlte sich wohl in der frischen Luft und der Stille, nahm den Stift und öffnete das Heft.

Mit der linken Hand strich sie sich die Haare aus der Stirn und stützte das Kinn in die Hand.

So ist das Leben

Azar ist wach. Sie starrt zur Decke. Eine dickbäuchige Spinne baut ihr Netz. Die Wände sind weiß. An der rechten Wand hängt Daras Bild. Sein feines Haar fällt ihm locker in die Stirn. An der linken Wand kleben die Farbfotos ihrer Freunde. Sie lächeln, starren in den Himmel oder in die Linse des Fotoapparates. Sie stehen in einem Garten, sitzen vor einem Baum oder liegen neben einer Blume. Sie leben in weiter Ferne. Azar begegnet ihnen nur noch in ihren Erinnerungen. Manchmal weint sie ihretwegen.

Hinter den Gardinen sind der Himmel und der Nebel und zwei Kuppeln zu sehen. Unter den Kuppeln wohnen Elefanten. Azar liebt Fische mehr. Wenn ein Gast aus dem Iran kommt, führt sie den zu ihnen.

Azar möchte noch im Bett bleiben. Aber der Kühlschrank ist leer. Sie muß auch zum Arzt. Sie hat niedrigen Blutdruck. Sie fühlt einen stechenden Schmerz in den Fußsohlen, ihre linke Hand ist oft steif, und dann dieser Brechreiz am Nachmittag.

Bevor sie einkauft, geht Azar zum Sozialamt. Sie bleibt vor der Tür Nummer 419 stehen. Ein Beamter kommt aus dem Raum Nummer 420 heraus und sagt zu ihr: »Bitte setzen Sie sich ins Wartezimmer.«

Azar geht auf das Fenster am Ende des engen Flurs zu und bleibt dort stehen. Es regnet. Azar schaut nicht in den Himmel. Sie weiß, daß er grau ist. Aber sie weiß nicht, ob sie das dunkle, nasse Himmelsgewölbe aushalten kann. Die Leute auf der Straße gehen unter nassen Regenschirmen und in bunten Regenmänteln. Außerdem sieht Azar eine hellgrüne Polizeinotrufsäule, einen roten Feuernotruf, einen dunkelgrünen Altglascontainer, einen blauen

Altpapierbehälter und einen gelben Briefkasten. Sie sieht auch das unbeleuchtete Schaufenster eines Teppichgeschäfts und das grüne Dach eines Polizeiautos.

Ein Beamter kommt aus dem Raum Nummer 421 heraus und sagt zu ihr: »Bitte setzen Sie sich ins Wartezimmer.«

Azar setzt sich auf eine hölzerne Bank im Flur vor der Zahlstelle. Sie schaut nicht auf die anderen Leute. Fast jedes Mal trifft sie diese auf dieser Etage oder auf einer anderen. Sie haben es eilig, wenn sie zum Sozialamt gehen. Manche warten gar nicht auf den Aufzug und laufen die Treppe bis in die fünfte Etage hinauf. Sie sind alle wütend, wenn sie das Amt verlassen.

Anfangs beobachtete sie Azar. Sie waren unruhig und ungeduldig. Sie rauchten und schimpften ununterbrochen. Azar wußte, bald würde die angestaute Wut den gelb-blauen Schleim aus ihren Lungen treiben, würden sie zu husten beginnen, würden sie Speichel und Flüche gleichzeitig hinausschleudern. Anfangs wunderte sich Azar, daß sie die Muskeln an ihren Händen und Füßen, am Kopf und im Gesicht so heftig und so schnell bewegen konnten. Als sie aber eines Tages spürte, wie ihre Kiefermuskeln schmerzten, wundertes sie sich nicht mehr. Azar knirscht vor Wut immer mit den Zähnen.

Sie starrt auf die dürren Finger der Kassiererin. Diese reibt die Zehnmarkscheine so lange, bis sie sicher ist, daß sie nicht doppelt sind. Nun kann Azar nicht mehr auf der Bank sitzen bleiben. Sie steht auf und beginnt, hin und her zu wandern. Ein Beamter kommt aus dem Raum Nummer 422 heraus. Er sagt zu ihr: »Bitte setzen Sie sich ins Wartezimmer.«

Der Raum ist vom Rauch vieler Zigaretten erfüllt. Alle Wartenden sind ungeduldig. Azar wischt den Staub von ihren schwarzen Schuhen. Sie streicht ihre schwarzen Strümpfe glatt, entfernt ein Haar von ihrem schwarzen Rock, zupft die Noppen von ihrer schwarzen Jacke, reißt mit den Zähnen einen losen Faden ihrer schwarzen Bluse aus der Ärmelnaht, beugt den Nacken, steckt den Zeigefinger ins Ohr und schüttelt ihn. Sie putzt sich mehrmals ihre Nase, reibt sich die Augen, kämmt sich die Haare. Azar steht auf und bleibt in der Ecke des Zimmers stehen.

Die Tür des Raums Nummer 423 öffnet sich. Ein Beamter ruft sie. Als Azar sich bewegt, zeigt er mit dem Finger auf sie. Azar erschrickt. Vor ein paar Tagen hatte ihr jemand ein Flugblatt in die Hand gedrückt. »Ausländer raus!« stand unter der Zeichnung. Doch der Beamte zeigt ihr nur mit einer weitausholenden Handbewegung den Weg in das Büro.

»Ich brauche einen Krankenschein für Zahnarzt und für Internist«, sagt Azar leise und unsicher. Sie weiß nicht, ob sie den Akkusativ oder den Dativ benutzen muß.

Der Beamte sucht Azars Akte heraus. Er greift zum Telefon und wählt eine Nummer: »Ich habe hier eine Frau sitzen, Flüchtling – politisch. Sozialhilfeempfänger. Heißt Azar ... geboren in ... ehemalige Dozentin, wohnt in ... Nummer ... hat eine Tochter, ... Mann: Dara ... auch politisch, Aufenthaltsort: unbekannt. Bruder: im Gefängnis ... Schwester: verschwunden, ... braucht zwei Krankenscheine. Kann ich die ausstellen?« –

»Haben Sie letztes Vierteljahr auch Scheine bekommen?«

Azar starrt den Beamten an und er sie.

»Ja!« antwortet Azar. Die Oberlippe des Beamten lutscht an seiner Unterlippe.

»Das ist aber schlimm...«, sagt sie.

Azar legt ihre schwarze Tasche auf den Schoß, steckt ihre Finger, einen nach dem anderen, zwischen die geflochtenen Bügel. Sie öffnet die Tasche mehrmals und schließt sie wieder, mißt die dicken Fransen der Tasche mit ihrem Mittelfinger, zählt sie eine nach der anderen, teilt das Ergebnis durch zwei, durch drei, durch vier. Bei fünf bleibt ein unteilbarer Rest. Dann vergißt sie alles wieder. Azar ballt ihre Hand zur Faust und schlägt einige Male auf die Tasche. Sie verknotet die Fransen, steckt die Zeigefinger in die Befestigungsösen und zieht sie auseinander. Sie lockern sich. Ein Bügel löst sich vom Rahmen. Azar wickelt ihn um die Tasche und zurrt ihn fest. Azar wischt sich den Schweiß von der Oberlippe.

Wieder hebt der Beamte den Hörer ab, wählt eine Nummer und fragt, welchen Stempel er auf die Krankenscheine drücken soll. Azar stopft die Papiere in den geöffneten Mund der Tasche und geht aus dem Zimmer.

Azar kauft Butter in einem Geschäft, Milch in einem anderen, Brot in einem dritten. So spart sie drei Mark und vergeudet gleichzeitig eine Stunde.

Azar geht am Zoo vorbei. Hinter dem Zaun sieht sie einige Polizisten, die mit gezogenen Waffen den Weg entlanghasten. Einer von ihnen hält seine Mütze fest. Die Zoobesucher fliehen. Pferde wiehern, Esel schreien, Wölfe heulen.

Azar öffnet die Tür ihrer Wohnung. Es stinkt nach gekochtem Blumenkohl. Der Briefkasten ist leer, wie immer. Nur die iranischen Zeitungen stecken im Schlitz. Azar legt Butter, Milch und Brot in den Kühlschrank. Sie ißt den gekochten Blumenkohl, Kartoffeln und Salat. Sie breitet die Zeitungen vor sich aus und beginnt zu lesen:

– Der Justizminister droht: Wer sich in meine Angelegenheiten einmischt, wird bestraft.

Unverschämt!

– Erlaß des Ministeriums: Die islamische Bekleidung (Kopftuch, lange Jacke, Hose) muß von dunkler Farbe sein. Erlaubt sind die Farben Dunkelblau, Dunkelbraun und Schwarz.

Unverschämt!

– Eine staatliche Oberschule mit 1300 Schülern wurde geschlossen. Der private Grundbesitzer wollte anderweitig über sein Eigentum verfügen.

Unverschämt!

– Imam Khomeini befiehlt: »Die Streikräfte der Pasdaran werden in den Teilbereichen Heer-Luftwaffe und Marine aufgebaut.«

Unverschämt!

Azars Tochter kommt aus der Schule. Sie kämmt sich ihre Haare, schminkt sich, ißt zu Mittag, hört einige Lieder von Michael Jackson, von Nena und Duran Duran. Dann nimmt sie ihre Englisch-, Französisch- und Deutschbücher, dazu die Wörterbücher, und geht aus dem Haus.

Azar schaltet das Radio ein, sucht einen persischen Sender. Hört dann das israelische Programm. Die Nachrichten von Radio Moskau sind nicht deutlich zu hören. Von den persischen Schlagern, die »Die Stimme Amerikas« ausstrahlt, wird ihr übel. Azar nimmt ein Buch, setzt sich auf einen Stuhl und schaltet den Fernseher ein.

Es ist dunkel geworden.

Um acht klingelt es. Azars Freundin kommt herein. Azar wärmt die Milch auf.

»Das letzte Buch von Böll ist herausgekommen; *Frauen vor Flußlandschaft*.«

Azar holt die Butter aus dem Kühlschrank.

»Die Rechten meinen, es ist schlecht, sowohl vom Inhalt her, als auch in der Gestaltung.«

Azar stellt den Honig auf den Tisch.

»Die Linken meinen, es ist interessant. Die Bonner Politiker werden darin entlarvt.«

Azar holt das Brot.

»Nächste Woche wird ein sowjetisches Ballett in der Sporthalle auftreten.«

Azar gießt die Milch in zwei Gläser und stellt sie auf den Tisch.

»Der amerikanische Film *Birdy* läuft im Kino. Der ist auf dem Festival in Cannes ausgezeichnet worden.«

Azar streicht die Butter auf das Brot.

»In zwei Tagen endet die internationale Buchmesse in Frankfurt.«

Azar trinkt einen Schluck Milch.

»Der schwedische Kinderfilm *Ecke und seine Welt* erhielt einen ersten Preis.«

Azar streicht Honig auf das Brot.

»Heute abend läuft ein chinesischer Film von 1984 im Fernsehen. Es geht um das Chaos der Kulturrevolution. Vergiß das nicht, um elf. Im ersten Programm.«

»Nä...«, sagt Azar. Ihre Freundin verabschiedet sich.

Azar geht ins Bad, duscht. Sie nimmt ihr Medikament gegen Verstopfung. Angefangen hat sie mit Pflaumensaft, dann aß sie eine Zeit lang Birnen und Spinat, Gurken, Trauben. Dann nahm sie Kapseln, dann Tropfen. Dann lutschte sie Würfel, so groß wie Würfelzucker und so sauer wie Zitronen. Dann löste sie eine Art

Puder wie Mehl im Wasser auf und trank das. Jetzt kocht sie spezielle Kräuter zu Tee und trinkt das. Nun ist sie zufrieden, weil das eine Abwechslung in ihrem Leben ist.

Azar putzt sich die Zähne, macht ihr Bett, schaltet das Licht aus und den Fernseher ein, legt sich ins Bett, zwischen die Wände, an denen die Bilder von Dara und ihren Freunden hängen. Die »Tagesthemen« beginnen:

– Weit über das Rheinland hinaus reagierte heute die Bevölkerung betroffen auf die Nachricht vom Tod zweier Schimpansen. Die beiden wertvollen Tiere mußten von der Polizei im Kölner Zoo erschossen werden. Aus Versehen war die Tür ihres Käfigs offen geblieben...

Die gläserne Heimat

Ein kaltes Geräusch, metallisch und scharf, riß Azar aus tiefem Schlaf. Bevor sie ihre Augen öffnete, tastete sie mit ihren gefühllosen Händen nach dem leeren Platz von Klaus neben sich im Bett und versuchte, aus dem dumpfen Verkehrslärm und dem unaufhörlichen Brummen des Kühlschrankes jenes Geräusch zu identifizieren. Es drang wie eine Nadelspitze in ihren Kopf: Telefon...

Azar sprang plötzlich hoch. Sie nahm den Hörer, und statt sich vorzustellen, fragte sie: »Wie spät ist es?«

Eine junge und muntere Stimme antwortete: »Fünf Uhr morgens, wollen Sie noch Teheran sprechen?«

Azar sagte: »Ja!«

Auch nach langem Überlegen konnte sie sich nicht daran erinnern, welche Telefonnummer in Teheran sie der Telefonistin gegeben hatte. Das einzige Bild, das in ihren Gedanken Gestalt annahm, war eine verworrene Schwarz-Weiß-Aufnahme, die sie vor einer Woche in der Zeitung gesehen hatte. Das Bild des Todes, der sich zwischen Trümmern aus Ziegeln, Steinen, Eisen und Glassplittern herumtrieb. Er hinterließ sein Zeichen auf den geschwollenen, blauen Gesichtern der Leichen, die in Angst und Schrecken von den Bombardements und Raketenangriffen überrascht worden waren. In einer Ecke des Bildes war der kleine, dichtbehaarte Kopf eines Mädchens zu sehen, das mit offenen Augen auf einer Krankenbahre lag. Sie hatte eine Schuluniform an, in ihrer rechten Hand glitzerte ein goldener Kamm, dessen Zähne zur Hälfte unter ihren dichten schwarzen Haaren verschwunden waren. Sie sah so sanft und arglos zum Himmel, als ob sie beim

Kämmen in den Spiegel schaute. Der Bildunterschrift zufolge war das Fensterglas durch die hohe Druckwelle einer Raketenexplosion zersprungen und hatte ihre Halsschlagader zerschnitten. Sie sei »dem barbarischen Verbrechen des gottlosen Saddams zum Opfer gefallen«.

Als Azar das in einer grauen Staubwolke versunkene Bild sah, fror sie so heftig, daß ihre Zähne klapperten. Sie zerknüllte den Zettel, der auf dem Tisch lag und der sie fragte, ob sie im Briefkasten nachgesehen habe. Sie wickelte sich in die Decke, mit der sie normalerweise Klaus bedeckte, stellte eine Thermosflasche heißen Tee vor sich und setzte sich auf das einzige klapprige Möbelstück im Zimmer. Sie wiegte ihren Kopf, bewegte sich vor und zurück und weinte dabei. Sie sagte nichts. Nur manchmal stieß sie herzzerreißende Seufzer aus. Allmählich bewegten sich ihre Lippen, es war aber noch kein Laut zu vernehmen, bis sie merkte, wie ein dumpfes Getöse ihren Hals heraufstieg. Ein Getöse, das wie das unerwartete und dichte Gebrüll eines über die Ufer tretenden Flusses plötzlich anschwoll, um aus ihrem Rachen zu strömen: »Die unschuldige Kleine ... Sie hat sich nicht mal die Haare kämmen können...«

Tränen überströmten ihre Augen.

Sie hatte diesen Satz so jammervoll ausgesprochen, daß sie meinte, wenn Klaus ein wirklicher Mann wäre und nicht ein Kopfkissen, dem sie ein Männerhemd angezogen hatte, würde er sie bestimmt trösten. Um ihr Leid zu lindern, würde er ihren Kopf auf seine Brust legen und ihre Schultern massieren. Er würde ihr ein Glas Zuckerwasser geben, damit ihr Blutdruck stiege. Als sie feststellte, daß sie alleine das Leid nicht ertragen konnte, wandte sie sich an Klaus und sagte mit trauriger, heiserer Stimme: »Siehst du, was man uns angetan hat? ... Die arme Kleine ... Wenn sie sich nur die Haare gekämmt hätte! ... Wenn sie sich wenigstens ihre Haare hätte kämmen können!«

Sie legte das Kinn auf die Hände und starrte auf Klaus. Sie hatte Klaus von jenem angstvollen Nachmittag, an dem sie ihn in einem Augenblick erschuf und zum ersten Mal anzog, bis zum heutigen Tag nicht so aufmerksam angesehen. Sie erinnerte sich jetzt überhaupt nicht mehr so genau, wem das Hemd gehörte. Das erste

Mal hatte sie aus Angst mit ihm gesprochen, nun redete sie schon aus Gewohnheit mit ihm. Monate später, als sie sich über diese ewigen Monologe aufregte, verlieh sie ihm die ruhige und ernste Stimme des Mannes auf der Kassette zum »Lehrbuch der deutschen Sprache«. So wie sie die Mosaiksteine seiner Persönlichkeit und seines Charakters nach und nach aus den Kapiteln und Dialogen des Lehrbuches zusammensetzte, flickte und nähte sie seinen Kopf, seine Hände und Füsse aus Schaumstoffresten, einer Handvoll Stroh und Stoffetzen ihrer alten Klamotten zusammen. Um ihre vernichtende Einsamkeit und die von ihrer Trauer hervorgerufene Trägheit zu bezwingen, hatte sie zwei Monate lang nachmittags den Kopf von Klaus in ihren Schoß genommen, ihn mit gelber Wolle geschmückt und darin die frechen grünen Augen des Mannes vor sich gesehen, der an jenem Winternachmittag wegen der Heizungs-reparatur bei ihr vorbeigekommen war.

Der Mann hatte eine hohe, glatte und fleischige Stirn, die seinem Gesicht einen kindischen Ausdruck verlieh. Das vom trüben, roten Nachmittagshimmel herabfallende purpurfarbene Licht ließ sein Gesicht traurig erscheinen. Deshalb hatte sie gegen seinen Wunsch, sein Abendessen mit dem von ihr angebotenen Kaffee einzu-nehmen, keine Bedenken. Der Mann holte einen gebratenen Hähnchenschenkel aus der Alu-Folie. Er stützte seine Ellenbogen auf den Tisch, und während er sie mit einem dumpfen Lächeln sinnlich anschaute, bissen seine festen weißen Zähne in die Hähn-chenschenkel.

Er fragte Azar: »Wie lange lebst du schon hier?«

Genußvoll drehte er den Fleischbrocken im Mund und zer-mahlte ihn langsam mit seinen Kiefern. Azar sah sich seine vollen, roten, von Speichel feuchtglänzenden Lippen an und merkte, wie ihre Wangen vor Erregung durch eine unterdrückte Leidenschaft rot anliefen. Der Mann ließ seinen Blick ruhig und tief über ihren Nacken, ihren Hals und ihre Brüste gleiten und biß dann sanft in die Hähnchenbrust. Er schloß seine Augen und atmete lustvoll ein. Azar fühlte, wie ihr Herz rasend schlug und ihr Atem stockte. Der Mann sagte: »Es ist sehr kalt hier ... Hast du keine Sehnsucht nach der Sonne deiner Heimat?«

Als er die Zuckerdose nehmen wollte, berührte er mit der Rückseite seiner Hand Azars Hand. Sie erwiderte: »Eigentlich schon!«

Sie senkte ihren Blick, lächelte und zog unmerklich ihre Hand zurück. In ihrem Herzen war ein Tumult ausgebrochen. Sie zitterte vor Angst. Sobald sie ihn ansah, wurde sie an Mahmoud erinnert. Vor Angst, in der Tiefe der quälenden und verzweifelnden Erinnerung an Mahmoud zu versinken, hielt sie die Anwesenheit des Mannes aus. Doch als sie seinen begierigen Blick und seinen roten Mund sah, der nicht in das Hähnchen, sondern in Azars Körper zu beißen schien, glaubte sie, so sehr in der Qual seiner Anwesenheit versunken zu sein, daß sie in jenen Erinnerungen einen Halt suchte. Mit jeder Bewegung des Mannes kam ihr das Bild vor Augen, wie er aufstand und über sie herfiel. Sie wußte nicht mehr, an welcher Stelle ihres Körpers er sich festhielt. Sie verstand nicht mehr, daß die Wörter, die sie hörte, nicht aus seinem Munde stammten. Sie fühlte nicht die Schwere seines Körpers auf dem ihren. Sie sah nur den Mann, der sie wild, laut- und gewichtslos vergewaltigte.

Um der Verwirklichung ihres selbst gewählten Verhängnisses zu entrinnen, nahm sie sich schnell zusammen. Sie glaubte so fest an die Wirklichkeit ihrer Phantasie, als sei sie mit ihrem sicheren Schicksal unzertrennlich verbunden. Der Mann wollte plötzlich aufstehen. Azar sprang sofort hoch. Verwirrt und verlegen sagte sie mit der hingebenden Sanftmut einer treuen Ehefrau, ohne daß sie in ihrem ganzen Leben auch nur eine Stunde die Rolle einer liebevollen Partnerin gespielt hätte: »Oh, es ist jetzt Zeit für die Medikamente meines Mannes ... Ich muß ihm seine Tropfen geben.«

Bevor Azar hinter der Tür des Schlafzimmers verschwand, fragte der Mann überrascht und enttäuscht: »Oh, Sie sind also nicht allein?«

Azar zog gerade nervös und ungeschickt dem Kissen das Hemd über, als sie hörte, wie er zur Tür ging.

Sie schämte sich dafür, daß sie zur Bekämpfung ihres verhängnisvollen Schicksals eine Vogelscheuche als ihren Mann heranziehen mußte. Sie war aber trotzdem nicht unzufrieden, denn sie hatte der Unvermeidlichkeit einer schicksalhaften Begebenheit Widerstand geleistet und war mit der Verkörperung ihrer Lügen der Realität ein Stück nähergekommen.

Als sie den Tisch deckte und in Gedanken die rosaroten Nägel Nazlis schnitt, fühlte sie, daß sie sich sogar nach dem Geschmack des Teheraner Wassers sehnte. Ein Zettel am Kühlschrank erinnerte sie daran, daß sie dreimal täglich ihre Augentropfen nehmen mußte. Azar sagte zu Nazli: »Geh jetzt deine Hände waschen und kämme dir die Haare...!«

Nazli rührte sich aber nicht vom Fleck. Sie saß da, stützte das Kinn auf die Ellenbogen und starrte sie mit einem traurigen Blick an. Sie sagte: »Ich will aber nicht, daß du im Feuer der Hölle verbrennst!«

Seit jenem warmen, regnerischen Tag, an dem sie durchnäßt von Tränen, Schweiß und Schlamm, mit einer dunklen Brille und einem seidenen Kopftuch, das an ihrem Kopf klebte, an Attefehs Haus klingelte und sie schüchtern und zaghaft umarmte, war es das erste Mal, daß sich Nazli gleichgültig weigerte, ihrem Befehl zu folgen. Stunden nach ihrer Ankunft, nachdem Azar und Attefeh sich zuerst zaudernd angesehen, dann heftig und wütend gestritten und gegenseitig mit Anklagen und Vorwürfen überschüttet hatten, sich schließlich in die Arme gefallen waren und einmütig und lange geweint hatten, verbot Attefeh allen Familienmitgliedern, auch nur ein Wort über Azars Anwesenheit zu erzählen. Bevor Azar sich duschte, um frisch und sauber in Attefehs Kleidern in die Küche zu gehen, schloß sie alle Fenster und Türen des Hauses und zog die Gardinen zu. Sie sagte ihrem Mann, daß er nur in den wichtigsten Fällen Gäste einladen dürfe. Auch Nazli machte sie klar, daß sie nur im Hof mit den Nachbarmädchen spielen dürfe. Nach ihren Anordnungen sollten zu Hause alle möglichst auf Zehenspitzen herumlaufen und Azars Namen nicht laut aussprechen. Obwohl Nazli den Sinn dieser Änderungen nicht verstand, gehorchte sie allen diesen neuen Anordnungen. Nicht weil sie von Natur aus ein gehorsames Kind war, sondern weil sie allmählich begriff, daß unsichtbare und zugleich unheimliche Wesen, so schrecklich wie

die wildbehaarten Ungeheuer und hinterlistig wie die gerissenen
Füchse der Märchen, Tante Azar verfolgten. Nazli freute sich, daß
sie die Möglichkeit bekommen hatte, in der Wirklichkeit die Rolle
der guten Helden in den Märchen zu spielen, von denen sie immer
träumte. Sie sah sich in der Gestalt des Schutzengels ihrer Tante
Azar, der sie vor allen drohenden tödlichen Gefahren schützte. In
ihren Gedanken malte sie sich dauernd Pläne zum Kampf gegen
diese dämonischen Kräfte aus, die sie jederzeit überfallen konnten.
Sie versteckte ein Plastikschwert unter dem Kopfkissen und versi-
cherte Tante Azar, daß sie keine Sorgen zu haben brauche, weil sie
alleine wie die Prinzessin der Engel beim Wachen und Schlafen auf
sie aufpasse. Als Azar diese Worte hörte, glänzte eine Träne in ihren
Augen. In ihrem tiefen Elend ergriff sie ein Hochgefühl des Glücks.
Sie löste die kleinen Hände Nazlis, die wie eine Schlinge um ihren
Hals festgeklammert waren, küßte ihre rosaroten Wangen und
erzählte ihr so lange Märchen, bis sie sanft einschlief.

Mit jedem Tag wuchs Azars Liebe zu Nazli, die in Form von
bunten Bonbons, rosafarbenen und roten Haarklemmen und
singenden Aufziehpuppen das ganze Haus füllte. Nazli, die kaum
den Augenblick abwarten konnte, in dem sie, bewaffnet mit ihrem
Schwert, aus jener schicksalhaften Begegnung als Siegerin hervor-
gehen sollte, beschloß ihrerseits, Azar Attefehs Platz in ihrem
Herzen einzuräumen. Deshalb bat sie, als eines Tages ihre Lehrerin, Frau Ansari, erklärte, daß nach den Worten des Propheten »das
Paradies sich unter den Füßen der Mütter befindet«, um Erlaubnis
und sagte: »... es gibt aber auch Tanten, die noch besser sind als die
Mütter!«

Sie bereute sofort ihre Worte, weil sie dachte, mit dieser sinnlosen Behauptung Azars Lage gefährden zu können. Sie sagte kein
Wort mehr, und auf die Frage von Frau Ansari, ob sie eine Tante
habe, verneinte sie mit einer Kopfbewegung. Gerötet in ihrem
schwarzen Schleier und dem Kopftuch wies Frau Ansari ihre
Meinung zurück. Sie war überzeugt, daß sonst der Prophet gesagt
hätte: »Das Paradies befindet sich unter den Füßen der Tanten!«
Nazli zog es vor, ruhig zu bleiben, um das einzige wichtige
Geheimnis ihres Lebens, das auf ihrem Herzen lastete, nicht

preiszugeben. Aber als ein paar Tage später Frau Ansari beim Unterricht über die Würde der Verschleierung sprach und alle diejenigen, die ihre Haare, ihr Gesicht oder ihren Körper dem Blick eines Fremden freigaben, direkt zur Hölle schickte, hielt sie es nicht mehr aus und fragte: »Auch wenn es sich um eine Tante handelt?«

Frau Ansari antwortete sofort: »Es spielt keine Rolle. Wer sich wie eine Puppe zur Schau stellt, gehört auf den Scheiterhaufen der Hölle!«

Seit jenem Tag begannen die Nörgeleien Nazlis. Denn sie glaubte, auch mit ihrem Schwert die lodernden Flammen des Höllenfeuers, in denen ihre Tante Azar mit Haut und Haar schmorte und verkohlte, nicht besiegen zu können. Sobald ihr Vater hereinkam, klammerte sie sich an Azars Rock und bat sie flehend und weinend darum, sich vor den Augen des Fremden zu schützen. Sie nahm das Kopftuch in die Hand und folgte ihr weinend von einem Zimmer in das andere und flehte sie an, das Kopftuch zu tragen. Sie glaubte, in diesem Stück Stoff die unersetzliche Zauberkraft zum Kampf gegen das Höllenfeuer gefunden zu haben.

Azar nahm jedesmal das Kopftuch und zerknüllte es wie einen Waschlappen in ihrer Hand. Liebevoll und eilig küßte sie Nazlis Gesicht und Haare, versprach ihr, es sofort zu tragen, und schickte sie ins Bad, um sich das Gesicht zu waschen und die Haare zu kämmen. Wenn Nazli zurückkehrte, hing das Kopftuch um ihren Hals und bedeckte weder die Haare noch die Stirn noch ihren marmorglatten Hals vor fremden Augen. Als Nazli sah, wie ihre Tante mit der Eigensinnigkeit und Sorglosigkeit eines Kindes dort saß, mit ihrer Mutter das Gemüse zubereitete und leise mit ihr über sie und ihr Verhalten sprach und kicherte, geriet ihr Herz in Flammen. In ihren Gedanken tadelte sie die Erwachsenen, die durch ihre Verantwortungslosigkeit und Gleichgültigkeit ihr diesseitiges und jenseitiges Leben dem Verderben preisgaben. Wie Frau Ansari sagte, unternahmen sie absichtlich alles, um das Höllenfeuer mit ihrem Leben zu bezahlen. Dabei konnten sie sich sehr leicht diese Qual ersparen. Sie sollten nur den Weisungen der Propheten und Heiligen keine Folge leisten. Sie entschloß sich deshalb, sich ihnen gegenüber wie eine Erwachsene zu verhalten. Sie hörte mit dem Gejammer, Flehen und den Tränen auf und versuchte mit einer erstaunlichen Gleichgültigkeit, die sie alle bis zur Weißglut reizte, die Rolle eines umherirrenden Geistes zu spielen. Seitdem sprach sie mit niemandem, reagierte auf keine Stimme. Taub und stumm ging sie leise mit einem rätselhaften Lächeln weg und kehrte wieder. Sie wich den Blicken der Erwachsenen aus. Obwohl sie sich danach sehnte, in Azars Schoß einzuschlafen, blieb sie drei Meter von ihr entfernt stehen und sah mit traurigen, unschuldigen Augen zur Decke, als ob sie sie nicht wahrnehmen könne. Sie ging in ihrer Apathie so weit, bis sie die allgemeine Aufmerksamkeit auf sich zog. Nun vergaßen alle das alte Unglück, die Verfolgung Azars durch die unsichtbaren Kräfte, und sprachen über das neue Leid, den Stimmungsumschwung Nazlis. Sie flehten sie an, nur ein Wort zu sagen, sie zu umarmen oder etwas zu verlangen. Sie schworen bei ihrem Leben, daß sie alles und wirklich alles tun, besorgen und jeden ihrer Wünsche erfüllen würden. Sie hatte sie so in den Abgrund der Qual, der Verzweiflung und des Leides gestürzt, daß sie selbst anfing, an dieser Methode, die sie von den Erwachsenen gelernt hatte, zu zweifeln. Deshalb kehrte sie zu ihrer kindlichen Logik zurück. Sie beschloß, ihre Forderungen weder durch Geheul und Gejammer, das ihr nun schon sehr babyhaft vorkam, noch, wie die Erwachsenen, durch Verbitterung und Schmollen, sondern durch die ihr einzig vernünftig erscheinende Methode, nämlich ganz offen und direkt, zu erreichen.

Sie stand eines Tages auf, nahm die Nagelschere und ging zu Azar. In der absoluten Stille, leidenschaftlich und spannungsgeladen vom Pulsschlag ihres kleinen Herzens, dem Widerhall von Azars rasendem Herz und dem dumpfen Tropfen der Tränen auf ihren Gesichtern, ließ sie sich die Fingernägel schneiden. Azar nahm dies als ein gutes Omen. Sobald sie dann die Schritte von Nazlis Vater hörte, löste sie das Kopftuch von ihrem Hals und band es sich um den Kopf. Ohne sich etwas anmerken zu lassen, blühte Nazlis Gesicht auf. Das Haus wurde auf einmal von Freude erfüllt. Azar strich ihre Tränen weg, schneuzte in ein Taschentuch und sagte mit unterdrückter Freude: »Geh dir nun die Hände waschen und die Haare kämmen!«

Entschuldigend sagte Nazli: »Kannst du mir verzeihen, Tante? Ich wollte nur nicht, daß du im Feuer der Hölle verbrennst.«

Azar putzte ihre Nase mit dem Taschentuch. Sie aß ein paar Brocken und räumte den Frühstückstisch ab. Während sie sich die unzähligen kleinen roten Pickel, die ihre ganze Handfläche bedeckten, ansah, bat sie Klaus, sie daran zu erinnern, einen Termin beim Hautarzt zu vereinbaren. Sie versuchte, die Person, die in ihrer Phantasie Gestalt annahm, zu verdrängen. Kerzengerade stand dieses Wesen am schmalen Eingang eines Kellers, der als Bunker diente, und schrie die Namen der Wohnviertel, die von den Raketenangriffen getroffen worden waren. Um besser gehört zu werden, hatte es mit seinen Händen einen Trichter um den Mund gebildet. Azar wollte wegsehen, aber diese Gestalt stand mit der Beharrlichkeit eines fiktiven Wesens da und versuchte, durch die Staubwolke und die riesigen zum Himmel emporsteigenden Rauchpilze die zerstörten Häuser und die Trümmer zu sehen und die Anzahl der Toten und Verletzten sowie die der lebendig Begrabenen zu schätzen und laut kundzutun. Jedes Wort löste im Keller einen Tumult aus. Die Zahlen wanderten von Mund zu Mund und vermischten sich mit dem schallenden Geräusch der Schläge auf Oberschenkel und Gesichter. Sie verwandelten sich schließlich in allgemeines Schluchzen und Fluchen. Manchmal tauchte an der Tür ein neugieriger Kopf mit vor Angst weit aufgerissenen Augen auf, der sofort nach den vereinzelten Schüssen, die in der Luft zerplatzten, wieder verschwand. Azar fühlte, daß dieselbe schreckliche Angst, die jene Grube in Bangen und Schrecken hielt, auch ihr Herz zerriß. Sie sah sich den Schatten ihrer Mutter an, der wie die Statue des Leides unter einem Bild des Alborz-Gebirges saß, und flehte Gott an, augenblicklich das Telefon klingeln zu lassen.

Plötzlich klingelte es an der Tür. Sie zog ihren Mantel an und ging zur Tür. Sie schloß sie zuerst auf, löste dann die Kette. Doch bevor sie die Tür öffnete, grüßte sie mit einem Kopfnicken den Schatten ihrer Großmutter, der gerade das Zimmer betrat. Ein gutaussehender, sauberer Mann, den sie nicht kannte, trat vor sie hin. Er trug einen Stoß Zeitungen und Zeitschriften unter dem Arm. Er fing sofort an zu erklären, wie vorteilhaft der Kauf der Zeitschriften oder noch besser ihr Abonnement seien. Der Mann schlug die Zeitschriften eine nach der anderen auf und zeigte ihr die Rätsel, die Witze und die kurzen Berichte über die intimen Beziehungen der Stars. Dabei betonte er ständig, daß es sich bei diesem günstigen Preis wirklich lohne, eine dieser Zeitschriften zu abonnieren. Azar trat zuerst von einem Fuß auf den anderen und sagte in der Pause, in der der Verkäufer Luft holte, kurz und knapp, daß sie kein Interesse an einem Abonnement habe. Der Mann wollte aber nicht zuhören und erzählte ununterbrochen weiter. Sie mußte ihn dann unterbrechen und ihrerseits von dem Mädchen in Schuluniform in der Zeitung erzählen, von ihren unschuldigen, sanften Augen, die zum Himmel gerichtet waren, von dem Kamm in ihrer Hand, vom Krieg, von der Rakete, von der Bombe und der Zerstörung, von Nazli, der Tochter ihrer Freundin Attefeh... Und sie erzählte davon, daß der Tod im Krieg viele Menschen überrasche. Sie sagte schließlich mit trauriger Stimme: »Stellen Sie sich einmal vor, sie hatte sich nicht einmal die Haare kämmen können ... Sie kämmte sich nicht einmal die Haare!«

Und sie fing an zu weinen.

Um ihre Tränen nicht zu sehen, senkte der Mann seinen Blick. Er wußte nicht mehr, wie er sich aus dieser peinlichen Situation befreien sollte. Er biß sich auf die Lippen, hustete, kratzte sich hinter den Ohren und ließ unauffällig die Zeitschriften in seiner Tasche verschwinden. Als er Azar weiterhin so traurig vor sich sah, sagte er: »Nun regen Sie sich doch nicht zu sehr auf ... Sie ist bestimmt nicht in die Schule gegangen ... Nun nehmen Sie doch an, daß sie sich die Haare gekämmt hatte..., ich meine, ... machen Sie sich doch nicht so viele Sorgen darüber, daß sie sich die Haare nicht gekämmt hatte...«

Und er bat hastig um Verzeihung und verabschiedete sich.

Verwundert blieb Azar zurück. Ihre Tränen trockneten. Sie sagte sich, daß es doch nicht darum gehe, ob sie sich die Haare gekämmt habe oder nicht. Sie schloß langsam die Tür. Sie sah an der Tür einen Zettel, der sie mahnte: »Schließe die Tür und hänge die Kette ein!«, und dachte, daß es bestimmt ihre Schuld war, daß sie dieses allgemeine Leid nicht in einen gemeinsamen Schmerz verwandeln konnte. Ohne die Kette einzuhängen, ging sie ins Zimmer.

Als Azar so dalag und auf die Verbindung nach Teheran wartete, bat sie Klaus, ihr das Buch, das auf dem Tisch lag, zu geben. Er lag aber schlapp und faul auf seinem Strohbauch und rührte sich nicht vom Fleck. Azar streckte ihren Arm, nahm das Buch und sagte verärgert: »Ich habe keine Lust, jetzt mit dir Krach anzufangen, aber du bist unmöglich.«

Und sie fing an zu lesen. Aus dem Buch rutschte ein Zettel, der sie fragte, ob sie Attefeh einen Brief geschrieben habe. Sie versuchte, durch die Trümmer von Ziegeln und Putz und die blutigen Kleiderfetzen, die aus den dunklen Wolken der Explosion herabfielen, die Buchstaben des Buches zu entziffern und ihren Sinn zu begreifen. Sie konzentrierte sich und vertrieb aus ihren Gedanken sogar das schwindelerregende Getöse der Menschen, die hinter den dichten und blendenden Staubwolken der zerstörten Häuser die Leichen aus den Trümmern herauszogen. Mit größter Genauigkeit und Sorgfalt wiederholte sie sich die Bedeutung der Sätze. Sie konnte aber trotzdem keinen logischen Zusammenhang entdekken. Obwohl sie das Buch bis zur Hälfte gelesen hatte, kannte sie seine Figuren nicht. So wie sie das Buch wiederholte und auf jeder Seite fremde Frauen und Männer entdeckte, die sinnlose und merkwürdige Sätze aussprachen, stellte sie fest, daß die heutigen Schriftsteller an einer Art unheilbarer, chronischer Zerstreutheit und Verwirrung litten, die das Ergebnis ihrer Arbeit wertlos werden ließ. Sie schloß deshalb das Buch. Obwohl sie versuchte, wach zu bleiben, schlief sie sanft ein.

In ihrem Traum, der sich in einer sommerfarbenen gelben Atmosphäre abspielte, erinnerte sie sich plötzlich daran, daß sie der Zentrale die Telefonnummer ihrer Freundin Attefeh gegeben hatte. Sie suchte nach einem Zettel, um dies aufzuschreiben. Sie war aber so sehr von der strahlenden Sonne, die mit ihrem Licht ihren ganzen Traum überflutete, fasziniert, daß sie sofort alles vergaß. Als aber eine Stunde später das Telefon wieder klingelte und die junge, muntere Stimme ihr zuerst die Uhrzeit sagte und ihr dann mitteilte, daß sich niemand in Teheran meldete, gab sie ihr sofort ohne Zögern und Zweifeln eine andere Nummer und bat sie darum, es dort zu versuchen. Die Telefonistin antwortete kurz und trocken: »Das geht nicht. Neue Nummern werden erst wieder ab 0.00 Uhr angenommen. «

Azar fragte: »Warum hören Sie mir nicht zu? Es geht um Leben und Tod ... um Leben oder Tod eines Kindes!«

Die Stimme sagte: »Vorschrift ist Vorschrift!«

Und die Verbindung wurde unterbrochen.

Eine Stunde später erwachte Azar grimmig und verstimmt aus ihrem Morgentraum und blickte auf einen von endlosem Schneetreiben nassen Tag. Die kalte Sonne zitterte an der Ecke eines düsteren und niedrigen Himmels und warf ihr honigfarbenes Licht auf die nackten Bäume und den verschlammten Asphalt der Straßen.

Azar atmete tief ein und versuchte, den warmen Hauch frischer Luft sonnenüberfluteter Steppen aus ihrem Traum, der in die stickige Luft ihres Zimmers eingedrungen war, wiederzufinden und in ihren Lungen festzuhalten. Als sie die Luft roch, die sie auf einmal eingeatmet hatte und nun wie Zigarettenrauch Ring für Ring aus ihren Lungen ausstieß, stellte sie verwundert fest, daß der milchige Dunst, der aus ihrem Mund hochstieg und sich langsam in der kalten, schweren Luft des Zimmers auflöste, einzig und allein mit dem säuerlichen Gestank des Schafskäses und des altbackenen Roggenbrotes angehaucht war, das sie in der Nacht zuvor mit vor Gram zugeschnürter Kehle runtergeschluckt hatte. Sie schloß ihre Augen in der Hoffnung, wieder in ihrem Traum zu versinken: Sie lag nackt, jung und verschwitzt auf der von Blumen bedeckten Erde unter der strahlenden Sonne, die wie ein glühendes Tablett am Himmel hing, und ließ die brennenden Stacheln tausender Strahlen in ihre Haut eindringen. Sie wollte wie ein Bienenstock die Bienen der Wärme, die von der Sonne herabstürzten, auf sich ziehen.

Als sie ihren Körper berührte und ihn glühend wie einen Ofen fand, glaubte sie, daß ihr Wunsch in Erfüllung gegangen sei. Sie lächelte zufrieden und schloß die Augen. Sie streichelte ihren langen und feuchten Hals. Ihre Hand glitt über die volle Rundung ihrer weichen Schulter und berührte die geschwungenen, festen Brüste. Als sie überwältigt von einem Hochgefühl der Lust und Leidenschaft die Hand auf ihr Herz legte und leicht drückte, brannte sie so sehr, als ob sie sie über die Öffnung eines Vulkans gehalten hätte. Erschrocken zog sie ihre Hand zurück, sah zur Sonne hin und stellte plötzlich fest, daß es nicht die natürliche Wärme der Sonnenstrahlen war, die ihr Herz so aufflammen ließ. Nein, es war das tiefe Gefühl des Grauens und der Einsamkeit, das ihr Herz in fiebernde Hitze versetzte.

Während Azar dalag, sah sie sich den Schatten der Großmutter an, der auf dem Sessel schlummerte. Sie fühlte, wie ihr Herz von der Erinnerung an den Trübsinn ihres Traumes schwer schlug. Sie sah sich Klaus an und hörte der farblosen Stille zu, die nur vom monotonen Brummen des Kühlschranks und dem Klappern der Toilettenlüftung zerkratzt wurde. Weit entfernt vom Trubel der Menschenmassen, die weinend, mit den Zähnen knirschend, fluchend und flehend die Toten aus den Ruinen herauszogen, fiel in einen Winkel ihrer Gedanken ein kleiner Strahl von Schutt und Putz aus einem Riß in der völlig zerstörten Decke und füllte langsam die leblose Hand einer Frau, die hilfesuchend aus den Trümmern herausragte. Azar schüttelte ihren Kopf, strich aus dem Zettel die Zeilen, die sie daran erinnerten, ihre Blutdrucktropfen einzunehmen, und schrieb: Verbindung mit der Telefonzentrale.

Sie stand dann auf und ging ans Fenster. Eine blasse Sonne, weiß wie Kreide, tauchte in die Tiefe der grauen Wolkenmassen. Der blendende Glanz des weißen Schnees widerspiegelte ein grelles Licht, das den Tag erhellte. Die stickige Luft des Zimmers roch nach Schimmel und Feuchtigkeit. Azar zitterte innerlich. Um zu verhindern, daß sie wie immer von Trübseligkeit und Schlappheit überfallen wurde, zog sie das Lehrbuch und die Kassette der Deutschen Sprachlehre sowie ihr Übungsheft heraus. Sie steckte die Kassette in den Recorder und schaltete ihn ein. Den Gruß von

Klaus erwiderte sie nicht. Den gebrauchten Mantel, den sie auf dem Flohmarkt gekauft hatte und von dem sie nicht wußte, wieviele alte deutsche Frauen darin gestorben waren, warf sie sich über die Beine und fing schnell an, ihre Aufgaben zu schreiben: »Herr Klaus mag lieber Bier.«

Als sie über den Artikel von Bier nachdachte, fiel ihr Blick auf die vielen Haare und weißen Schuppen, die an dem Kragen des Mantels hingen, und sie erschrak. Sie sagte sich, daß sie unbedingt daran denken müsse, einen Termin beim Hautarzt zu besorgen. Sie zog den Zipfel des Mantels über die Großmutter, die vor Kälte zusammengekrochen war, und sah zu Klaus, der die Zeitung las. Verärgert sagte sie: »Kannst du es nicht lassen, dich so früh am Morgen hinter der Zeitung zu verstecken?«

Und sie strich sich über die Haare und lachte darüber, daß sie bald wie ihr Vater aussah. Der Zettel in ihrem Heft erinnerte sie daran: »Kaue nicht an deinen Fingernägeln!«

Von den elf Kindern, die ihr Vater von vier Frauen hinterlassen hatte, war sie nicht die einzige, die ihn haßte. Sie vermied es, sich sein Phantombild anzuschauen, das sie früher überall verfolgt hatte. Sie unterschied das Gespenst ihres Vaters von den anderen Schatten durch den langen, weißen und großen Schlafanzug, den er immer trug und den ihre Mutter bis zu ihrem Todestag sauber und gebügelt in ihrer Truhe aufbewahrt hatte. Sie sah noch, wie er sie mit seinen schwarzen Augen und seiner Adlernase im großen Wohnzimmer verfolgte, dessen mit blauen italienischen Mosaiken bedeckter Boden das trockene Echo seiner beschlagenen Stiefel doppelt erschallen ließ. Sich durch die Stühle und Sessel schlingend, schwitzend und schnaufend versuchte er Azar, die verängstigt, zitternd und außer Atem floh, zu schnappen, ihre erröteten, schweißfeuchten Wangen mit seinen breiten und fleischigen Händen zu umrahmen, ihren Kopf nach oben zu ziehen, sein verwelktes, stoppeliges Gesicht an ihren warmen und weichen Wangen zu reiben, mit seinem großen, stinkigen Mund ihre Zunge und ihren Speichel zu saugen und seinen klebrigen und zähen Speichel in ihren Mund zu entleeren. Erregt von diesem Lustgefühl griff er zu ihren jungen Brüsten und rieb sein steifes Glied mit voller Gewalt an ihrem Körper. In der ganzen Zeit hatte Azar nur wie eine gefangene Taube flattern und mit geschlossenem Mund in ihrem Herzen schreien können.

Sie hatte jene unheilvolle Sommerdämmerung noch nicht vergessen, als sie es vor lauter Angst gewagt hatte aufzuschreien. Jener Nachmittag, an dem sie müde und erschöpft im Bett lag und sich hinter dem hauchdünnen Musselin des Moskitonetzes den Vollmond ansah, der so hell und glatt aussah, als hätte man ihn an eine blaue Wand gemalt. Vom Ziegelboden des Hofes stieg noch die glühende Hitzepyramide der Sonne, die den ganzen Tag unerbittlich geschienen hatte. Der dumpfe Geruch der Dämmerung vermischte sich mit dem Geruch der angefeuchteten Erde und dem frischen Duft des Jasmins. In ihrer Phantasiewelt war sie von diesem riesigen kreideweißen Kreis so verzaubert, daß sie fühlte, wie ihre Lider allmählich schwer wurden. Während sich das ausgedehnte und monotone Geräusch der Grillen und Zirpen, das leichte Flattern der Fledermäuse und das ständige und lästige Summen der Mücken in ihren Gedanken vermischten, betrat sie die Welt des Schlafes. Ein warmer Wind umhüllte plötzlich ihren Körper. In einem kurzen Augenblick des Wachseins hörte sie ihr eigenes Herzklopfen und ein schweres Schnaufen und sank wieder in die Tiefe einer stillen, stummen Welt. In dieser Finsternis merkte sie nicht, ob sie sich von alleine auf den Rücken drehte oder ob eine feuchte Hand sie umdrehte. Solange sie den Druck von etwas Hartem und Kräftigem zwischen ihren Schenkeln nicht wahrgenommen hatte, hatte sie weder das kleine Schweißbächlein, das auf ihren Rücken floß, noch das grelle Geräusch vom Herunterziehen eines Reißverschlusses gemerkt. Sie fühlte plötzlich, wie ein stechender Schmerz ihr Kreuz durchzog. Es kam ihr sogar vor, als ob sich ihre Knochen dehnten. Sie zitterte vor Grauen. In ihrem Halbschlaf versuchte sie aufzustehen. Sie war sicher, daß dieser lähmende Alptraum, sobald sie ihre Augen aufmachte, vorbei wäre. Sie versuchte sich zu bewegen. Vergeblich. Als ob in ihren ganzen Gliedern anstelle von Nerven vermoderte Seile eingelegt worden wären.

Solange ihre Eingeweide nicht in einer kreisförmigen Bewegung hochkamen, lag sie wie versteinert da. Das trockene und wilde Fauchen einer Katze riß sie plötzlich hoch und erinnerte sie daran, daß sie es alleine mitten in jener schrecklichen Finsternis des Moskitonetzes nicht aushalten konnte. Als sie aufstehen wollte, fühlte sie auf einmal, wie eine knochige Hand mit ausgestreckten Fingern aus dem Dunkel heraustrat und auf ihrem langen feuchten Hals saß. Aus Angst schrie sie so laut, daß das Fauchen der Katze sofort verstummte. Sie fühlte, wie das ganze Blut ihres Herzens sich in Schaum verwandelte. Die Hand glitt schnell hoch und hielt mit einem tödlichen Druck ihre Nase und ihren Mund fest. Während sie im Dunkel der Atemnot versank, sah sie den dichten schwarzen Schnurrbart ihres Vaters, der zitterte, sich nervös zusammenzog, sich ausdehnte und krümmte. Bevor sie das wirre Getöse der Hausbewohner hörte und sich wie ein Federkissen fühlte, das hin- und hergeworfen wurde, sah sie noch den Glanz von ein paar Schweißperlen, die von seiner Stirn auf die glühende Haut ihres Gesichtes herabfielen.

Als der Angstschrei Azars aufhörte, fing ihr Vater an, vor lauter Zorn zu brüllen. In der Demütigung der Niederlage, der Angst vor Schande und der Enttäuschung einer unbefriedigten Leidenschaft oder Wollust krampfte er sich zusammen, schlug und trat auf Azar ein. Um der Schmach der Schande zu entfliehen, beschuldigte er sie des Diebstahls. Wie ein Kopfkissen warf er sie hin und her. Er schmiß sie zu Boden und warf sie in die Luft.

Azar wußte nicht mehr, wo ihr Kopf, wo ihre Beine, wo ihre Hände und wo ihr Herz war. Sie fühlte nur, daß sie wie ein Häuflein Watte gekämmt wurde. Sie hörte ihren Vater, der behauptete, mit eigenen Augen gesehen zu haben, wie Azar aus seinen Taschen Geld gestohlen habe.

»So eine Unverschämtheit! So eine Frechheit! Was haben diese hinterhältigen Diebe in meinem Haus zu suchen? Wer hat sie reingelassen? Ab heute darf sich niemand mehr ohne meine Erlaubnis im Haus bewegen!«

Azar hörte nichts mehr. Starke Hände zogen sie an den Ohren hoch und warfen sie in die tiefe Dunkelheit des Kellers, der vom

Geruch der Laufkäfereier, der Mäusekadaver, der Eidechsen, der Feuchtigkeit und des Schimmels angefüllt war.

Azar schüttelte vor Gram und Haß ihren Kopf und atmete in Erinnerung an die Tatsache, daß ihr Vater vor Jahren gestorben war, auf.

Klaus sagte: »Obwohl es kalt ist, ist es ein schöner Tag, nicht wahr?«

Azar antwortete nicht. Unwillkürlich fing sie an, an ihren Fingernägeln zu kauen. Ihr Auge fiel auf den Zettel, der sie fragte: »Hast du dein Speicheldrüsen-Medikament eingenommen?« Sie versuchte, sich daran zu erinnern, welcher Wochentag es war. Denn sie war sicher, daß sie einen Termin beim Arzt hatte. Aber sie wußte nicht mehr, bei welchem Arzt und um wieviel Uhr. Während sie noch über Klaus' Frage nachdachte, ging sie ans Telefon und wählte die Nummer der Auslandsvermittlung. Eine magnetische Stimme vom Band wiederholte ständig: »Hier Auslandsvermittlung, bitte warten! ... Hier Auslandsvermittlung, bitte warten!«

Azar wartete. Während sie in Gedanken die Uhrzeit in Teheran errechnete, sah sie Attefeh und Nazli, die im vom Summen des Samowars angefüllten Zimmer am Frühstückstisch saßen und mit schweren Kiefern ihr morgendliches Butterbrot kauten. Hinter dem weißen Dampf, der aus dem Samowar emporstieg, sah sie die geröteten, entzündeten Augen Attefehs und das blasse, verängstigte Gesicht Nazlis. Plötzlich erhob sich ein bedrohliches, ohrenbetäubendes Geräusch im klaren, glänzenden Morgenhimmel. Die Bewegungen ihrer Kiefer wurden langsamer. Sie hörten auf zu kauen. Aus der Ferne schrien Stimmen: »Rakete, Rakete!!! ... Sie kommen!« Eine zermalmende Stille, die zuerst von dem Summen des Samowars und dann von dem Zähneklappern Nazlis durchlöchert wurde, trat an die Stelle der Schreie. Attefeh sprang hoch und warf sich auf Nazli. Mit ihren Händen und Schultern bedeckte sie den kleinen Körper des Kindes. Plötzlich bebte die Erde. Der Knall der Explosion hallte im Haus und in der Tiefe ihrer besorgten, roten Herzen wider. Eine Welle von Spannung, Angst, Leid und Schmerz durchzuckte ihre Körper. Der ausgedehnte und riesige

Knall ließ die breiten Fensterscheiben zerspringen und zerbersten und überschüttete sie mit einem Wasserfall aus Glasscherben. Nazli weinte und zitterte. Der Gram würgte Attefeh. Vor Verzweiflung und Hilflosigkeit war sie wie gelähmt. Von weitem war ein unaufhörliches, ausgedehntes Jammern zu hören. Mühselig erreichte Attefeh das Fenster. Eine heulende und kreischende Masse lief zu einem riesigen Baum. Ziegel, Schutt, Eisen sowie menschliches Blut und Fleisch bildeten seine Äste und Blätter. Manche schrien die Namen ihrer Bekannten, Freunde und Verwandten, die in diesen Vierteln gewohnt hatten. Sie liefen mit teuflischer Geschwindigkeit, als ob sie ein Wettrennen mit dem Tod aufgenommen hätten. Die Frauen kreischten noch stärker. Sie hoben ihre Hände mit ausgestreckten Fingern zum Himmel und baten schreiend und hilfesuchend Gott, ihnen auf der Stelle das Leben zu nehmen, um sie von den stündlichen und täglichen Qualen zu befreien. In einer Ecke des Bürgersteigs fragte eine Frau jammernd und zum Himmel schauend: »Oh Gott, was haben wir nur getan, daß du uns diesen Tyrannen ausgeliefert hast?«

Eine ruhige Frauenstimme sagte im Telefon: »Hier Auslandsvermittlung, was möchten Sie?«

Azar sagte überrascht: »Guten Tag...«

Auch mit größter Mühe fiel ihr kein anderer Satz ein. Sie hatte ganz vergessen, warum sie diese Nummer gewählt hatte. Verlegen kramte sie in ihren Zetteln herum. Flehend schaute sie zu Klaus, der mit einem blöden Lächeln auf sie starrte, und sah dann zum Schatten ihrer Mutter, der auf dem Stuhl ruhig schlief. Als die Telefonistin sie nochmals ungeduldig aufforderte, ihre Nummer zu sagen und die Leitung nicht unnötig zu besetzen, sagte sie beschämt: »Entschuldigen Sie, ich habe mich verwählt...«

Um sich vor dem schweren, anklagenden Blick Azars zu retten, änderte Klaus sofort seinen Platz. Er nahm die Zeitschrift »Automobil« vom Tisch und starrte auf die merkwürdigen Automodelle, die die verschiedenen Autohersteller im Jahre 2000 anbieten wollten. Azar machte den Mund auf, um ihn auszuschimpfen. Sie verzichtete aber bald darauf, da ihr plötzlich einfiel, warum sie die Telefonistin sprechen wollte. Sie holte sofort einen Zettel und schrieb darauf: »Anmeldung der Telefonnummer von Attefeh bei der Zentrale«. Und weil ihr dieser Satz nicht deutlich genug vorkam, unterstrich sie das Wort »Attefeh« und schrieb dazu »in Teheran«.

Klaus blätterte noch mit offenem Mund in der Zeitschrift und sprach einige Sätze, deren Sinn sie gar nicht verstand. Beim Anblick der dunklen Höhle seines Mundes, der mit schwarzer Tinte gemalt war, fiel ihr eine erschreckende Ähnlichkeit zwischen ihm und ihrem Vater auf, die ihren Zorn noch steigerte. Sie wollte nicht den Kopf hochheben und auf ihre eigenen dreizehnjährigen Augen schauen, die auf das wie ausgetrocknetes Leder zähe und vergilbte Gesicht des Vaters, die leere Höhle seines Mundes, seinen haarlosen, mit vielen weißen Flecken bedeckten Kopf auf dem Sterbebett gerichtet waren und von einer grausamen Zufriedenheit glänzten. Sie wandte sich deshalb um und sah den Metzger des Viertels, Hadji Hessabi, der mit seinem dicken, wulstigen und in eine dreckige und blutige Schürze gewickelten Bauch beim Kopf des Vaters stand und ein Messer mit breiter Klinge wie eine Flagge in der Hand hielt und in der Stille der religiösen Zeremonie wartete. Die Tür ging plötzlich auf, und ein großgewachsener, breitschultriger Mann trat ein. Sie wußte nicht, ob es ihr Bruder oder ihr Onkel war, er sah aber dem Vater in seinen Jugendjahren sehr ähnlich. Er hielt eine flatternde Taube in der Hand. Der Kreis der Menschen, die mit feuchten Augen und Taschentüchern um das niedrige Bett standen, vergrößerte sich. Hadji Hessabi trat vor und nahm ihm die unruhige Taube, die aus tiefem Hals stöhnte und mit ihren verängstigten, roten Augen hin- und herschaute. Noch bevor sich jemand von dieser blutigen Szene abwenden konnte, köpfte er die Taube mit einer zackigen Bewegung. Er hielt die noch von inneren Krämpfen zitternden Flügel in der Hand, legte den aufgerissenen Hals, aus dem noch das Blut kraftlos sprudelte, an den Kopf des Vaters und sagte mit einer rauhen und tiefen Stimme: »Ihr Schwindelgefühl wird gleich verschwinden, Herr! Seien Sie sicher!«

Nachdem das ganze Blut der Taube auf den Kopf des Vaters getropft war, legte sich das Getöse von Aufregung und Furcht, das die Masse zittern ließ. Entsetzt und verdutzt sah Azar zum Vater, der auf einem großen Bett unter mehreren Decken aus Hühnerfedern lag. Über seinem Kopf hing der ausgestopfte Kopf eines Hirsches, den er in seiner Jugend gejagt hatte und der nun mit den spöttischen und teuflischen Augen des Todes auf ihn herunterblickte. Sie zitterte vor Kälte. Vom Anblick der Blutrinnsale, die über seinen weichen und weißen Schädel und sein gelbliches Gesicht liefen, trat sie erschrocken zurück. Aus Angst biß sie sich in den Finger und lief rückwärts zur Tür. Sie stand kurz vor der Tür, streckte ihren Arm aus, um sie zu öffnen. Doch der Lärm schriller Schreie ließ sie plötzlich auf ihrem Platz erstarren. Die Tür ging im selben Augenblick auf, und eine Wolke aus Dampf, Rauch und dem Geruch des warmen, frisch geschlachteten Fleisches schlug ihr ins Gesicht. Sie zog sich zurück und sah im vernebelten Gang lauter Knaben, auf deren Schultern große Messingschüsseln schaukelten. In der ersten Schüssel zitterte ein schlagendes Herz von der Größe eines Ochsenherzes. In der zweiten war der geschlungene Darm eines Vogels, in der dritten die salatgrünen Darmzotten und der Wiederkäuermagen eines Schafes, in der vierten die weißen Innereien eines Hundes, die blau schimmerten und in der fünften ... Das Zimmer füllte sich schnell mit dem scharfen und beißenden Gestank der warmen Ausscheidungen von Menschen, Tieren und Vögeln. Azar hielt es nicht mehr aus. Sie streckte die Arme, nahm die beiden Türflügel in die Hand. Noch bevor sie die Türflügel hinter sich schloß, hörte sie die heisere und zufriedene Stimme von Hadji Hessabi: »Sie werden sich gleich warm fühlen, Herr. Die Kälte wird gleich aus ihrem Körper verschwinden, mein Herr.«

Azar merkte plötzlich, wie der Knochen ihres Daumens schmerzte. Sie löste die Klemme ihrer Zähne um den Finger und sagte Klaus, der auf der Kassette ständig über die Ergebnisse der letzten Fußball-Europameisterschaft sprach: »Quatsch nicht so viel! ... Du langweilst mich.«

Sie schaltete den Recorder aus. Sie dachte daran, die Polizei oder Feuerwehr anzurufen, um das Datum zu erfragen. Auch nach langem Überlegen wußte sie nicht, woran sie sich erinnern wollte. Um nicht an ihren Fingernägeln zu kauen, stemmte sie die Arme unter das Kinn und fing an, sich mit Klaus im Buch zu unterhalten, der mit seinen roten Haaren und verwirrten Augen ein Dutzend

Biergläser ausleerte. Denn alle Schatten, die sie umgaben und die sie als wahr empfand, die Schatten der Mutter, Großmutter und Mahmouds, kannten ihre Lebensgeschichte besser als sie selbst. Nicht nur weil sie diese Geschichte mehrmals gehört oder selbst erzählt hatten, sondern auch weil sie – gewollt oder ungewollt – eine kürzere oder längere Zeitspanne dieses Schicksals mit ihr geteilt hatten. Mit der Erzählung von Azars Lebensgeschichte gaben sie in Wirklichkeit auch Episoden ihres eigenen Lebens wider. Damit konnten sie auch ihre geheimen Sehnsüchte und Sorgen, verlorenen Hoffnungen und Träume, die sie nie zur Sprache zu bringen wagten, aussprechen und zugleich sattsam weinen. Azar sagte Klaus, daß sie sich vielleicht auch deshalb zu alt geboren fühlte. Denn sie hatte in der Gestalt fremder Schicksale auch das Leben anderer erfahren. Obwohl sie das alte und wiederholte Leid der Einsamkeit und Unruhe in ihrem eigenen Leben und dem der anderen oft ertragen hatte, war ihr seine Qual jedesmal neu und einmalig. Sie dachte, daß sie ihr vielleicht deshalb nicht standhalten konnte. Auch seit jenem Tag, an dem sie die Tür hinter sich oder zu sich geschlossen hatte, hatte sie immer in Angst und Einsamkeit gelebt. Wenn Klaus die Wahrheit erfahren wollte, würde sie ihm jedoch erzählen, daß sie sich nicht vor Vereinsamung und Verwirrung, sondern vor deren Folgen fürchtete. Wer weiß, vielleicht fürchtete sie sich sowohl vor Einsamkeit und Besorgnis, als auch vor deren Folgen. Sie ist sich dessen noch nicht ganz bewußt. Sie wußte nur, daß die Folgen des Alleinseins und der Verwirrung für jemanden wie sie oft tödlicher sind als diese selbst. Denn sie führen dahin, daß man kein Herz zu haben glaubt und auch deshalb keine menschlichen Reaktionen auf das Leben zeigt. Man verliert allmählich seine Empfindsamkeit und begibt sich entschlossen auf den Pfad der Hartherzigkeit und Grausamkeit, der dann unmittelbar ins Reich des Wahnsinns führt. Nur ein Augenblick der Nachlässigkeit... »Was sagst du, Klaus? Ist das nicht so?« Und sie fragte sich, warum dieses verdammte Telefon nicht endlich klingelte.

Klaus stellte sein Bierglas auf den Tisch und sagte mit roten Buchstaben: »Das ist nicht mein Bier!«

Azar geriet in Zorn, schloß das Buch, schlug auf den Tisch und schrie: »Mit dir zusammen zu sein, ist tausend Mal schrecklicher als die Einsamkeit«.

Ein Zettel flog vom Tisch in die Luft und flatterte zu Boden. Auf dem Zettel stand: »Schilddrüsensaft, dreimal täglich, vor dem Essen«. Ungeachtet dessen lief sie zum Telefon und wählte willkürlich eine Nummer. Eine Frauenstimme verlas im Telefon das Programm der linksrheinischen Kinos. Während sie der Stimme zuhörte, fühlte sie einen metallischen Geschmack im Mund. Dann erinnerte sie sich daran, daß sie einen Termin beim Zahnarzt vereinbaren mußte. Seit sie sich eine Metallschraube in ihren Kieferknochen hatte einpflanzen lassen, um darauf einen Zahn zu befestigen, hatte sie ihren Termin mehrmals neu vereinbart und auch jedes Mal wieder vergessen. Azar legte den Hörer auf und sah zum netten, schüchternen Schatten ihrer Mutter, der neben der Heizung saß und sanft aus dem Fenster schaute. Azar kam das Gesicht des Schattens ganz anders vor als ihr Bild, das in einem blattförmigen Rahmen an einem metallenen Baum auf dem Fernseher stand. Auf dem Bild sah ihre Mutter zum Teil hartnäckig, entschlossen und sehr schön aus, während ihr Schatten wie eine ergebene, anhängliche Frau aussah, die stumm und müde das Brandmal einer verbotenen Liebe auf ihrem Herzen trug. Azar ließ ihren Blick auf das Gesicht der Großmutter gleiten, das im zweiten Blatt jenes vergoldeten Metallbaumes hing. Sie hatte es aus einem alten, verblaßten Gruppenbild ausgeschnitten. Das einzige Anzeichen, das auf eine Ähnlichkeit mit dem Gesicht des Schattens der Großmutter hinwies, war ihre Adlernase, die wie ein verrostetes Messer aus der Tiefe des vergilbten Papiers herausschaute und ihren Schatten auf das halbe Gesicht warf, der das Bild noch undeutlicher und verschwommener erscheinen ließ.

Azar konnte nicht mehr die Last des verschmitzten und von Liebe erfüllten Blickes Nazlis aushalten, der vom dritten Blatt des Baumes direkt auf sie gerichtet war. Sie sah von der Großmutter weg und schaute sie an. Ein fröhliches, kindliches Lachen ließ die glänzenden Perlen ihrer kleinen, ordentlichen Zähne zum Vorschein kommen und die rosarote Haut ihres Gesichtes noch klarer

erscheinen. Aus der Tiefe ihres Blickes sprudelte eine wärmeaus-
strahlende Leidenschaft und Gelassenheit, die ihrem schüchternen
Gesicht den Ausdruck von endloser Anmut und Eleganz verlieh.
Während sie Nazli in Gedanken umarmte, roch und küßte, fühlte
sie, daß ihr Herz von einem einzigartigen Glücksgefühl und einer
deprimierenden Besorgnis zermalmt wurde.

Sie sah dem vierten Blatt des Baumes nicht mehr zu, das
aufgehängt an dem Metallstamm wie ein hohes Herz in der Luft
schaukelte. Sie hatte mehrmals beschlossen, die leere Fläche jenes
hängenden Kegels mit einem kleinen Bild von sich selbst zu füllen,
vergaß es aber immer wieder, obwohl sie seit dem Tag, an dem sie
diesen schmalen, kahlen Baum, der mehr einem alten niedrigen
Kerzenständer glich, beim Gebrauchtwarenhändler gekauft hatte,
diesen nie vernachlässigt hatte. Nachdem sie ihn mit Hilfe von
Äther und Alkohol von seinem Rost befreit und ihn mit goldenem
Lack nochmals gestrichen hatte, stellte sie ihn in einen Winkel auf
den Fernseher, so daß man ihn von allen Seiten sehen konnte. So
oft es ihre Vergeßlichkeit zuließ, versäumte sie seine Pflege – das
Abstauben – nicht. Sie brachte ihn ab und zu mit einem speziellen
Wachs auf Hochglanz. Sie hauchte an seine ovalförmige Gläser und
putzte mit dem gelben Kunstleder ihrer Brille sehr gründlich ihren
Beschlag und entfernte ihre Flecken. Sie kümmerte sich sehr
pedantisch um ihn, als würde sie den Talisman ihres nie erlebten
Glückes aufbewahren. Obwohl sich ihr armseliges, trauriges Dasein
nach dem Kauf jenes vergoldeten Metallstücks im Vergleich zu
vorher nicht änderte, war Azar felsenfest davon überzeugt, daß die
Aufbewahrung dieses Baumes ihr Glück bringe. Nachdem ein paar
Wochen nach der ikonenhaften Anwesenheit jenes krummen,
verknoteten Baumes auf dem Fernseher ihr vorbestimmtes Glück
nicht eintrat, beharrte Azar weiter auf ihrem Aberglauben, zuckte
mit den Achseln und schob den Launen des Schicksals und dem
Leben die ganze Schuld zu und fing wieder an, den Baum abzustau-
ben und auf Hochglanz zu bringen...

Während sie versuchte, sich daran zu erinnern, wann sie den
Baum gekauft hatte, sah sie vom leeren Platz ihres hohlen Herzens
weg und zum Schatten ihrer Mutter, die genau wie sie bewundernd

den Baum ihres Lebens und Glücks anschaute. Sie lächelte verständnisvoll und schaltete den Recorder ein. Eine fröhliche Frauenstimme sagte: »Deutsch lernen macht Spaß!«.

Bevor Azar begriff, was sie meinte, versank sie in der weit entfernten Erinnerung jenes Tages, als sie zum ersten Mal heimlich ihre Mutter besuchen wollte. Azar nutzte den durch die plötzliche Krankheit des Großvaters entstandenen Wirrwarr aus. Sie stieg auf das Pferd, ritt kilometerweit durch die Ländereien ihres Vaters und kam in die Stadt. Niemand hatte ihre Abwesenheit bemerkt. Sie war die einzige, die auf dem schmalen, geschlungenen Weg, an dessen beiden Seiten himmelhohe Bäume gewachsen waren, die weder Luft noch Licht durchließen, zur Stadt ritt.

Der Weg, der einst nur einmal im Jahr vom Hufschlag der Pferde und Maultiere, die den Hausrat und die Verpflegung ihrer Familie für die Dauer der Sommerferien zum Landhaus brachten, berührt wurde, bebte nun unter dem ununterbrochenen und unregelmäßigen Verkehr der Fahrräder, Motorräder, Transport-Dreiräder, Pferde und Maultiere, auf denen unter der glühenden sommerlichen Sonne kerzengerade gebügelte Männer und Frauen saßen, deren gerötete Gesichter vor Schweiß und Fett glänzten. Auf ihren ganz in schwarz gefärbten feierlichen Kleidern lag eine Schicht roter Erde. Die Männer wischten grob und ungeduldig mit großen, weißen Taschentüchern aus der Brusttasche ihrer Jacken den Schweiß von Hals und Nacken und sahen ernst und mürrisch zum verstaubten, endlosen Gang, dem sie entgegenfuhren. Die Frauen holten ab und zu ein Spitzentaschentuch aus ihren schwarzen Taschen und wischten, während sie auf die dichten, verschlungenen Äste der Bäume hinaufschauten, sanft und schlapp die dicken Schweißperlen von ihrer Stirn und Mundpartie. Nur ein kurzes, knappes Telegramm mit dem roten Vermerk »sehr eilig« hatte sie alle von den weit entferntesten Ecken im Norden Teherans, im Herzen Europas oder auch irgendwo in Amerika auf diesen schmalen, verstaubten Weg, der zum Tod des Großvaters und zugleich zu seinem Erbe führte, verschlagen. Ohne sie auch nur einmal gesehen zu haben, erkannte Azar sie anhand der Fotos, die die Großmutter ihr an den langweiligen, faulen Freitagnachmitta-

gen des Sommers gezeigt hatte. Als der Großvater, der ebenso
kräftig wie alt war, ein paar Tage zuvor vom Pferd gefallen und auf
einem Feld von der Größe eines Apfelsinengartens von dem
scheuen Pferd getreten worden war, im Krankenbett lag, rief die
Großmutter sie zu sich. Sie holte die Fotoalben und das dicke Buch,
das die endlose Liste der Kinder, Enkelkinder und Urenkelkinder
sowie der Schwiegersöhne und -töchter enthielt, und breitete alles
auf dem Tisch aus. Sie sagte mit einer sicheren Stimme, die aus dem
Rachen des Schicksals zu kommen schien: »Wir müssen ihnen
Telegramme schicken. Ahmad wird von diesem Bett nicht mehr
aufstehen«.

Großmutter bereitete das Telegramm vor und überließ die Pflege
ihres Mannes seinen anderen Frauen. Sie schrieb die Namen der
Empfänger, die meistens eine Mischung aus persischen Vornamen
und englischen, französischen oder deutschen Nachnamen oder
auch fremden Vornamen und persischen Familiennamen waren,
und versah ihre Namen im Stammbuch mit einem roten Kreuz. Sie
erzählte ihr, daß sein Leben oder Tod für sie keine Rolle spielten.
Nicht weil man meine, daß die Belastungen des Lebens alte
Menschen hartherzig werden lassen. Nein, weil sie selbst seit Jahren
gestorben war; seitdem sie mit Ahmad getraut worden war, um in
dieses Landhaus gebracht zu werden, und im Labyrinth seiner
hohen Zimmer zu verwelken und zu vermodern. Ihrer Mutter,
Mahbubeh, sei auch ein ähnliches Schicksal – wenn auch mit mehr
oder weniger Unterschieden – beschieden gewesen.

Azar fragte: »Warum macht Ihr vor dem Namen meiner Mutter
kein Kreuz?«

»Weil Ahmad es verboten hat, ihren Namen, selbst nach seinem
Tod, zu erwähnen.«

»Und mein Vater?«

»Ach, du bist noch ein Kind. ›Mohammad‹ ist auch sein Sohn.
Deshalb hat auch nur er ihn ›Mohammad‹ rufen dürfen ... Und wir,
alle, ›Agha‹, Herr, Euer Exzellenz, Oberst ... Weißt du warum? Er
sagte immer, daß ein Mann im Leben nie zu wissen brauche, ob er
der Sohn oder der Ehemann einer Frau sei!«

Mahbubeh fiel es leichter, ihn »Agha« zu rufen. Denn seit sie auf seinen Befehl ihre Baumwollhose, ihr Kleid sowie das Kopftuch und die großen Galoschen ausgezogen hatte, um ihre geschwungenen Brüste, runden Hüften und zärtlichen Füße in enge Bluse, engen Rock und enge Schuhe einzuquetschen, hatte sie ihn nur fünf Mal und jedes Mal keine halbe Stunde gesehen. Als »Agha« nachts in ihr stilles, dunkles Zimmer kam, schaltete er als erstes alle Lichter ein. Er zog dann seine Jacke und seine Stiefel aus und sagte gebieterisch – mit einer Selbstverständlichkeit, als ob er ihr Tee aufzusetzen befahl: »Zieh dich aus! Schnell! Schnell!«

Überrascht hantierte Mahbubeh an dem Reißverschluß ihres Rockes und versuchte hastig, ihn herunterzuziehen, was ihr jedes Mal mißlang. Auch wenn sie den Befehl bekam, sofort Tee aufzusetzen, ging es ihr genauso. Selbst nach wiederholten Versuchen konnte sie das Streichholz nicht anzünden. In der Zwischenzeit hatte »Agha« sich seinen weißen, großen Schlafanzug angezogen, der vom Hals bis zum Fuß zugeknöpft war und ihn von oben bis unten bedeckte. Er wartete dann ungeduldig und zornig über dem Kopf von Mahbubeh, die zitternd und schwitzend gegen den eingeklemmten Reißverschluß ankämpfte.

Als Azar gegen die strikte Anweisung von »Agha« zum ersten Mal ihre Mutter besuchte, sah sie die vier schwarzen, engen Röcke, die ganz unten in ihrer Truhe zerknittert und zerrissen neben dem sauberen, weißen Schlafanzug von »Agha« lagen. Über den fünften Rock fragte Azar ihre Mutter nichts. Denn sie wußte, daß ihre Mutter selbst ihn – nach wie vor hastig und zitternd – ausgezogen und auf den Stuhl geworfen hatte.

In jener Nacht war »Agha« eher bedrückt als aufgeregt. Er hatte es auch nicht eilig. Er stand eine Weile vor dem Kamin und hörte sich das Knistern des trockenen Holzes an. Er rückte die glühenden Kohlestücke zurecht und legte die Feuerzange darauf, damit sich das Metall allmählich orange verfärbte. Anders als sonst machte er auch das Licht nicht an. Mit einer verzauberten Stimme rief er zu Mahbubeh: »Komm, laß uns am Feuer schlafen!«

Und er knüpfte langsam sein Hemd auf. Seinen Schlafanzug rührte er nicht an. Als er sich ausgezogen hatte und am Feuer im

Bett lag, legte er die Hände unter den Kopf und starrte mit einem traurigen Lächeln so auf Mahbubeh, die noch an ihrem eingeklemmten Reißverschluß herumhantierte, als ob er sich einen verlorenen Traum anschaue.

In Mahbubehs Augen war »Agha« nun Morad ähnlich. Nicht weil er im Gegensatz zu sonst seinen verwelkten weißen Körper nicht im Sack jenes riesigen Schlafanzuges versteckt hatte und nun dort nackt unter den roten Strahlen der Flammen lag, die seiner Haut einen kupfernen Glanz verliehen. Nein, weil er diesmal nicht aus Wollust, sondern aus Zuneigung zu ihr gekommen war. Nicht mit Gewalt, sondern mit einer Liebe, die eine Welle der Leidenschaft in ihr auslöste. Mit Zärtlichkeit. Neben Morad fühlte sich Mahbubeh nicht wie eine Hündin, die von der Macht einer wahnsinnigen Wollust eingeschüchtert worden war. Neben Morad war sie eine Geliebte, die den Schmerz, das Begehren, das Gefühl der Sünde, die Angst, die Scham und die Unsicherheit in gleichen Maßen genoß. Sie legte ihren Kopf auf seine Schultern und überließ sich dem süßen Gefühl des Begehrens und des Begehrtwerdens. Ein Gefühl, dem die tödliche Angst der Schande einen bitteren Nachgeschmack verliehen hatte. Als sie den jungen und muskulösen Körper von Morad anfaßte, lief ihr eine heiße Welle der Leidenschaft unter die Haut. Doch im gleichen Moment ließ die Erinnerung an den weißen Musselin von »Aghas« Schlafanzug ihren Körper von einem kalten Schweiß erschüttern. Dann zog sie sich wie eine Blume auf Morads Körper zusammen, um sich den Pulsschlag seines Herzens, das vor Liebe und Leidenschaft klopfte, anzuhören, bis der furchterregende Widerhall des von Betrunkenheit und Wollust verzerrten Gehculs von »Agha« in ihren Gedanken die Hirnhaut durchdrang und sie in Schrecken und Erstarren versetzte. Dann konnte sie nicht mehr atmen und stöhnte statt dessen. Auch tagsüber ging das Gestöhn wie ein nicht wahrnehmbares Geflecht weiter und wurde während ihrer Hausarbeit und der unruhigen Betriebsamkeit noch heftiger und bedrückender und verlangsamte ihre Bewegungen. Obwohl sie kein einziges Gramm zugenommen hatte, fühlte sie sich von Tag zu Tag schwerer. Als sie darüber nachdachte, stellte sie fest, daß es nicht die Zunahme von Fleisch und Fett war, die ihr dieses

Gefühl der übermäßigen Schwere gab. Nein, es war die tiefe Angst
vor der Schmach und die tiefe Trauer der Schande, die ihr Herz
erfüllten und sie immer schwerer und träger machten. Dann begriff
sie auch den Grund ihrer Atemnot und warf deshalb alle Medikamente weg, die der Arzt ihr gegen ihr Asthma verschrieben hatte.
Sie glaubte inzwischen, daß übernatürliche Kräfte am Werk waren,
um sie zu vernichten. Sie verdächtigte »Khatuun« – die neue Frau
von »Agha«, von der man sagte, daß sie mit Hilfe von Zauberei und
schwarzer Magie alle Familienmitglieder in eingeschüchterte,
willenlose Knechte verwandelt hatte. Sie beschoß dann ihrerseits,
zur Vereitelung jenes unheilvollen Talismans zu übernatürlichen
Kräften zu greifen. Deshalb kochte sie mit einem rastlosen Herzen
voller Liebe zu Morad, stundenlang eine Zauberformel murmelnd,
in einem Topf eine Mischung aus Wandputz, Essig, Pottasche und
hohlen Knochen, die beim Zusammenstoßen wie Holz klangen,
während sie in begieriger Erwartung des Liebesgenusses zitterte,
fieberte, erblaßte, errötete und stöhnend bis ans Ende der Welt der
Ekstase ging und wieder zurückkehrte. Sie goß dann die zusam-
mengewürfelte Mischung in eine Wasserkanne und besprühte
damit alle Teppiche, Möbel und Betten, als ob sie ein Gärtchen mit
Wassertröpfchen anfeuchte. Dabei ließ sie Khatuun keine einzige
Sekunde aus den Augen. Sie merkte deshalb auch nicht, daß »Agha«
sie seit längerem beschattete und in jener Nacht gesehen hatte, wie
sie unter dem Vorwand der Teilnahme an den monatlichen
Predigten von Karbalai Ali das Haus verlassen hatte und drei
Stunden später zitternd, erschrocken und keuchend in das Apfelsi-
nenlager zurückgekehrt war.

»Agha« knirschte zunächst mit den Zähnen, als er Mahbubehs
Ehebruch entdeckt hatte. Dann überschüttete er die ganze Welt
und die Menschheit mit einer riesigen Speichellache und versuchte, gelassen zu bleiben. In seinen einsamen Nächten durch-
forschte er alle Tiefen und Höhen seines Lebens als hoher Offizier
der Kaiserlichen Armee, Großgrundbesitzer und »Agha«. Dabei
stellte er fest, daß er nicht so viele Ungerechtigkeiten begangen
hatte, um eine so unheilvolle Bestrafung zu verdienen. Er kam dann
zu dem Schluß, daß im Spiel des Schicksals ihm und nur ihm ein so

tückisches Unrecht beschieden worden war. Die Qual, die ihn fast in einen tollwütigen Hund verwandelt hatte, ging weniger aus der schmerzlichen Erkenntnis hervor, daß er offensichtlich betrogen worden war. Nein, die Verletzung seines Stolzes bereitete ihm einen noch größeren Schmerz. Er konnte es nicht fassen, daß es in dieser weiten Welt jemanden gab, der es gewagt hatte, seinen ausdrücklichen Willen und Entschluß zu mißachten. Sein stets stolzes »Ich« hatte bei dieser Affäre viel mehr gelitten, als er dachte. Er wußte nicht, wie er diese tiefe Wunde heilen sollte. Er legte sich nachts in Kleidern und Stiefeln bäuchlings auf das Bett und biß sich in den Arm. Vor Wut schäumte sein Mund. Er glaubte, daß selbst der Tod von Morad oder Mahbubeh oder Morad und Mahbubeh nicht jenes Heilmittel sei, das seine brandige Wunde heilen könne. Man sollte diesen Herd von Eiter, Blut und Fäulnis ganz auslöschen. Man sollte deren Wurzeln verbrennen.

»Agha« hatte sich diesen Satz so oft wiederholt, daß er allmählich glaubte, er fließe nicht aus seinem Mund, sondern aus seinem Inneren heraus. In jenem Territorium, das sich gänzlich seinem Willen entzog und wo übernatürliche Kräfte herrschten, wurden die Gebote des Schicksals aufgestellt.

Als er in jener Nacht erblaßt und langsamen Schrittes zu Mahbubehs Zimmer ging, hatte sich der tollwütige Hund, der in seinem Inneren unaufhörlich bellte, etwas beruhigt. Er schritt so stumm und verwundert, als ob er von unsichtbaren Kräften geführt würde. Er war aber nicht so sehr von Sinnen, daß er die Natur nicht wahrnehmen konnte. Er sah zum Himmel, der rot und trüb war. Ein kalter Schneewind brannte auf seiner Nase und trieb ihm Tränen in die Augen. Als er leichtfüßig durch den Garten lief und die Apfelsinenbäume sah, die wie traurige Bräute unter einem Schleier aus Nylon auf den Boden blickten, fühlte er im selben Augenblick das Bedürfnis, Wasser zu lassen. Er sagte laut: »Heute nacht wird es bestimmt schneien.«

Er schlug seinen Militärmantel, den er sich über die Schultern geworfen hatte, zur Seite und öffnete die Hosenknöpfe. Als ob er sich einer unbezwingbaren Gewalt ergeben hätte, die ihn vor seiner inneren Stimme erniedrigte, fing er an, beschämt und beim Laufen

zu pissen, und hinterließ einen warmen Dampf, der einen dünnen
Nebel und einen scharfen und beißenden Geruch in die Luft setzte.
Als er vor dem Haus stand, das er für Mahbubeh gebaut hatte,
säuberte er seine beschlagenen Stiefel an der dicken Fußmatte und
knöpfte den letzten Hosenknopf zu. Mit einer Stimme, die dem
Klang einer Offenbarung ähnelte, sagte er: »Jawohl, man sollte
deren Wurzel verbrennen!«

Mahbubeh empfing in jener Nacht einen ganz anderen »Agha«.
Sein sanftes Lächeln erschreckte sie mehr als das gräßliche Gelächter, das er immer in Trunkenheit und Liebesrausch ausstieß. Als sie
seine Augen sah, die feucht und geschwollen von einer roten Aura
umwickelt waren und sie mit der Schwermut eines alten Mannes
anschauten, zitterte sie vor Angst. Sie flehte Gott an, in seinen Augen
wieder die widerspenstigen Flammen der instinktiven, unersättli-
chen Begierde auflodern zu lassen, die seinem Blick einen kalten
und grausamen Ausdruck verliehen.

Als sie mit zitternden Händen den Reißverschluß ihres Rockes
herunterzog, fühlte sie, wie eine warme, zärtliche Welle ihr Herz
durchfuhr. Sie begriff auf einmal, daß es nicht Liebe war, die dieses
Zartgefühl ausgelöst hatte: Nein, es entsprang ihrer Angst. Vor ihr
saß ein »Agha«, der einem normalen Menschen ähnlich sah.

Von der Erkenntnis dieser plötzlichen Wandlung zuckte Mahbubeh so heftig, daß ihr Reißverschluß auf einmal mit einem hohen
Ton aufging. Verängstigt wandte sie sich »Agha« zu, hielt den Rock
fest und wartete seine Reaktion ab. Sie fühlte, daß sie unter seinem
traurigen, menschlichen Blick stärker ihre Widerstandskraft verlor, als wenn er mit seinen wilden, gierigen und ungeduldigen
Augen ihren verzweifelten Kampf mit dem Reißverschluß verfolgte. Sanft öffnete sie ihre Hände. Damit ließ sie zugleich ihren
Rock und das Gefühl der Sicherheit im Rock, das ihr Herz stärkte,
langsam rutschen und nach unten gleiten. »Agha« sagte: »Wirf
deinen Rock auf den Stuhl!«

Und erstaunt stellte er fest, daß er vor dem nackten Körper
Mahbubehs wieder seine wirkliche Stimme gefunden hatte. Um
sich dessen zu vergewissern, räusperte er sich ein paar Mal. Er sah
zu dem Kaminfeuer und der Zange, die er auf die glühenden

Kohlen gelegt hatte. Verwirrt und zerstreut sagte er mehrmals laut: »Ihre Wurzel muß man verbrennen! ... Ihre Wurzel muß man verbrennen!«

Und er fühlte keine Änderung, weder in seinem Inneren noch außerhalb seiner Person. Es kam ihm so vor, als ob er entweder aus dem Anziehungsfeld jener übernatürlichen Kräfte herausgetreten war oder sich auf ein neues Territorium begeben hatte. Ein Territorium, das von noch stärkeren Kräften beherrscht wurde: von den unbesiegbaren, zauberhaften Kräften des sexuellen Instinkts. Kräften, die weder das Gefühl des Stolzes noch die zerschmetternde Qual der Erniedrigung kannten. Um sich diese günstige Gelegenheit nicht entgehen zu lassen, fing er an zu denken. Es kam ihm so vor, als ob ihm seit Wochen das Denken verboten oder erlassen worden war. Ohne mit den Wimpern zu zucken, sah er sich den nackten und perlmuttfarbenen Körper von Mahbubeh an, der ihn wie eine Energiequelle in die wirkliche Welt zurückholte. Das erste Ergebnis dieses qualvollen Denkens war die Schlußfolgerung, daß entgegen der allgemeinen Behauptung die Toten nicht häßlich und zerstört, sondern jünger und blühender werden. Denn für ihn war Mahbubeh in jener regnerischen Nacht auf einmal gestorben, als sie die Tür des Apfelsinenlagers schloß und verängstigt und zitternd den Weg nach Hause einschlug. Er erinnerte sich daran, daß er, einem inneren Ruf folgend, der wie ein militärischer Befehl strikt zu befolgen war, sie mit seinen eigenen Händen erstickt und begraben hatte. Jetzt konnte er sogar das Stampfen seiner beschlagenen und gespornten Stiefel hören, die auf die feuchten Klumpen des Grabes traten und sie einebneten. Es war am Ende derselben Nacht, daß er sein wahres Gesicht sah: als er müde, erschöpft, erblaßt und voller Ängste und Verwirrungen in eine Ecke kroch und darauf wartete, daß das Gefühl der Ehre, das nach allgemeiner Behauptung in solchen Fällen eintrat, ihn ergreife. Er sah dann zum Himmel, der wie eine Folie klar, tief und lasurfarben in der Nacht glänzte und durch den kalten Schneewind noch glänzender erschien. Verschlammter Schnee bedeckte seine Stiefel bis zu den Sporen. Als er sich die tiefen Risse, die die Kälte durch die nackten Beete des Gartens gezogen hatte, ansah, begriff er plötzlich, daß es nicht das Gefühl der Ehre war, das sein Herz aufgewühlt hatte. Nein, es war das Gefühl der verzweifelten Reue, das nur dem Überrest eines verfaulten Stolzes entspringen konnte. Er legte die Hand auf seine Epauletten, mit der Zuversicht, daß die Existenz und die Tapferkeit seiner Armee und seines Volkes mit der Wahrung ihrer Würde zusammenhingen, spuckte er auf den verschlammten Schnee und sagte: »Ach Gott, welche Ehre? ... Was für eine Ehre?«

Jetzt, wo er Mahbubeh noch jünger und blühender vor sich fand, war er so fest von der Wahrheit ihres Todes überzeugt, daß er dies als Teil ihres unentrinnbaren und sicheren Schicksals glaubte. Er nahm seine ganze Kraft zusammen, um sich wieder in das willenlose Wesen zu verwandeln, das matt und schlapp an ihr Zimmer geklopft hatte und eingetreten war. Denn hierbei überließ er sich einer blinden Kraft, wobei die Verwirklichung des Willens dieser Kraft auch die Erfüllung seiner Absicht bedeutete. Damit hätte er sich auch leicht vom beiläufigen Urteil über sich befreien können, das ihn mal mit Vorwürfen und Protesten überhäufte und mal Beleidigung und Haß auf der einen Seite, Betrug, Heuchelei und Erniedrigung auf der anderen Seite zur Folge hatte.

So wie er nun nackt unter dem roten Schein des Feuers lag und sich den marmornen Körper Mahbubehs anschaute, wünschte er sich, daß ihm das Denken nie eingefallen wäre, und daß er alles seinen natürlichen Gang – aber natürlich in seinem Interesse – hätte gehen lassen. Plötzlich wandte er sich voll Abscheu und Verwirrung ab. Als hätte er sich von sich selbst gelöst, beobachtete er, wie eifrig er seinen sexuellen Trieb befriedigte und wie gierig er sich in moralische Skrupellosigkeiten stürzte. Im stillen Glanz der Flammen sah er sich selbst, wie er sein ganzes Leben lang von Neid und Sehnsucht gefangen und von Hochmut und Wollust befriedigt seine Tage verbrachte und sich dabei froh und zufrieden fühlte. Vor lauter Freude und Zufriedenheit lächelte er und sagte mit trockener Zärtlichkeit und zugleich hochmütig: »Komm, Mahbubeh! Komm, leg dich zu mir!«

Mahbubeh konnte sich auch jetzt wie am hellichten Tag an diese Szene erinnern, die nur vom stillen Glanz der Flammen erleuchtet wurde. Bevor sie zu »Agha« gegangen war, hatte sie sich den schwarzen Himmel und die Widerspiegelung des gelben Mondlichtes hinter dem verdreckten Schleier der Wolken angesehen und sich das Sausen des Windes angehört, der aus der Tiefe des Himmels zu erschallen schien. Es klang wie der Ruf der Besorgnis ... und ihr Herz zerriß plötzlich. Dann war sie in den Schoß von »Agha« und den Tumult gesunken, der in seinem Innern tobte. Als er sie mit ganzer Kraft in seinen Armen drückte, ihre Ohrläppchen und die glattrasierten Achseln küßte, streichelte und ihr »Oh Mahbubeh ... Oh Mahbubeh ...« ins Ohr flüsterte, hatte der Klang seiner traurigen und trockenen Stimme sie in Schrecken versetzt. Mahbubeh hatte sogar zum ersten Mal seinen mumienfarbenen Körper anfassen können, ohne auf seinen Protest oder Widerstand zu stoßen. Und sie hatte gefühlt, wie der in seinem Inneren noch wütende unerträgliche Kampf, diese unerbittliche Auseinandersetzung, seinen ganzen Körper hatte wund werden lassen und in glühendes Fieber versetzte. Mahbubeh war über seinen Körper geglitten, hatte auf dem Rücken auf dem Boden gelegen und auf einen gelben Lichtstrahl gestarrt, der durch den Türspalt ins Zimmer schien. Sie hatte der Stimme des Himmels und dem »Oh Mahbubeh ... Oh Mahbubeh...«-Geflüster von »Agha« zugehört, als sie erst die Schwere seines Körpers auf dem ihren und dann die Schwere seines Schattens auf ihrem Gesicht gefühlt hatte. Sie hatte dann plötzlich mit all ihren fünf Sinnesorganen gefühlt, wie ein Vulkan in ihrem Inneren ausgebrochen war. »Agha« hatte in einem Augenblick des Wahns die glühende Zange bis zum Griff zwischen ihre Beine hineingestoßen. Der Schmerz wirbelte in den Fetzen ihrer Eingeweide wie ein Orkan in ihrem Inneren. Sie fühlte, wie ein Gletscher aus heißer Lava zwischen ihren zerrissenen Schenkeln heraussprudelte und ihren Körper und ihren Kopf mit Feuersalven überwarf. Die Welt nahm vor ihren Augen auf einmal die Farbe des Blutes an. Der Geruch von versengten Haaren, verkohltem Fleisch und verbrannter Haut schwang in der Luft. Bevor Mahbubeh ihre Augen vor Schmerz schloß, sah sie »Agha«, der seine linke Hand auf die Knie stützte und gleich einem Schwert aus seiner Scheide die glühende Zange zwischen ihren Beinen herauszog. Er stand wie ein

Sieger schwitzend und schnaufend vor ihr. Die Zange glänzte in
seiner Hand mit einem roten Schein. Mahbubeh warf ihren letzten
Blick auf den Mond, der aus einer Lücke in den Wolkenmassen
hervortrat, und sie verlor das Bewußtsein.

Den fünften Rock fand Azar bei der Jagdausrüstung ihres Vaters,
die für immer im Dachgeschoßzimmer des Landhauses aufbewahrt
wurde. Daneben lag eine Handvoll versengter Haare, die in Folie
eingewickelt in einer Hülle aufbewahrt wurden, in der einst die
erste Armbanduhr des Großvaters aufgehoben worden war. Azar
hatte Morad nie gesehen, konnte sich aber sein Gesicht mit dem
dichten Schnurrbart, der hohen, glatten Stirn und den knochigen
Backen vorstellen. Sie konnte sehen, wie er vom Autofahren
träumte, während er die Pferde im Stall pflegte.

Es war an einem trostlosen Freitag jenes langen und kalten
Winters, als Seine Exzellenz, der Oberst, ihn ins »Manghal«-Zimmer
bestellte. Seine Exzellenz, der Oberst, saß mit einigen hohen
Persönlichkeiten der Stadt am »Manghal«. Er saß mit der Opiumpfeife in der Hand gebückt da, als er sich wieder in der Gewalt jener
unsichtbaren Kräfte sah. Diesmal ergab er sich sofort ohne geringsten Widerstand und rief ohne Zaudern Morad zu sich. Als Morad
ins Zimmer trat, brachte er eine leichte kristallklare Stille mit, die
nur durch das trockene Knistern des Holzes im »Manghal« und sein
Zähneklappern angekratzt wurde. Morad kniete sofort hin und
senkte seinen dichtbehaarten und gekämmten Kopf. Mit einer
festen, rauhen Stimme befahl Seine Exzellenz, der Oberst, kurz und
klar: »Kopf hoch!«

Mit dem Schauder, der seinen ganzen Körper erfaßte, wurde
auch das leichte Zähneklappern Morads noch lauter. Er hielt sein
dichtbehaartes Gesicht hoch und starrte mit halbgeschlossenen,
erschrockenen Augen auf das Teppichmuster. Seine Stirn glänzte
von den triefenden Schweißperlen. Er atmete tief ein und schloß die
Augen. Tränen glänzten zwischen seinen schwarzen, langen Wimpern. »Agha« gab sofort dem Vorsitzenden des Gerichthofs, der
neben ihm hockte, die Opiumpfeife und stand auf. Er starrte direkt
auf Morad. Seine Augen glichen großen, häßlichen Insekten, die

mit ihren schwarzen Flügeln zu einem Sprung auf Morad ansetzten, um im geeigneten Augenblick zu fliegen, ihn anzugreifen, ihre giftigen Stacheln in seine Haut zu stechen und nicht nur sein Blut, sondern auch seine ganze Lebenskraft auszusaugen. Morad sah die Lippen von »Agha«, die vor Wut und Haß schmal geworden waren und wie die Meeresalgen bläulich schimmerten. Das schwarze Untier, das schlapp auf seinen Lippen saß, krümmte sich ab und zu vor Wut und Gefühlsregung. Dabei hingen seine dichtbehaarten und rauhen Beine stramm in die Luft. Der Sturm von »Aghas« Atemzügen ließen sie gelegentlich beben. Morad zitterte weiterhin vor Unruhe, Schrecken und Erniedrigung. Die erstarrte Stille jenes verrauchten Zimmers, die sein Zähneklappern noch klangvoller erscheinen ließ, drückte auf sein Herz. Unter jenen stummen, erblaßten Wesen, die in einer anderen Welt schwebten und vielleicht selbst seine Anwesenheit nicht wahrnahmen, fühlte er sich unsicher. Jede Bewegung »Aghas« löste eine Unrast in seinem Herzen aus, die von ungeheurer Angst und Besorgnis begleitet zu einem unerbittlichen Sodbrennen führte, als ob Hunderte Bienen sein Herz angegriffen hätten. Morad legte seine Hand auf das Herz und drückte es leicht in einer tröstenden Bewegung. Das Insekt von »Aghas« Augen schlug die Flügel und warf ihm ein grelles, grünes Licht zu. Morad fühlte, wie er sich in Berührung mit jenem grünen Lichtstrahl von innen zersetzte und seine ganze Kraft sich in Schweiß und Tränen verwandelte, die unaufhörlich aus den Poren seiner Haut trieften und in seinen Haaren, seinem Bart, unter seinen Achseln und in der ganzen Welt seines Körpers abflossen. Plötzlich donnerte »Agha«: »Laß die Hände unten!!! Stillgestanden!!!«

Morad erstarrte vor Grauen. Er fühlte, wie ihm der Atem im Hals stockte. Er hielt seinen Hals stockgerade. Um atmen zu können, ließ er seinen Mund auf. Er glich einem aufgehängten Menschen, der versucht, einen dünnen Luftzug durch seine geschwollenen und bläulichen Atemwege hindurchzubekommen. Die schwere Last der Bange und die gräßliche Stille lähmten sein Hirn. Das eintönige und lästige Zähneklappern vermischte sich mit dem schaudernden Gepolter seiner Knochen, durchschüttelte ihn im Sack seiner Haut und erdrückte ihn so heftig, daß er plötzlich zu sprechen anfing. Seine Stimme war von Verzweiflung, Elend und Erniedrigung zerkratzt. Er kaute seine Worte und versuchte in jenem roten, verrauchten Zimmer vor Wesen, die wie Leichen stumm zur Seite lagen und mit matten, leblosen Blicken auf ihn starrten, und vor der schrecklichen und verwirrenden Macht Seiner Exzellenz, des Obersten, Großgrundbesitzers, Herren und Ehemannes der Frau, die er seit seiner Jugend liebte und mit der er geschlafen hatte, zu sich zu finden. Aus Angst vor dem Tod suchte er in seiner Stimme Schutz zu finden. Er fand aber darin nichts anderes als einen höllischen Lärm, der sich in der Wolke des lähmenden Opiumrauches verlor. Mühselig schluckte er den süßen, fetten Geruch des Opiums hinunter und sprach, in Hoffnung auf ein Ereignis, das ihn aus dieser jämmerlichen, elenden Lage befreien sollte, noch lauter weiter.

»Agha« schnellte plötzlich hoch. Er zog zuerst seine dichten Brauen hoch, breitete die Flügel des Insektes seiner Augen ganz aus, öffnete die Höhle seines weiten Mundes, hob die Schultern hoch, füllte seine Lungen mit Luft und brüllte mit ganzer Kraft: »Halt's Maul!«

Morad fiel wie eine Holzfigur auf der Stelle zu Boden. Eine leichte Staubschicht aus Asche flog vom »Manghal« in die Luft. Wie das Schnippen an einer Kristallschüssel war sein Zusammenprall mit dem Boden trocken und klanglos. Das furchtbare Gebrüll Seiner Exzellenz, des Obersten, zerrte alle aus dem Rauschzustand und löste bei ihnen krankhafte Krämpfe aus. Mit einer Stimme, die aus einer Höhle zu kommen schien, sagte jemand: »Was ist? ... Was ist denn los? ... Wer liegt denn hier rum?«

Der andere sah mißtrauisch auf Morad, der mit offenen Augen und angstverzerrtem Gesicht auf dem Boden lag, und erwiderte unsicher: »Es scheint Morad zu sein ... Morad!«

Seine Exzellenz, der Oberst grinste hämisch und sagte: »Es gibt keinen Morad mehr... Morad gibt es nicht mehr... Morad gibt es nicht mehr...«

Und er fing an, schallend zu lachen. Ein boshaftes und hämisches Lachen, ein häßliches und zugleich zufriedenes Lachen, das sofort wie eine Lüge von Mund zu Mund wanderte. Nun lachten sie alle mit. Vergnügt und zuversichtlich lachten sie schallend und schlugen vor Freude und Entzücken auf ihre Oberschenkel und wiederholten vor oder nach dem Lachanfall abwechselnd: »Es gibt keinen Morad mehr! ... Es gibt keinen Morad mehr!«

Das ganze Zimmer brach unter dem roten Licht, dem Opiumrauch und dem Holzknistern krampfhaft und mit nervösen Zukkungen in Gelächter aus und schüttete sich vor Vergnügen und Zufriedenheit aus. Der oberste Richter war der erste, der inmitten dieses teuflischen Getöses, während er seine Tränen wegwischte, Seine Exzellenz, den Obersten, fragte: »Entschuldigen Sie meine Frechheit, aber welcher Morad denn?«

Azar stand auf. Die Gleichgültigkeit von Klaus ärgerte sie. Wütend hörte sie ihn von einem Krimi erzählen, den er vor kurzem gesehen hatte. Klaus schilderte so ausführlich die gruseligen Szenen des Films, daß es Azar schauderte. Mehrmals beschloß sie, den Recorder auszuschalten, vergaß es aber immer wieder. Sie schlug das Wörterbuch auf, um die Bedeutung des Wortes »schräg« herauszufinden, die sie mehrmals gefunden, aber wieder vergessen hatte. Ein vergilbter Zettel flog aus dem Wörterbuch: »18. August, 17.00 Uhr, Fußmassage!« Auch nach langem Überlegen konnte sie sich nicht an das Datum und den Monat erinnern. Statt dessen fiel ihr ein, daß die Türklingel sehr laut eingestellt war. Aufgeregt sagte Klaus: »Dann stieß er den Dolch ins Herz der Frau. Das Blut sprudelte...«

Azar hatte nur drei Wörter verstehen können: der Dolch, das Herz der Frau und das Blut.

Sie schrie: »Hörst du denn endlich auf oder nicht? Mann!!!«

Sie stand auf und zog sich ihren schwarzen Mantel an. Sie fühlte, daß ihr Fleisch unter den Nägeln brannte. In ihren Gedanken fragte eine Stimme sie ständig, warum dieses verdammte Telefon nicht endlich klingele? Sie starrte auf das glänzende Bild von Nazli, die vom Balkon ihres Hauses auf sie blickte und lachte, und sie lächelte. Plötzlich gellte die Türklingel mit einem ohrenbetäubenden Geräusch. Azar fiel nochmal ein, daß sie vergessen hatte, den Hausmeister darum zu bitten, die Klingel etwas leiser zu stellen. Alle drei Türen, die Haus-, die Dielen- und die Toilettentür, hatten die gleiche Größe und Farbe, waren aber aus verschiedenen Materialien. Um sie voneinander zu unterscheiden, klopfte sie mit der Rückhand an alle drei Türen. Denn sie hatte vergessen, sie mit entsprechenden Etiketten zu versehen. Von der ersten Tür war das hohle Geräusch des Holzes, von der zweiten das dumpfe Geräusch der Holzfaserplatte und von der dritten der leichte Klang des Aluminiums zu hören.

Bevor Azar in ihren Gedanken die Geräusche den Türmaterialien zuordnen konnte, klingelte es zum zweiten Mal. Daraufhin wurde ein paar Mal an der dritten Tür geklopft. Verwundert darüber, wer sie um diese Tageszeit aufsuchte, öffnete sie die Tür. Eine kalte Luftströmung, angehaucht von mildem Parfüm, zog durch die Wohnung. Azar zitterte vor Kälte und drückte den schwarzen Mantel noch fester an sich. Sie versuchte, sich an die beiden ordentlichen, freundlichen Damen zu erinnern, deren Nasenspitzen vor Kälte rot angelaufen waren und aus deren Mündern ein milchiger Dunst stieg. Die erste war älter, dicklich und untersetzt, ihre aufgeblähten Tränensäcke schimmerten bläulich. Sie hatte einen Pelzmantel an, dessen Kragen mit einem großen goldenen Knopf unter dem Hals zugeknöpft war. Die zweite war jung, groß und schlank. Eine Rosenknospe zierte den umgeklappten Rand ihres grauen Hutes.

Beide sagten mit munteren, deutlichen Stimmen: »Schönen guten Tag!«

Verwundert und erstaunt sagte Azar, während sie in das Taschentuch schneuzte: »Guten Tag!«

Sie hatte keine Lust, vergeblich in ihren weitentfernten Erinnerungen herumzukramen, um diese beiden unbekannten Damen zu erkennen, und fragte deshalb sofort: »Sie...?«

Die ältere Frau sagte laut und deutlich: »Wir kommen von der katholischen Kirche...«

Während sie auf den goldenen Knopf ihres Mantels starrte, fühlte sie sich auf einmal elend. Sie lächelte aber so gütig und freundlich, daß sich beide Damen in Bewegung setzten und auf die Wohnungstür zumarschierten. Die junge Frau zog ein Heft heraus, auf dessen Umschlag der leidende Jesus am Kreuz abgebildet war. Sie griff zu ihrem Hut und gab ihrer Freude Ausdruck, daß Azar sich für das Thema interessierte. Azar erwiderte aber sofort: »Ganz im Gegenteil ... ich bin überhaupt nicht daran interessiert...«

Sie lehnte die Tür etwas an, was keine der beiden Damen überraschte. Mit einer ärgerlichen Hartnäckigkeit und Gleichgültigkeit standen sie da und versuchten, der zitternden und traurigen Azar zu beweisen, daß es Gott gebe, daß Jesus der Retter der Menschheit sei und daß die katholische Kirche gegen die Anhäufung der Atomwaffen, für die Menschenrechte und den Frieden kämpfe. In der Hoffnung, daß sie ihre langweilige Predigt endlich beendeten, widersprach Azar ihnen nicht. Dann versuchte sie, ihnen mit demonstrativer Gleichgültigkeit zu zeigen, wie sinnlos ihre Diskussion war. Aber während Azar die beiden gleichgültig ansah, kam es ihr vor, daß im Türspalt lauter goldene Kämme erschienen. Kleine glänzende goldene Kämme, die bis zur Hälfte unter dichten schwarzen Haaren verschwunden waren. Sie schaute sich den hohlen, bleiernen Himmel an und sah, daß aus seiner Tiefe statt Schnee lauter goldene Kämme herabfielen. Sie sah auf dem menschenleeren, gegenüberliegenden Bürgersteig einen gebrechlichen, großen Mann, der die Kämme zu Bergen schaufelte. Sie blickte auf die nackten Bäume am Straßenrand und sah ihre Äste, die einem Kamm gleichend im Wind zitterten. Kämme in der Telefonzelle. Kämme neben dem Briefkasten. Kämme bis zum Dach der Autos. Kämme am Horizont. Kämme bis zur Unendlichkeit. Azar fühlte, wie sich ihr Kopf drehte. Vom Anblick des grellen Glanzes so vieler goldener Kämme brannten ihre Augen. Sie wandte sich ab. Die Frau sagte: »Sie müssen zugeben, daß die Rettung der Menschheit nur durch den Glauben an die Religion möglich ist.«

Azar deckte mit ihren Händen die Augen zu und drückte auf ihre Schläfen. Die Stimme der Frau dröhnte mit einem drohenden Echo in ihrer Schädelhöhle: »Geben Sie zu! ... Geben sie zu!...«

Erschrocken zog sie sich zurück und flüchtete hinter die Tür. Sie schrie: »Nein! ... Nein! ... Es war doch die Religion, die meine Heimat ruinierte...«

Sie schloß hastig die Tür, die ihrem Gefühl nach unter dem Ansturm der Kämme, die die Wohnung besetzen wollten, schwerer wurde, und ging ins Zimmer. Plötzlich glaubte sie, das Klingeln des Telefons gehört zu haben. Verängstigt und hastig lief sie dahin. Sie nahm sofort den Hörer und schrie: »Hallo!«

Ein montones und endloses Tuten der freien Leitung antwortete ihr. Zornig legte sie den Hörer auf und starrte auf jenen häßlichen graugrünen Apparat, in der Hoffnung, daß jeden Augenblick sein Klingeln ertönen würde.

Das Zimmer war so kalt geworden, daß selbst die Schatten nicht ohne Mantel herumlaufen konnten. Azars Mutter hatte sogar ihre Schuhe angezogen. Dieselben Lackschuhe mit flachen Absätzen, die mit zierlichen Bändchen gebunden wurden und mit ihrem zarten Leder ihre kleinen Füße bedeckten. Großmutter hatte ihr weinrotes Samtkleid angezogen, das schon abgewetzt und verschlissen war. Sie hatte sich stramm an den Stuhl gelehnt und wickelte geschickt und flink die Wolle auf, die Mutter in den Händen hielt. Azar stockte eine Weile, als sie Klaus die dritte Person vorstellen wollte. Sie sah seine großen hellbraunfarbenen Augen, die verschmitzt blinzelten. Der Mann lächelte, hob leicht seine schmalen Schultern, auf die er einen roten Mantel geworfen hatte. Er senkte dann seinen Kopf und errötete. Azar erinnerte sich an ihn an jenem heißen Sommernachmittag, der voller Schweiß, Spannung, Gelächter, Angst und Komik gewesen war.

An jenem Tag hatte sich Azar ein zartes weißes Kleid angezogen. Sie hatte ihre langen schwarzen Haare geflochten und zum ersten Mal Schuhe mit hohen Absätzen tragen dürfen. Obwohl sie der Großmutter versprochen hatte, sich beim gemeinsamen Ausflug mit den Jungen und Mädchen der Familie wie eine vornehme Dame zu benehmen, vergaß sie beim Anblick des schwarzen Maulbeerbaumes ihr Versprechen sofort. Lachend und luftig legte sie ihre Füße in den Haken der warmen Hände eines Jungen und verschwand hinter den dichten, mit Früchten beladenen Ästen des Maulbeerbaumes. Als sie einige Minuten später weinend, erschrokken und bläulich verschmiert vom Baum herabstieg und ihren

Bauch mit den Händen festhaltend weglief, dachten alle, daß sie vor lauter Maulbeer-Essen Bauchschmerzen bekommen hatte. Deshalb wurde ihre Flucht von Gekicher, Gelächter und Geschrei begleitet. Azar sagte niemandem, daß Mahmud beim Maulbeerpflücken wie eine Schlange an sie herangekrochen war und mit einem Grinsen, das seine scharfen, weißen Zähne noch häßlicher erscheinen ließ, sich ihr genähert und mit einer überraschenden Bewegung in ihren Bauch gegrapscht hatte. Er hatte ihr zitternd und stotternd gesagt: »Oh meine Liebe, komm laß uns hier wie Leili und Madjnun lieben!«

Deshalb schluckte Azar ohne Einwände die großen Gläser heißen Kandiswassers runter, die ihr die Großmutter zubereitete. Sie versuchte, ihre Wut und Kränkung mit dem Zerkauen der Kandiskristalle zu zerkleinern und hinunterzuschlucken. Der Mann lachte und ließ eine Reihe seiner regelmäßigen, scharfen Zähne hervortreten. Azar wandte sich zu Klaus und sagte: »Darf ich vorstellen, mein Verlobter!«

Und sie las den Zettel, der vor ihr an die Wand geheftet war: »Hast du die Kette eingehakt?«

Azar hakte die Kette ein und ging zurück ans Fenster. Es war kurz vor Mittag. Eine weiße Sonne schwamm in der Tiefe der grauen Wolkenmassen: der Himmel hatte die Farbe der Toten angenommen – stumm, kalt und regungslos. Eine blaue Rauchsäule stieg am weiten Horizont zum Himmel hoch. Das langgezogene und kräftige Dröhnen der Autos, die nicht zu sehen waren, schwebte in der porzellanfarbenen Luft der Straßen der Umgebung. Das endlose und ununterbrochene Geheul des Windes zog rasend durch die Stadt. Azar sah zum Hinterhof, der von einer dicken Schicht glänzenden, weißen Schnees bedeckt war, und es kam ihr vor, als ob die Erde und der Himmel ihre Plätze getauscht hätten: die Erde strahlte ein blendendes, grelles Licht aus, und der Himmel warf ein verdrecktes, glanzloses und mattes Licht zurück. Ein lebhaftes, freudiges Kind lief kreischend und klatschend in den Schnee. Azar glaubte, das Zerdrücken des Schnees unter seinen kleinen Füßen hören zu können, das dem anhaltenden Schall des Zerspringens einer Kristallschüssel ähnelte.

Dann sah sie in der verschwommenen Erinnerung an eine rotfarbene Schneenacht Nazli, die zu ihr lief, um in ihrem Schoß an der Heizung genußvoll zu kuscheln und sie nachahmend dem Radio zuzuhören.

In jener Nacht war der dunkle Himmel von roten Wolken bedeckt. Unter dem weißen Schein der Widerspiegelung des Schneelichtes, das wie ein Laken auf den Straßen lag, sahen die nassen Häuser und die nackten Bäume wie verzauberte Gespenster aus, die von einem kalten Schneewind auf der Stelle zitterten. Nazli hatte den ganzen Nachmittag im Schulhof gespielt, sich im Schnee herumgewälzt und vor Freude und Vergnügen schallend gelacht. Nun machte sie es sich, müde und erschöpft, im warmen Schoß Azars bequem. Azar konnte im Gegenteil zu ihr, unruhig von der Aufregung über die unerfreulichen Berichte des illegalen Radiosenders, die ihr Herz pochen ließen, ihre Besorgnis und ihre Vorahnung nicht bezwingen. Sie drückte das Transistorradio, das wie eine zerkratzte Brust röchelte, fest an ihre Ohren und biß sich vor Empörung und Wut auf die Lippen. Ihr Blick irrte im Zimmer umher, und ihre Wimpern zuckten unaufhörlich. Ihre Knie zitterten. Ihr Atem stockte, als sei sie von einem Asthmaanfall überfallen worden. Bevor die Stimme des Sprechers in unaufhörlichem Röcheln, ständigem Summen und dem dumpfen Trommeln eines Nachbarsenders verschwand, fing Nazli an, im Schlaf laut zu weinen. Verwirrt und zerstreut drückte Azar sie an ihre Brust, streichelte ihre Haare und hörte den Sprecher mehrmals von »Hinrichtung der politischen Gefangenen« sprechen. Sie fühlte, wie der Körper Nazlis, wie in einem Ofen, im Fieber glühte. Ihre Lippen waren trocken und rot wie rote Bete geworden. Eine heiße Luftpyramide stieg durch ihre bebenden Nasenflügel. Die Stimme des Sprechers glich nun einem ohrenbetäubenden Schnurren. Azar drehte an dem Radio, um einen besseren Empfang zu bekommen. Ein klarer und deutlicher Schrei trat dann für einen Augenblick aus dem weit entfernten Getöse heraus: »Blutbad in den Gefängnissen!« Im Halbschlaf fing Nazli plötzlich an zu schluchzen. Sie flehte Frau Ansari an, vor Gott zu bezeugen, daß sie keine Lügnerin sei und nie gelogen habe und deshalb auch nicht im Feuer der Hölle verbrennen müsse: »Sie sagten doch, daß Gott barmherzig sei! ... Wir haben doch nicht gelogen!«

Erschrocken versuchte Azar sie aus dem Abgrund des Fiebers und des Fieberwahns herauszuholen. Aber Nazli schrie sie an, daß zumindest sie ihr helfen und die Flammen löschen müsse. Ob sie nicht sehe, daß sie verbrenne und verkohle. Nur weil sie ihretwegen und Vaters wegen gelogen habe. Sie wollte schließlich nicht, daß sie wie andere eingekerkert würden.

Frau Ansari fragte: »Wer kennt diese Flaschen? Bei wem gibt es solche Flaschen zu Hause?«

Azar brach in Schluchzen aus. Während sie Nazli in ihrem Schoß wiegte, fing sie an zu weinen. Das unerträgliche Röcheln des Radios erwürgte sie. Sie schaltete es aus. Nazli sprach noch von einer höllischen Bratpfanne, in der sie gebraten würde. »Wo bleibt denn Papa? ... Feuer! ... Hilfe!«

»Ich sagte Frau Ansari, daß niemand bei uns abends Radio hört ... und daß alle fernsehen.«

»Rettet mich! ... Ich verbrenne! Liebe Tante, wenn ich Frau Ansari gesagt hätte, daß du diesen Radiosender hörst und daß der Papa Alkohol trinkt und Backgammon spielt, würde man auch euch verhaften genauso wie die Eltern von Allieh ... Bei der Heiligen Schrift Koran, Frau Ansari, wir haben nicht gelogen ... Wir wußten von nichts ... Wir haben nichts gesehen...«

Azar stöhnte und sah von Nazli weg, die in Fieber und Fieberwahn zitterte. Sie fühlte, daß ihr Herz vor Verzweiflung und Angst erfror.

Klaus senkte seinen dichtbehaarten roten Kopf vor ihr und fragte: »Darf ich dich zu einem Glas Bier einladen?«

Der Zettel, der an eine Buchseite geheftet war, fragte Azar: »Trägst du die richtige Brille?«

Azar nahm ihre Brille von der Nase, sah sich ihre Fassung an und versuchte, sich daran zu erinnern, welche Brille sie beim Lesen tragen sollte: die Brille mit der schwarzen Fassung oder die mit der weißen. Plötzlich fiel ihr die Frage von Klaus ein, und sie erinnerte sich zugleich daran, daß sie es sich auf einem Zettel notiert hatte, welche Brille sie tragen sollte. Sie wußte aber nicht mehr, wo sich der Zettel im Augenblick befand. Sie sagte: »Du bist echt doof. Ich habe dir doch gerade meinen Verlobten vorgestellt!«

Ohne sich etwas anmerken zu lassen, hob Klaus sein Bierglas und sagte: »Zum Wohl!«

Azar achtete nicht auf ihn. Sie nahm den Hörer und wählte die Auslandsvermittlung. Sie wiederholte die Sätze, die sie der Telefonistin sagen wollte, damit die Vergeßlichkeit sie nicht wieder überrasche. Gleichzeitig kam sie zu dem Schluß, daß sie sich etwas gegen diese verwirrende Vergeßlichkeit einfallen lassen sollte. Sie fühlte plötzlich, wie ein Schwall stinkenden Geruches zum Fensterspalt hereinkam und sich dort wie ein unsichtbarer Faden um die Buntnessel und die Gummibaumtöpfe spann und auf sie zukam. Es war ein fetter, beißender, klebriger Geruch, der verpestete Geruch verfaulender Innereien, der gräßliche Geruch des sich zersetzenden toten Fleisches. Azar fühlte, wie eine dünne Schicht von Eiter, Fett und Fäulnis beim Einatmen dieses Geruches auf ihren Atmungsorganen zurückblieb und es ihr übel wurde. Sie versuchte, nicht einzuatmen. Mit dem Hörer in der Hand sah sie sich den unsichtbaren Faden an, dessen Ende sich Tausende Kilometer weiter vom Fenster entfernt in Finsternis verlor. Die Bilder traten wie in einem Traum langsam aus jener weit entfernten Dunkelheit hervor. Während sie sich das unaufhörliche Tuten des Telefons anhörte und jenen schwindelerregenden Geruch einatmete, sah sie die versprengten Bilder, die schwebend aus den Staubwolken heraustraten. Ab und zu leuchtete eine Leuchtkugel und erhellte die Szene mit einem grellen Licht. Im Schein jenes gelben Lichtes trat plötzlich ein Erdaufschüttung hervor, auf der eine Leiche auf dem Bauch lag. Azar fühlte, daß sie sich dem Zentrum jenes Geruches näherte. Trotz Tausender Kilometer Entfernung, die zwischen ihr und dem Erdhügel lagen, kam es ihr auf einmal so vor, daß dieser Geruch in ihr ein Gefühl der Übelkeit erregte und daß eine bittere gelbliche Flüssigkeit in ihrem Hals heraufstieg. Obwohl ein kalter Schweiß ihre Stirn bedeckte, öffnete sie das Fenster und stellte verwundert fest, daß die Leiche die einer Frau war. Ihr Gesicht war unter den zerzausten Strähnen ihrer Haare verdeckt.

Nur die Augen glänzten noch rund, feucht und voller Grauen. Ihr
geschwollener Bauch war an verschiedenen Stellen aufgesprungen.
Aus einem tiefen Riß auf ihrer rechten Seite traten die verschlungenen bläulich schimmernden Gedärme heraus. Die ganze Leiche
war mit Blutklumpen, Schlamm und Dreck beschmiert. Eine
dunkle Wolke von großen, schwarzen Fliegen wogte in ihrem
aufgeblähten Bauch. Die Frau war gestorben, und ihre zerwühlten
Eingeweide verbreiteten den beißenden Geruch einer hoffnungslo-
sen Fäulnis in der Luft. Trotz dieser Verwesung und Fäulnis
kämpfte etwas Lebendiges in ihr gegen den Tod. Mitten in dieser
Fäule und Zersetzung wuchs und gedieh etwas gegen jene Fäule
und Zersetzung, ein achtmonatiger Embryo, der in der glänzenden
und klebrigen Gebärmutter wühlte. Zuerst erschrak Azar. Sie trat
zurück und schloß die Augen. Dann versuchte sie, diese ergreifende
Szene in ihrer Erinnerung festzuhalten. Als sie die Sirene eines
Krankenwagens hörte, flehte sie Gott an, zumindest diesem unge-
borenen Kind, das trotz Rakete, Zerstörung und Tod mit einer
blinden Hartnäckigkeit noch wühlte, eine Lebenschance zu ge-
währen. Eine Stimme sagte im Telefon: »Hier Auslandsvermittlung...«

Azar fühlte, daß sich jener Geruch wie ein Wollstrick, den man
am anderen Ende einwickelt, von ihr immer weiter entfernte. Sie
sagte: »Ja! ... Es geht um die Nummer, die ich Ihnen gestern Nacht
gegeben habe ... Es geht um ..., das heißt ... es geht um Leben und
Tod eines Kindes...«

Die trockene Stimme der Telefonistin unterbrach sie: »Ihren
Namen, bitte! ... Ihre Telefonnummer, bitte! ... Ihre Nummer in
Teheran, bitte!...«

Azar beantwortete alle drei Fragen ohne Zögern und erinnerte
sich sofort daran, daß sie noch »Staubsaugertüten« auf ihren
Einkaufszettel schreiben müsse.

Die Stimme erklärte kurz und knapp: »Warten Sie, bitte! Wir
rufen Sie an, wenn Sie dran sind.«

Die Verbindung wurde unterbrochen.

Azar stand auf. Sie sah den Zettel, der an die Wand geheftet war:
»Hast du deine Augentropfen schon genommen?« Sie ging ans

Fenster, und bevor sie es schloß, sagte Klaus: »Wenn ich Geld hätte, würde ich einen BMW Modell D kaufen!«

Azar blickte zu Mahmouds Schatten und dachte sich, daß sie Klaus nicht ertragen könne. Während sie den Staub auf den Gummibaumblättern anschaute, stellte sie fest, daß seine Dummheit ihre Geduld überstrapazierte. Als sie auf seine krausen roten Haare und sein glattes haarloses Gesicht starrte, glaubte sie, dasselbe glanzlose, erstarrte Licht in seinen gemalten Augen zu sehen, das der natürliche Ausdruck der deutschen Lebensweise war. Sie sah denselben matten Glanz, der ein erhärtetes Herz – ein Herz, das seit Jahren sein Empfindungsvermögen und seine Empfindungsfähigkeit verloren hatte – in den Augen des Betrachters widerspiegelt. Sie sah denselben matten Glanz, den die endlose und lähmende Langeweile des Lebens unter einem nassen, düsteren und starren Himmel in den Menschen erzeugt, dessen Mond und Sonne gleich weiß, kalt und verzweifelt Tag und Nacht vom Fenster seines Horizonts auf die Menschen stierten.

Klaus sah sie mit denselben hellblauen, aber matten und tiefen Augen an, mit denen Frau Grünberg bei der Bearbeitung ihres Asylantrages auf sie gestarrt hatte.

Frau Grünberg hatte einen kleinen, quadratischen Kopf, auf dem schüttere, goldene und steife Haare wie eine Drahtbürste gewachsen waren. Der Kragen ihrer Lederjacke, deren Schultern mit Hilfe von Schaumstoffpolstern stramm und fest abgestützt waren und ihrem Charakter einen Ausdruck von Härte und Unerbittlichkeit verliehen, drückte so stark an ihren kurzen Hals, daß dieser gerunzelt war. Auf den ersten Blick kam es Azar vor, als ob Frau Grünberg nicht aus Fleisch und Knochen, sondern aus Leder sei. Als Frau Grünberg aufstand und Azar ihre dicken und krampfadrigen Füße sah, die in Nylonstrümpfe verpackt waren, stellte sie verwundert fest, daß Frau Grünberg aus Haut, Fleisch und dichten und geschlungenen Adern und Nerven gebaut war: rote, blaue und gelbe Stränge, die sich wie ein geschwollenes und kreuz und quer geflochtenes Netz auf den Stützen ihrer Beine verteilten.

Azar kannte diese Beine. Sie hatte sie oft gesehen. Sie dachte manchmal, daß es nicht Frau Grünberg oder Klaus, sondern

Deutschland war, das auf jenen geschwollenen, zylindrischen Beinen lief, in denen geschlungene Rinnsale von Blut, Fäulnis und Krankheit zirkulierten. Als sich Frau Grünberg auf ihren Fußspitzen drehte, schrie Azar vor Angst kurz auf, daß dieses »Freie Deutschland« sein Gleichgewicht verlieren und auf sie fallen könnte. Frau Grünberg erschrak auch, beherrschte sich aber schnell, räusperte sich und sagte: »Ich hoffe, daß sie mit dieser Reaktion nicht Eindruck auf mich machen wollten. In Ihrer Akte steht nämlich nichts von einer Nervenschwäche.«

Azar fühlte, wie Frau Grünberg bei diesem Hinweis etwas wuchs. Ihre Schultern wurden breiter und ihre Augen blitzten vor hochmütiger, eiserner Zufriedenheit. Azar sagte nichts. Sie sah, wie ihre verzweifelte Scham und Demut vom grausamen deutschen Hochmut erniedrigt wurden und sie trotzdem nicht die geringste Kränkung in ihrem Herzen spürte und ruhig dasaß. Das Kinn in die Hände gestützt lächelte sie, als höre sie das weiche Stampfen Hunderter laufender barfüßiger und gutgelaunter Kinder auf Rasen, und starrte auf die krummen Beine Frau Grünbergs.

Als Frau Grünberg ihr sagte, daß es nicht feststehe, ob ihr Asylantrag anerkannt werde, sagte sie ganz gelassen, als ob sie über etwas Unwichtiges und Weitzurückliegendes spreche: »Das wußte ich schon.«

Gelassen faltete sie ihre Hände, stemmte sie unter das Kinn, und als ob sie in einen schönen Traum versunken wäre, dachte sie über ein Jahr voller Ängste, Sorgen, Qual und Einsamkeit nach, das sie durchgemacht hatte, bis sie diesen Augenblick erreichte. Sie sah, wie sie sich in der ausgedorrten Wüste des Wartens von Tag zu Tag verzehrte und in ihrem täglichen Kampf gegen Gespenster, deren wahres Gesicht sie in ihrem Leben und in der Welt der Wirklichkeit nie kannte, Niederlagen einsteckte und sich immer weiter zurückzog. Sie war so sehr ihrer Verzweiflung, Trauer und Unsicherheit verfallen, daß sie sich kaum daran erinnern konnte, jemals selbst gegen sie gekämpft zu haben. Gegen Gespenster von der Art der Erniedrigung, Beleidigung und Demütigung, die sie in den endlosen Augenblicken des Wartens vor dem Polizeischalter, bei der Vernehmung, vor der Essensausgabe beim Empfang der täglichen

Lebensmittelration, vor den vorgewölbten Toilettentüren zur Verrichtung ihrer Notdurft, beim Kauen eines Brotbrockens, beim Flicken der Strümpfe, beim Stöhnen in der Finsternis der Nacht und ... und ... und immer wieder umzingelten und mit ihrem Geflüster, Gekicher und künstlichen Gelächter derart quälten, daß sie sich in ein Gespenst von der Art der Erstarrung verwandelt hatte. Diese abscheulichen Gespenster hatten sogar in ihrem Äußeren ihre Spuren hinterlassen. Ihre unregelmäßigen Haare umrahmten ihr Gesicht wie die verknoteten Stränge von Meeresalgen. Ihre Brauen waren dicht und breit bis an ihre Lider gewachsen. Ihre gerade und knochige Nase saß wie eine Messerklinge in ihrem Gesicht. Nur ihre Augen trugen noch Zeichen der Vergangenheit und glänzten voller Liebe und Charme. Während sie mit einem nach links oder rechts hängenden Kopf durch die langen Flure des Asylantenheimes schlenderte, die sich wie endlose und langweilige Augenblicke des Wartens ausdehnten, schimpfte sie laut auf die Polizei, auf den Heimverwalter, auf den Verantwortlichen für die Tagesration, auf den Beamten des Sozialamtes, auf Deutschland und Deutsche. Sie schimpfte auf Himmel und Erde. Sie kämpfte aber trotzdem und verlangte ihre Rechte. Als sie eines Tages erschöpft und müde in der Wüste ihrer Einsamkeit diesen ungleichen Kampf fortsetzte, fühlte sie, daß eine Schar von Ameisen in ihrem Blut, ein Haufen Frösche in ihrem Hirn und Dutzende Schlangen in ihrem ganzen Körper wühlten und zitterten. Als sie merkte, daß sie völlig zugrunde gerichtet war, zog sie sich erniedrigt zurück. Um der Schmach der Niederlage vor diesen blinden Gespenstern zu entkommen, kam sie allmählich zu der Schlußfolgerung, daß die Bekanntschaft mit diesen Gespenstern nicht ganz unnütz gewesen sei. Sie hatten zumindest den einen Nutzen gehabt, daß man die Zeit und ihren Verlauf nicht wahrnahm.

Seit sie, wie eine Leiche, aufgehängt an einem Ledergurt, der an einer Metallstange im Gang des Busses befestigt war, neben Dutzenden anderer Asylsuchender von Westberlin nach Westdeutschland überführt worden und im gleichen Takt mit seinen ständigen und gleichmäßigen Bewegungen vom Kopf bis zum Fuß und mit ihrer ganzen Seele durchgerüttelt worden war, hatte sie den Kampf gegen diese Gespenster aufgenommen. Während sie die ganze Breite ihres Gesichtes von ihren stummen Tränen waschen ließ, fragte sie sie mit einem im Hals erstickten flehenden Schrei, was sie denn von ihr wollten?

An dem Tag, als sie den Iran verließ, glaubte sie, nicht ihr Leben, sondern ihren Stolz retten zu müssen. Als die Pasdaran sie nachts zu Hause überfielen, dann wie eine verängstigte Katze in einen Sack warfen, mit Fäusten, Tritten und Gewehrkolben auf sie einschlugen und sie auf dem Rücksitz des Autos zu einem verlassenen und verfallenen Haus an einen unbekannten Ort brachten, schwor Azar in der Wirrsal eines unterdrückten Zornes und erniedrigten Stolzes, sofort das Land zu verlassen, sobald sie sich aus den Krallen dieser grünuniformierten Menschenentführer retten sollte. Während sie beim Verhör die ganze Zeit »NEIN« sagte und gefoltert wurde, dachte sie an die Flucht. Im glühenden Fieber ihrer Qual ließ sie das eindringliche Flehen ihres Körpers unbeachtet, das sich beim Auspeitschen und Aufhängen an den Handgelenken retten und sie zur Kapitulation bewegen wollte. Sie sagte: »Gib dir nicht so viel Mühe ... Ich habe dich schon aufgegeben.«

Sie sah ihren Stolz, der sich verletzt, zornig und traurig ihre geschwollenen Füße, trockenen, gesprungenen Lippen und entzündeten, aufgeblähten Augen anschaute und vor Scham allmählich schwand. Sie hatte eine Phase der Qual erreicht, in der sie ihre Empfindlichkeit und ihr Gleichgewicht gänzlich verloren hatte. Es war ihr dann nicht mehr wichtig, daß sie aus demselben Glas Tee trank, in das sie in der Nacht zuvor ihre Notdurft verrichtet hatte. Es war ihr nicht wichtig, daß die Flöhe ihren ganzen Körper bedeckten. Es war ihr nicht wichtig, daß sie wie ein Hund auf allen Vieren kriechen mußte, um nach dem Verhör und der Folter in ihre Zelle zurückzukommen. Es war ihr nichts mehr wichtig. Sie saß dann stundenlang in jener weißen, fensterlosen Zelle und stellte sich mit derselben Beharrlichkeit und derselben wahnsinnigen Widerspenstigkeit, mit der sie beim Verhör alle Fragen des Folterers verneint hatte, gegen ihre Liebe zur Heimat. Sie glaubte, mit derselben Kühnheit und Tapferkeit, mit der sie gegen das Unrecht und die Ungerechtigkeit in ihrer Heimat gekämpft hatte, auch gegen die

Liebe zur Heimat in ihrem Herzen kämpfen und dabei gleichzeitig ihren Stolz wahren zu können. Azar war so fest von der Richtigkeit dieser Schlußfolgerung überzeugt, daß sie als erstes, nachdem man ihr nach acht Monaten die Tür der Zelle zu ihrer Freilassung und nicht zur wiederholten Folter öffnete, sofort einen Schlepper anstelle eines Arztes aufsuchte. Verstohlen musterte der sie von Kopf bis Fuß, und bevor er sich von der Anziehungskraft der dicken Geldscheine verlocken ließ, lehnte er ihr Ersuchen ab. Azar fragte verwundert: »Aber warum?«

Der Schlepper sagte mit einer langgezogenen Stimme: »Weil wir lebendige Menschen über die Grenze schmuggeln und keine Toten! ... Nein, geh schon, gute Frau, und komm erst dann wieder, wenn du ein bißchen Fleisch auf den Rippen hast!«

Als der Bus in der Dämmerung des Sonnenuntergangs vor dem Asylantenheim anhielt, war Azar die letzte, die ausstieg. Ein leichter, gelber Nebel trieb um das halbverfallene Gebäude. Der Geruch von vermodertem Holz und feuchtem Sägemehl schwebte in der Luft. Einige Frauen und Männer hatten aus den Straßenfenstern des Heims ihre Köpfe herausgestreckt und sahen in der absoluten Stille mit einem freundlichen Mitleid auf die Businsassen. Azar fühlte, wie ihr Herz vor lauter Trauer pochte. Sie freute sich jedoch zugleich, daß keiner dieser Frauen und Männer sich bewegte und daß sie wie traurige, starre Statuen in ihren Fensterrahmen blieben. Sie war von dieser stillen, geheimnisvollen und traurigen Atmosphäre so sehr verzaubert, daß die kleinste Bewegung, ein knapper Gruß, ein vertrautes Lächeln oder ein zielloses Winken sie zum Weinen bringen konnten. Während ein sanftes Gefühl der Zärtlichkeit ihr Herz ergriff, fühlte sie sich so schutzlos, daß ihr Fuß ausrutschte und sie ihr Gleichgewicht verlor. Sie versuchte jedoch, sich auf den Füßen zu halten, legte die Hand auf ihr Herz und fuhr sich selbst an. Sie ließ die alte, vermoderte Tür des Heims hinter sich sanft ins Schloß fallen und trat ein.

Als sie nach stundenlangem Warten auf die Anmeldung und Bestätigung ihrer Unterlagen erschöpft und müde in die langen und dunklen Gänge des alten, feuchten Heims eintrat, in dem sie die lange Phase des Wartens absitzen mußte, stellte sie verwundert fest, daß es nur eine elende Verzweiflung war, die sie kalt und mürrisch empfing, und daß von jenen bösen Gespenstern keine Spur zu sehen war. In ihrer schrecklichen Unruhe fühlte sie sich plötzlich etwas erleichtert. Denn sie glaubte, noch so viel Lebenskraft zu besitzen, um alleine gegen jene tödliche Verzweiflung kämpfen und sie besiegen zu können. Als sie die Tür zu ihrem Zimmer aufmachte und das hämische und tückische Kichern und Lachen jener hartnäckigen Gespenster hörte, wußte sie, daß sie in ihrem mühseligen Kampf gegen sie sowohl die zerschlagende Kraft der Verzweiflung, als auch die beispiellose Macht des Lebens brauchte. Sie sah sich die zweistöckigen Metallbetten an, die das Zimmer wie eine Gefängniszelle schmückten, dann fiel ihr Blick auf die zerfetzten, schmutzigen und elenden Laken, mit denen die Betten bezogen waren. Sie schlug die Decke zur Seite. Bevor der beißende Geruch des Drecks und der Fäulnis und der süße, fette Geruch der Wanzen und Flöhe in ihr ein Gefühl der Übelkeit auslösten, sah sie eine Staubwolke in die Luft steigen, die in ihrer Mitte vom Glanz der grünen, gelben und blauen Farben glitzerte. Sie glaubte zuerst, daß ein Schwarm von Schmetterlingen aus ihren Larven herausgekrochen und in die Luft geflogen sei. Als sie aber das hartnäckige und grobe Summen hörte, das die Stille durchbohrte, und vordrang und die dünnen, zarten und grünglänzenden Flügel genau betrachtete, begriff sie, daß sie sich geirrt hatte. In dieser Staubwolke, die sich noch nicht gesetzt hatte, flog ein Schwarm dicker Bremsen, die in der Luft summten und scharenweise zum Fenster stürmten. Sie schlugen sich unruhig an den Scheiben und drehten sich enttäuscht und verwirrt um unsichtbare Kreise. Ein schwaches, gelbes Licht, das von der einzigen Lampe an der Decke herabfiel, beleuchtete diese Szene.

Von diesem Tag an verschärfte sich der stumme Kampf Azars gegen die Gespenster. Als sie die schwarzen Gummihandschuhe und die langen großen Stiefel, die der Hausmeister ihr gegeben hatte, anzog, um die Abflüsse der sechs alten, parallel installierten Toiletten freizumachen, schrie sie wütend die Gespenster an, mit ihrem Gelächter und Gekicher aufzuhören und sie mit ihrem Elend

alleine zu lassen. Als sie den dreckigen, stinkigen und vom Scheiß-
wasser überfüllten Toilettentopf mit einer Schüssel ausleerte,
schloß sie voller Haß und Bedauern ihre Augen. Sie konnte dann
weder auf jene unheilvollen Gespenster schauen noch auf die
zylindrischen Säulen der Scheiße, die sich in der Drehung des
Wassers langsam auflösten und einen beißenden und übelkeitserre-
genden Gestank in die Luft setzten. Sie schloß ihre Augen und ließ
den Mund offen. Sie fühlte, daß der getrocknete Speichel ihres
Mundes von der Durchdringung der Kohlenstoffgase schwer wurde
und eine Welle des Erbrechens in ihrem Hals hochstieg. Sie dachte
aber weder an ihr Elend und ihre Hilfslosigkeit, noch an das
langsame Verstreichen der Zeit und die hartnäckige Beharrlichkeit
des engen Abflußhalses, der mit bezwingender Wut gluckerte und
aus seinem Hals Scheiße erbrach. Sie dachte nur an die Erfindung
eines Vorhanges, den sie wie ihre Lider jeder Zeit bewegen können
und damit ihre Ohren zudecken wollte, um sich vom spöttischem
Gelächter und grausamen Gekicher jener verdammten Gespenster
zu befreien: »Was glaubst du denn, wo du bist? Es ist nicht so
einfach, Asyl zu bekommen! Bevor ihr dieses Land anscheißt, müßt
ihr erstmal ein bißchen Scheiße wegmachen ... Ha Ha Ha!!!...«

Azar versuchte zuerst, sie mit Gezeter, Drohung und Beleidigung
zu bezwingen. Dann versuchte sie, sie gelassen und gleichgültig zu
übersehen. Als sie ihre ganzen Kräfte dahinschwinden sah, entschloß sie sich, ihre Angriffe mit schmeichelhaften Gesprächen und
Unterhaltungen abzuwehren. Dann gestand sie demütig ihre Niederlage und wollte sich als Verliererin auf Verhandlungen und
Diskussionen mit ihnen einlassen. Als sie mit all ihren listigen
Tricks scheiterte, ergab sie sich, gab ihre Seele und ihren Körper
vor Verzweiflung ganz offiziell gegen einen Augenblick der Ruhe
und übergab ihnen damit in tiefer Trauer die Flagge ihres Willens.
Nun erst fühlte sie sich erniedrigt und gedemütigt.

In der ersten Nacht, in der sie mit der Ruhe einer Besiegten
schlafen wollte, zerrten wilde Schläge an ihrer Tür sie aus dem
Schlaf. Zuerst dachte sie mit einer bitteren Traurigkeit, daß sie
wieder von jenen siegreichen Gespenstern heimgesucht worden sei
und daß dieser schwindelerregende Lärm wieder einer ihrer neuen

Maschen sei, die sie nun veranstalteten. Als sie sich aber den pochenden Klang der Schläge genau anhörte, stellte sie fest, daß der Schlag keines Gespenstes, sei es auch das Gespenst der Erniedrigung und der Beleidigung, so ein gräßliches und furchtbares Echo haben konnte. Langsam wickelte sie sich ein Laken um und starrte mit verängstigten Augen in die tiefe Dunkelheit, in der eine verwirrte Angst umherirrte. Die Tür zitterte in ihrer ganzen Länge, sie stand aber noch aufrecht und resolut zwischen ein paar betrunkenen Männern, die ihre Begierde durch Rülpsen, Schluckauf, sinnloses Lallen und ihre Schläge an die Tür zum Ausdruck brachten, und Azar, die unter dem Laken gegen das Schaudern und ihre Angst ankämpfte. In der Wirrnis jenes Pochens, Schlagens, jener Spannung und Bedrohung erkannte sie plötzlich die Urquelle jener Macht, die ihren Schlägen so eine zerstörerische Kraft verliehen hatte. Sie stellte fest, daß es außer Trunkenheit und Rowdytum und noch stärker als diese beiden der blinde sexuelle Trieb ihrer Heimmitbewohner war, der sie zum Kampf herausforderte. Eine lallende Stimme sagte hinter der Tür in gebrochenem Englisch: »Komm, Kleine! ... Mach doch die Tür auf! ... Liebling ... Glaub es mir, wir wollen dir nichts tun ... Wir wollen uns nur ein bißchen amüsieren...«

Von der Erkenntnis, daß sie nochmals einen ihr aufgezwungenen Kampf aufnehmen mußte, dessen Regeln sie nicht kannte, fühlte sich Azar elend und schwach. Sie zog sich zurück, um fern von jenem Getümmel einen Ausweg zu finden. Denn sie dachte, daß sie den Kampf gegen die Gespenster der Erniedrigung und Unterjochung nicht aufgegeben hatte, um einen Krieg gegen die Menschen aufzunehmen. Während sie auf den Lichtstrahl starrte, der wie eine Messerklinge unter der Tür hereinstach, dachte sie an Flucht durch das Fenster und einen sanften Fall über den Balkon, der in einen dichten, mit vielen Bäumen bepflanzten Garten führte. Sie sah sich plötzlich, wie sie sich in das finstere und entsetzliche Labyrinth der Angst und Verzweiflung verirrte. Die betrunkenen Männer trommelten unaufhörlich an die Tür, und als ob sie an Azars Opferfest teilgenommen hätten, klatschten sie, tanzten vergnügt und stampften mit den Füßen. Azar dachte sich, daß sie ihre Seele um jeden

Preis retten würde, wenn auch ihr Fleisch und ihre Knochen in diesem tierischen Kampf in Tausende Stücke zerfetzt werden sollten. Als sie noch vor Kummer, Wut und Verzweiflung innerlich zitterte, fühlte sie in ihrem Herzen zuerst mit ihnen und dann mit sich selbst Mitleid. Denn sie konnte nicht glauben, daß der Wunsch, sie zu vergewaltigen, das Ergebnis eines spontanen Einfalls zur Befriedigung plötzlicher Wollust war. Nein, es gab den einzigen schlichten und grausamen Grund, daß sie so aufgewachsen waren.

Azar floh in jener Nacht nicht durchs Fenster, sondern durch die Tür. Als die drei betrunkenen Männer mit der Schulter die Tür einbrachen und wie Dämonen mitten ins Zimmer platzten, sprang Azar, die dicht an der Mauer stand, eingehüllt in ein verschmutztes Laken wie ein Gespenst, in den Gang und lief davon. Der dunkle, kalte und leere Gang glich einem endlosen Tunnel, der das fliehende und zitternde Gespenst Azars verschlang. Trotz des gräßlichen Lärms, des Gebrülls, der Schreie, der Rufe, Drohungen und Beschwörungen, die jenen schmalen und endlosen Gang eine Zeitlang in Schwingung versetzten, wagte es niemand, ihn zu betreten. Azar wußte, daß hinter den Türen, an denen sie vorbeilief, einige Augen ihren geisterhaften Gang verfolgten und einige Lippen für ihren Erfolg beteten. Aber niemand war bereit, auch nur für einen Augenblick die Tür auch nur einen Spalt breit zu öffnen. Die Angst hatte den Mut, das Mitleid, die Hilfsbereitschaft und die Menschlichkeit aus ihren Wesen und Herzen ausgelöscht.

Das Kinn auf die Hand gestützt, saß Azar vor Frau Grünberg, sah sorglos und unbekümmert auf ihren steifen blonden Haarschopf und fühlte, wie ihr Herz von einer sanften Welle des Mitleids gerührt wurde. Es tat ihr leid zuzusehen, mit welcher Mühe und Leidenschaft, mit welch unerschütterlichem Glauben, unermüdlichem Fleiß und gewissenhafter Genauigkeit Frau Grünberg sich auf ihren von Krampfadern überwucherten Beinen wälzte, die Gesetzbücher durchwühlte, die wichtigsten, historischen Ereignisse nach der Revolution studierte und sogar zu den übersetzten Versen des Korans griff, um ihr einzureden, daß sie nicht frei leben dürfe. Es kam ihr vor, als ob Frau Grünberg in ihrem ledernen Gestell und der quadratischen Gestalt ihres Körpers, in der undurchdringlichen Härte ihres Charakters und in ihrem dreisten und erniedrigenden Blick vor ihr Angst hatte. Denn sie wußte, daß Azar alleine war und keinen anderen Ausweg besaß. Sie wußte, daß Azar schwach und zugleich stark war, weil das Recht auf ihrer Seite war.

Azar dachte sich, daß Frau Grünberg vor ihr Angst hatte und deshalb ihren Asylantrag ablehnen wollte. Sie fürchtete sich vor ihr. Sie hatte Angst. Obwohl sie alleine war, hatte Frau Grünberg Angst vor ihr. Sie hatte Angst vor ihrer ganzen Existenz, vor ihrem ganzen Dasein. Sie hatte Angst vor dem Leben an ihrer Seite. Sie hatte Angst vor der Kultur, die sie mitbrachte, vor ihren Sitten und Gebräuchen, vor dem Geruch der Gewürze, mit denen sie ihr Essen zubereitete. Sie hatte Angst vor dem Menschen, der mit all seinen Sehnsüchten und Träumen, seiner Intelligenz und seinem Scharfsinn und selbst mit seiner Einsamkeit und Schwäche in ihr lebte. Azar schämte sich, daß sie Frau Grünberg diese Angst bereitet hatte, und hatte Mitleid mit ihr.

In ihren Gedanken leuchtete plötzlich wie ein Blitz die weit entfernte Erinnerung an den Tag auf, an dem sie vor Scham vor einem Dutzend Kinder geweint hatte. Sie sah sich, wie sie mit einem kleinen Köfferchen in der Hand in den Straßen Teherans auf und ab ging. Im Köfferchen schleppte sie ein Paar hochhackige Schuhe, ein seidenes Kopftuch, eine dunkle Brille, ein Paar Plastiklatschen und einen verblaßten Baumwolltschador mit sich herum. Wenn sie den Norden der Stadt erreichte, band sie sich das Kopftuch um, trug die dunkle Brille und lief mit den hochhackigen Schuhen los. Im Süden der Stadt nahm sie die Brille ab und trug die Latschen und ihren Baumwolltschador. Sie hatte so oft die hochhackigen Schuhe, das Kopftuch und die Brille gegen die Latschen und den Tschador getauscht, daß sie jeden Bezug zur Realität verlor. Deshalb wurde sie nicht nur im Schlaf, sondern auch beim Wachsein von Alpträumen heimgesucht. Sie glaubte ständig, verfolgt zu werden. Deshalb fing sie auch plötzlich an zu laufen. War sie in einer abgeschiedenen Gasse, flüchtete sie in die Menschenmasse der Hauptstraßen, und aus den Hauptstraßen versuchte sie, in der Einsamkeit der Gassen Schutz zu suchen. War sie in einem Taxi, stieg sie schnell aus und lief zu Fuß. Wenn sie zu Fuß war, nahm sie schnell ein Taxi. War sie in einer Parkanlage, ging sie ins Kino, und aus dem Kino lief sie verängstigt in eine Moschee. War sie in einer Moschee, lief sie eilig in ein Hammam. War sie im Hammam, stürzte sie sich in ein Restaurant. War sie in einem Restaurant ... Wie eine Verrückte lief sie durch die Stadt. Sie versuchte, nicht mehr als einmal an einem Ort aufzutauchen. Sie mied die Gegenden, wo sie sich früher mit ihren Freunden getroffen hatte. Alle Kreuzungen überquerte sie angstvoll. Sie lief an keiner Telefonzelle vorbei. Sie mied alle Menschen, die mit einer Zeitung in der Hand hier und da herumstanden. Wenn jemand in ihrer Sichtweite auf seine Uhr schaute, kehrte sie schnell um und lief in umgekehrter Richtung weg ... Aber der dumpfe Lärm der laufenden Schritte hinter ihr verstummte auch für keine einzige Sekunde in ihrem Kopf. Das Licht, das ständig in ihre Hirnhöhle schien, ließ dieses Geräusch noch klangvoller erschallen: es war das lauwarme Sonnenlicht der Frühlingstage, das bunte Neonlicht der Geschäfte und das milchweiße Licht der Straßenlaternen in der Nacht. Tag und Nacht brannte eine Lichtfackel in der Dunkelkammer ihres von Ängsten und Schrecken erfüllten Hirnes und beschleunigte die quälende und unaufhörliche Arbeit ihrer Gehirnzellen: eine durcheinanderwühlende Schar von Bienen stach mit ihren giftigen Stacheln in ihre Hirnhaut, füllte ihr rastloses Herz mit Sorgen und raubte ihr den Schlaf. In diesen Augenblicken wünschte sich Azar, daß ein Tropfen von Dunkelheit der Trauer und Verzweiflung, die ihre ganze Existenz ergriffen hatten, auf ihre Hirnhöhle tropfen und sie in ewiger Finsternis versinken würde. Es kam ihr vor, daß sie nur so dem Rauschen der sie dauernd verfolgenden Schritte entrinnen, und dem Licht, das sie in qualvolle Schlaflosigkeit stürzte, entfliehen konnte.

Sie wußte nicht mehr, wieviel Zeit seit jenem Morgengrauen vergangen war, in dem die Pasdaran ihre Wohnung gestürmt hatten, um sie zu verhaften. Es war um fünf Uhr morgens an einem Mittwoch gewesen, der ein offizieller Feiertag war, als zwei weiße

Peykans zögernd vor dem Haus Nummer 3 in der Djanseparstraße im Norden Teherans angehalten hatten, aus denen acht Pasdaran mit gezogenen Pistolen gesprungen waren. Um die Örtlichkeit des Gebäudes zu untersuchen, hatte der Fahrer des ersten Peykans seinen Kopf aus dem Auto gestreckt. Doch bevor er durch die versprengten Wolken den hellblauen Himmel hatte sehen können, war sein Blick auf die mit Mörtel verputzte hohe Mauer gefallen, aus der die Fenster mit Aluminiumrahmen ein silbernes Licht gestrahlt hatten. Plötzlich hatte ein merkwürdiger, matter und nicht definierbarer Blitz seine Augen geblendet. Das Gebäude hatte angefangen, hinter dem blauen Nebel zu zittern. Der trockene Klang vom Entsichern mehrerer Waffen hatte in seinen Ohren gehallt. In einem Augenblick der Angst und der Unsicherheit hatte der Mann schnell seinen Kopf zurückgezogen und sofort geschrien: »Nehmt Stellung! ... Sie sind bewaffnet!«

Das Echo seines Schreies hatte noch in der Luft geschwebt, als jemand brüllte: »Feuer frei!«

In einem einzigen Augenblick waren alle Abzüge betätigt worden, und der Feuerstoß der Bleikugeln hatte die blaue, hölzerne Haustür durchlöchert. Bevor ein Pasdar ein paar Schritte zurückging, um mit seiner rechten Schulter die Tür einzuschlagen, hatte eine Stille, kalt und klar wie ein zerbrechliches Kristall, jenen von Feuer, Rauch und Schreien erfüllten Lärm überdeckt. Aber niemand hatte sie ausgenutzt, um darüber nachzudenken, daß das ganze Geschehen nur auf einem Trugbild basiert hatte, das der Blitz eines unbekannten Objektes zwischen dem dritten und dem vierten Stock auf einem kranken Hirn und schwachem Augen hinterlassen hatte.

Die Tür war mit einem trockenen Geräusch auf die weißen Marmorsteine des Treppenhauses gefallen. Die Pasdaran waren einer nach dem anderen mit ihren beschlagenen Stiefeln über die eingeschlagene Tür gelaufen. In Azars Wohnung war alles sauber und ordentlich gewesen. Nur ein Beutel mit Datteln auf dem Bücherregal, den sie vergessen hatte, vorher in ihren Rucksack zu packen, war ihnen in dieser Ordnung, Sorgfalt und Harmonie aufgefallen. Die Pistolenläufe waren auf den Boden gerichtet. Der

Pasdar, der zuletzt das Zimmer betreten hatte, hatte als erster begriffen, was geschehen war. Er lächelte spöttisch und sagte: »Oh! Der Vogel ist wohl ausgeflogen!«

Als Azar von der Geschichte hörte, dankte sie Gott, daß sie in der Nacht zuvor Lust auf eine Bergwanderung bekommen hatte. Sie legte diesen normalen Zufall als ein Wunder aus, der mit irdischen Maßstäben weder zu messen noch zu verstehen war. Sie achtete dann auch nicht weiter darauf, daß infolge jenes zufälligen Trugbildes kiloweise Blei in die Türen und Wände des Hauses abgefeuert wurden und auf ihre alte Akte über die achtmonatige Haft der Stempel »flüchtig–gefährliche Person« aufgedruckt war. Um das Fiasko des blödsinnigen Überfalls seiner Truppe zu rechtfertigen, hatte der Einsatzleiter sie in seinem diffusen Bericht für »wahrscheinlich bewaffnet« erklärt. Diese zwei Wörter berechtigten jeden Pasdar, sofort nach der Identifizierung das Feuer auf sie zu eröffnen.

Während sie von Norden nach Süden und von Westen nach Osten in der Stadt hin- und herlief, war sie so intensiv damit beschäftigt, sich zu verstecken, daß sie überhaupt nicht merkte, wie sie allmählich im Sumpf des Elends versank. Sie kaufte jeden Nachmittag Zeitungen, las in lähmender Spannung die Berichte über weitere Verhaftungen und fiel in eine so schwindelerregende Unruhe, daß sie langsam ihre Meinung über jenen wundersamen Zufall änderte, der sie vor der Verhaftung gerettet hatte. Plötzlich öffneten sich ihr die Augen, und sie sah, daß alle ihre Freunde und Bekannten in Haft waren. Diese Tatsache drückte jedesmal doppelt auf ihr Herz, einmal weil sie in den bestialischen, höllischen Händen von Khomeinis Polizei gefangen waren und zum anderen wegen ihres eigenen Leids. Denn sie sah sich vor der Lawine der Qualen, Leiden, Probleme und Strapazen, die immer größer und schrecklicher wurden, ganz einsam und allein. Alle ihre Freunde waren plötzlich verschwunden. Alle hatten »Lebensmittelvergiftung«. Alle waren auf »geschlossenen Abteilungen« der verschiedenen Krankenhäuser. Alle waren plötzlich auf »Dienstreise«. Niemand wußte von ihrem Ziel. Niemand wußte, wann sie zurückkämen. Niemand wußte, wie man sie erreichen könnte.

Sie betrat dann seltener die Geschäfte. Die Angst vor der Versuchung, ihre Telefonapparate zu benutzen, vertrieb sie von allen Geschäftsreihen. Die verschlüsselten Sätze, deren geheime Botschaft nicht nur ihr, sondern auch den Abhörspezialisten der Sicherheitspolizei klar war, stießen sie an den Abgrund der Verzweiflung, Trauer und Abscheu. Jedesmal, wenn sie den Hörer auf die Gabel legte, fühlte sie, wie die Schutzschichten ihres Herzens wie Blumenblätter, die sich einzeln lösten und zu Boden fielen, allmählich schwanden und ihr Herz nackt und schutzlos dem Sturm der Ereignisse aussetzten.

Jetzt verfolgten außer diesen Schritten auch andere sie wie ein Schatten: die Großmutter, deren Tochter verhaftet wurde und die nicht wußte, wohin sie mit dem Enkelkind mußte, das unter starkem Erbrechen und Durchfall litt. Der Mann, dessen Frau direkt vom Entbindungsbad ins Gefängnis verfrachtet wurde und der nicht wußte, wie er sein viertägiges Kind stillen sollte. Die Frau, die noch ihre papiernen Hochzeitsblumen in der Hand hielt und den langen Schwanz ihres Brautkleides wie ein Gewand auf den Händen trug und nicht akzeptieren konnte, daß sie es gegen das schwarze Trauerkleid tauschen sollte, denn ihr Mann war sofort nach der Verhaftung dem Exekutionskommando übergeben und hingerichtet worden. Am schlimmsten waren die Kinder. Ein Dutzend dickköpfiger, störrischer Kinder, die mit feuchten Augen und offenen Mündern, aus denen die Spitzen kleiner Zähne wie Perlmutt auf dem roten Zahnfleisch glänzten, mit den Füßen auf dem Boden stampften und von ihrer lieben »Tante Azar« ihren »Papa« und ihre »Mama« verlangten.

Müde, erschöpft und verwundert lief sie an ihrer Seite. Die Scham, frei zu sein, stärkte noch das ungewöhnliche Elend jener krankhaften Freiheit in ihrem Blick. Sie sah jeden Augenblick, daß sie im zerschmetternden Strudel des Elends, der Trauer und Hilflosigkeit versank und vor Scham weder den Mut noch die Kraft hatte, den Kopf zu heben. Mit leiser Stimme tröstete sie die Kinder. Als ob sie von etwas Geheimem spreche, steckte sie ihren Kopf zu ihnen und flüsterte. Wenn sie ihre schüchternen und verzweifelten Augen sah, zitterte sie am ganzen Körper, und ihr Herz wurde von einem rührenden Mitleid bedrückt. Sie erzählte ihnen solange von den Geheimnissen der Märchen, bis sie selbst die Realität des Lebens gänzlich vergaß. Sie aß nicht mehr, trank nicht mehr. Erst als sie nachts ihren Tschador auf dem feuchten Boden einer verlassenen Parkanlage zum Schlafen ausbreitete, stellte sie fest, daß sie den Tag in der Nacht wiederholen konnte. Sie tat es aber nicht. Statt dessen lag sie auf dem Rücken und blickte durch die Tannenzweige auf den dunklen Himmel der Nacht und erzählte Märchen. Märchen ohne Anfang und Ende, bei denen immer eine verfolgte oder sich auf der Flucht befindende Frau im Mittelpunkt stand oder irgendwo vorkam. Wenn die gelben Strahlen der Sonne an die Stelle des weißen Laternenlichtes traten, stand Azar auf, und sobald sie sich von den Kindern umzingelt sah, setzte sie das Märchen fort, das sie in der Nacht zuvor begonnen hatte. Alle Kinder verstanden das Märchen, ohne seinen Anfang zu kennen, Einzelheiten und Details hingegen kannten sie so genau, als ob sie ihr eigenes Leben Revue passieren ließen. Die älteren banden die Schnürsenkel der kleineren fest, wischten mit der Hand ihre Tränen weg, nahmen ihre Hände und schlenderten neben Azar, die mit dem Einfühlungsvermögen der Großmütter Märchen erzählte, durch die Stadt.

Die einzige, die diese spannenden Geschichten der endlosen Flucht und Verfolgung langweilig und uninteressant fand, war Nazli. Unruhig und sauer verfolgte sie die sinnlose Geschichte der Flucht der Heldin, die einem geschmacklosen Versteckspiel ähnelte, und gähnte ständig vor Langeweile. Sie dachte, daß es nach wochenlanger Obdachlosigkeit, Umherirren und Nervenzerrüttung an der Zeit wäre, daß sich die Heldin des Märchens und ihre Verfolger irgendwo trafen. Azar hielt kurz inne und fragte dann eines der Kinder: »Gut, was ist dann passiert?«

Ein Berg von Kummer stürzte über Nazli, denn sie wußte, daß Azar sofort die Heldin des Märchens mit einem veränderten Aussehen in eine andere Stadt schicken würde und sie ziellos durch ihre Gassen wandern ließ, während die Pasdaran sie wie ein Schatten verfolgten. Einmal fragte sie protestierend: »Tante, warum bringst du dieses Märchen nicht zu Ende?«

Azar sagte hilflos: » Meine Liebe, ich kann es nicht, ... ich kann es nicht...«

Deshalb entschloß sich Nazli, ein passendes Ende für das Märchen auszudenken. Eines Tages, als sie sich wie die Heldin des Märchens vor lauter Unglück und Elend unwohl fühlte, erlaubte sie sich, Tante Azar das Wort abzuschneiden und die Geschichte, die in der Wirklichkeit ablief, zu einem utopischen Ende zu bringen. Azar hatte die unter dem blauen Himmel verwirrte und verängstigte Frau auf das Dach eines Hauses geschickt, das von den Pasdaran umzingelt worden war, und war nun felsenfest entschlossen, sie über die benachbarten Dächer bis zur Straße zu führen und sie damit aus der immer enger werdenden Einkesselung der Pasdaran zu retten. Aber Nazli, die vor Spannung und Angst kaum atmen konnte, blickte in die verängstigten Augen der Kinder und wies der Frau, die vor Verzweiflung und Hoffnungslosigkeit beinahe abgestürzt wäre, den Weg zu einem Treppenhaus, um sie dann nach einem Sprung über eine drei Meter hohe Mauer in eine schmale, dunkle Gasse zu führen, die in einer stinkigen Ruine endete, und ihr damit aus der Umzingelung zu helfen. Die Frau sprang. Aber anstatt daß sie in jener schrecklichen Finsternis auf dem Pflaster der Gasse landete, fiel sie mitten in den Kreis der Pasdaran, die mit ihren Händen eine Kette bildeten. Obwohl ihr Herz in einem wahnsinnigen Tempo schlug, fühlte die Heldin, daß sie sich ohne den geringsten Widerstand dem Tod ergeben wollte.

Nach dieser erfundenen Wendung der Geschichte konnte Nazli nicht mehr in die traurigen, verwunderten, unzufriedenen und vorwurfsvollen Augen der Kinder schauen und senkte daher den Kopf. Azar zitterte innerlich, als ob sie vor ihrem sicheren Schicksal stünde.

Sie fühlte, daß es ihr von einem stechenden Schmerz in ihrem Herzen kalt wurde. Sie fuhr sich an, vor den Kindern nicht zusammenzubrechen. Die Wärme eines Schamgefühls, das ihr plötzlich das Blut ins Gesicht trieb, rettete sie. Sie merkte deshalb nicht, wie Nazli die Tochter der Heldin, die am Fenster das ganze Geschehen beobachtet haben sollte, in die Geschichte einführte, weil sie mit ganzer Kraft dagegen ankämpfte, den Ausbruch ihrer

Tränen zu verhindern. Sie hörte nur, daß Nazli aus dem kleinen
Hals der Tochter der Heldin in der dunklen Stille der Nacht schrie:
»Ihr grausamen Verbrecher ... Wo bringt ihr meine Mutter hin?!«

Azar starrte noch durch den Tränenschleier auf den Telefonapparat, als ob sie ihn mit einer zauberhaften Kraft zum Klingeln
bringen wollte. Sie haßte ihr Schicksal, das sie zur ewigen Verwirrung und zum ewigen Warten verdammt hatte. Ihren einzigen Trost
suchte sie in der stillen Anwesenheit der federleichten Schatten
ihrer Mutter und ihrer Großmutter. Sie saßen dort in der Gestalt
eines alten und mahnenden Leides, das vom Endsieg der Hoffnung
über die Verzweiflung berichtete und die Kraft der Geduld in ihr
stärkte. Azar blickte auf sie und lächelte. Sie sagte sich: »Oh! Paß
auf! ... Du bist dabei, lebendig zu sterben!«

Sie sah zu Klaus, der begeistert die Heiratsanzeigen las, und
schüttelte ihren Kopf voll Bedauern: »Eine hübsche, interessante
und fröhliche Frau sucht einen aufrichtigen, sportlichen und
kinderlieben Mann...«

Azar stand ungeduldig auf. Um ihre Unruhe zu bezwingen,
entschloß sie sich zu duschen. Sie nahm den Telefonapparat mit in
den Flur. Doch statt die Tür zum Bad öffnete sie die Tür der
Abstellkammer. Eine Wolke stickiger, feuchter Luft schlug ihr ins
Gesicht. Sie zog sich zurück. Vor Wut knirschte sie mit den Zähnen
und versuchte, die bis zu ihrem Hals heraufgestiegene Übelkeits-
welle zu überwinden. Sie schrie sich zornig an: »Mensch! ... Kleb
doch endlich Etiketten an diese verdammten Türen!«

Sie verzichtete auf das Duschen. Sie nahm das Telefon mit in die
Küche. Auch nach langem Suchen konnte sie die leere Teedose
nicht finden. Als sie ziellos die Tür des Kühlschranks öffnete,
knallte ihr die Teedose vor die Füße. Vor Wut stieß sie sie weg. Um
nicht wieder der Vergessenheit zu unterliegen, setzte sie sofort
»Tee« auf die lange Einkaufsliste, die an der Tür des Kühlschranks
klebte. Sie fühlte plötzlich, daß sie sich danach sehnte, von einer
Bekannten oder einer Freundin gerufen zu werden und ihren
Namen zu hören. Sie hatte es satt, ihren Namen in einem offiziellen
und trockenen Ton zu hören. Sie wollte eine junge, muntere und

klangvolle Stimme hören, die von Freude, Entzücken und Begeiste-
rung des Wiedersehens erfüllt war. Genau wie an jenem lauwarmen
Frühlingsnachmittag, als sie unter den Menschenmassen aus dem
Bus stieg und eine vor Freude und Liebe zitternde Stimme den
Lärm der Menschenmasse durchdrang und ihr Herz erreichte:
»Azar ... Azar ...«

Als sie sich umdrehte, sah sie Attefeh, die sie mit geflochtenen
Haaren und kurzem Pony, der die Hälfte ihrer hohen Stirn
bedeckte, anlächelte und ihre Hände nach ihr ausstreckte. Azar ließ
ihr Köfferchen zu Boden fallen und warf sich in ihren Schoß. Sie
nahm ihre Hände und drückte sie wortlos. Beide sahen sich einige
Augenblicke lächelnd an und erinnerten sich im selben Augenblick
an ihre letzte Begegnung sechs Jahre zuvor, die mit Verärgerung
und Streit geendet hatte. Der Grund ihres Streites war die Gemein-
heit der Theologielehrerin der Schule. Eine dicke, rundliche und
fanatische Frau, die ihr Gesicht sogar vor ihren Schülerinnen
versteckte und jedesmal, wenn der Schuldiener am Fenster vorbeilief, sofort unter den Tisch sprang, damit die sündigen Blicke eines
fremden Mannes sie gar nicht berührten. Sie forderte zuerst Attefeh
auf, Azar über den Unterricht zu befragen und ihr nach eigenem
Ermessen eine Note zu geben. Azar sagte alles, was sie über das
Leben und den Tod des fünften Imams, den kranken Zein-Ol-
Abbedin, wußte, und bekam eine 15. Dann forderte die Lehrerin
Azar auf, Attefeh zu prüfen. Azar hörte überhaupt nicht zu, was
Attefeh erzählte, denn sie hatte beschlossen, daß ihre Ausführun-
gen keine 15 wert seien. Sie überlegte sich, daß sie ihr keine
schlechtere Note als 14 oder 15 geben sollte. Deshalb merkte sie gar
nicht, daß es nicht Attefeh, sondern sie selbst war, die geprüft
wurde. Als sie ihr großzügig und zufrieden eine 16 gab, schlug ihr
die Lehrerin mit dem Buch, das sie in der Hand hielt, auf den Kopf
und sagte: »Aus dir wird niemals ein gerechter Mensch werden ... Du
wirst einer dieser gemeinen Halunken werden, die nichts anderes
können, als die Gerechtigkeit mit Füßen zu treten. Ich habe genau
zugehört, daß Attefeh den ganzen Unterricht auswendig gewußt
hat. Sie bekommt eine 20 und du eine Null. Damit du in der Zukunft
nicht wieder so einen Unfug machst.«

Klaus sagte: »Mein Gott! ... Sie ist aber eine Schönheit! Ich muß ihr schreiben...«

Azar stand auf. Zornig stellte sie den Recorder ab. Während sie in ihrem Herzen fieberhaft Gott anflehte, jenen verdammten Telefonapparat erklingen zu lassen, und auf die grauen Wolken des dreckigen, zerknitterten Himmels starrte, klingelte es an der Tür. Für einen Augenblick dachte sie, daß es das Telefon sei. Hastig und panisch nahm sie den Hörer ab. Die Türklingel ertönte wieder und zerrte sie aus der Welt ihrer Illusionen. Sie warf sich den schwarzen Mantel um und öffnete die Tür.

Vor ihr stand ein großgewachsener Mann mit breiten Schultern und knochigen Kiefern. Mit einer freundlichen und langgezogenen Stimme wünschte er ihr einen guten Tag und bat um Erlaubnis, seine Kollegin, eine gutangezogene, blauäugige, stramme Frau, vorzustellen. Er fügte dann hinzu: » Wir sind Vertreter der Versicherungsgesellschaft ... Können wir fünf Minuten Ihrer Zeit in Anspruch nehmen? ... Nur fünf Minuten ... Es dauert nicht lange...«

Sie blieben dann mehr als eine halbe Stunde und malten ein Unglück nach dem anderen aus. Sie setzten einen Verkehrsunfall in die Welt, steckten ihr Haus in Brand, brachen ihre Hände und Füße, ließen Diebe in das Haus einbrechen und ihren ganzen Hausrat durch eine plötzliche Explosion in die Luft gehen. Sie konnten es sogar nicht lassen, sie für ein paar lausige Groschen der Lebensversicherung ins Jenseits zu befördern. Als sie merkten, daß Azar sie matt und verwundert ansah, änderten sie ihren Ton und versicherten ihr, daß sie sie vor jedem irdischen und himmlischen Unglück schützen würden, wenn sie einen Monatsbeitrag zahle. Azar sagte: » Ich danke Ihnen ... Wer mich bis jetzt vor diesen Katastrophen geschützt hat, wird dies wahrscheinlich auch in der Zukunft tun!«

Diesmal ergriff die Frau die Initiative. Sie löste die um ihre Beine gefalteten Hände, starrte mit ihren schönen Augen, einem Blick voll unschuldiger Verschmitztheit auf sie und fing an zu sprechen. Sie lächelte beim Reden und wiegte ihren Kopf entspannt nach links und rechts.

»Sehen Sie, meine liebe Frau! ... Es scheint, daß Sie noch nicht begriffen haben, welchen sicheren Gefahren Sie ausgesetzt sind. Nicht wahr? ... Sehen Sie! Es ist jetzt Winter. Nicht wahr? ... Es hat geschneit ... Nicht wahr? ... Morgen ist der Boden gefroren und Sie wollen einkaufen gehen ... Nicht wahr? ... Dann rutschen Sie aus und brechen sich das Bein...«

Azar dachte an die lange Einkaufsliste. Als sie allmählich begriff, daß ihre Konzentrationsfähigkeit nach und nach durch Erschöpfung verschwand, sah sie eine elend aussehende Frau, die mit einem gebrochenen Bein hinter den Menschenmassen herlief. Sie sah ihr überhaupt nicht ähnlich, hielt einen Brotlaib fest in der Hand und zog humpelnd ihr rechtes Kniegelenk hinter sich, das ganz verdreht war, nur an einem Hautfetzen hing und in der Luft pendelte. Es kam ihr nicht so vor, daß ihr Beinbruch vom Ausrutschen auf dem Eis herrühre, denn der Boden war trotz der Kälte nicht gefroren. Ganz im Gegenteil war er mit Schutt von Ziegeln, Steinen, Eisengeflecht und Glassplittern bedeckt. Deshalb räumte die Masse der Männer, die eilig und hastig vor ihr lief, zuerst den Boden weg. Sie stießen mit ihren Fußspitzen die Steine, Ziegel, den Putz und Bauschutt zur Seite. Ab und zu bückte sich jemand und verrückte leicht die Eisenträger, die wie Bleche ineinander geflochten waren, damit sich niemand daran stoße. Alle hatten es eilig. Mit verängstigten Augen und von Falten gefurchten Gesichtern trugen sie einen leichten Gegenstand wie eine Schale durch den dichten Nebel des Staubes, Rauches, Feuers und den unterdrückten Trubel der Angst und Abscheu. Azar dachte zuerst, daß sie ein Stück Teppich aus den Trümmern herausgezogen hätten und ihn nun an einem sicheren Ort deponieren wollten. Der »Teppich« war unter einem Laken versteckt, das ihn ganz bedeckte. Aber als sie durch die Falten des Lakens, die ab und zu mit den Laufbewegungen zur Seite schlugen, genau hinsah, stellte sie verwundert fest, daß sie sich geirrt hatte. Unter jenem großen Laken, das an verschiedenen Stellen von Blut, Schmutz und Dreck befleckt war, traten die kleinen, zierlichen Schultern eines Mädchens in Erscheinung, das noch ein Nachthemd trug. Azar konnte sogar seine rechte Schulter sehen, die aus einem Riß im Nachthemd heraussah. Aber auch nach genauer

Betrachtung konnte sie nicht die Wölbung des Kopfes entdecken.
An der Stelle, wo der Kopf sein mußte, hörten die Falten des Lakens
in einer ungewöhnlichen Form auf und hingen wie der Rand einer
Tischdecke glatt herunter. Die Blutspur, die wie eine Rose um die
Schulter durchgesickert war, floß wie ein dünner Strich weiter und
führte bis an den Rand des Lakens. Der Kopf des Kindes fehlte. Vor
Angst legte Azar ihre Hand auf den Mund und sah zur Mutter des
Kindes. Sie hielt noch das Brot, das sie am Morgen holen gegangen
war, in der Hand und zog ihr verdrehtes Knie hinter sich her. Sie
war vor Schmerz und Hast total verschwitzt und kreischte erschöpft
und kraftlos. Mit unruhigen Blicken und geschwollenen Halsadern
schrien die Männer ununterbrochen: »La -Illa-Ha-Ill la Allah ...«,
als ob sie sich mit Hilfe jener zauberhaften Wörter vor einer
sicheren Gefahr schützen wollten, die um sie in der Luft schwebte.
Die Sonne war erst vor kurzem aufgegangen...

Azar schloß ihre Augen vor jenen schrecklichen Bildern, die wie
ein Stummfilm auf der Leinwand vor ihr abliefen. Sie war erblaßt
und zitterte ohne Grund. Sich entschuldigend wandte sie sich an die
Versicherungsagentin, die noch die hohen Kosten der medizin-
schen Behandlung ihres gebrochenen Fußes ausrechnete, und
sagte: » Gehen Sie bitte! ... Ich bitte Sie! ... Das einzige, was ich im
Moment nicht gebrauchen kann, sind Beine und Versicherun-
gen!«

Frau Grünberg lehnte sich an den Stuhl. Die kalte und schwere
Stille, die noch in der Luft hing und vom leichten Rascheln der
Papiere zerkratzt wurde, zerriß plötzlich mit ihrem lauten
Husten.

»Sie wissen doch, daß Ihnen keine Gefahr mehr droht, wenn Sie
Ihre Reue bekunden? Das steht im Koran geschrieben ... Ayatollah
Khomeini und Ayatollah Montaseri haben dies auch bekräftigt...«

Frau Grünberg sagte dies und räusperte sich in ihre vorgehaltene
Hand. Dann hob sie langsam ihren Kopf und sah mit halbgeschlos-
senen Augen auf Azar, als ob sie Angst hätte, in ihre klaren, offenen
Augen zu schauen. Azar, still und zurückhaltend, schlug ein paar
Mal mit den Wimpern, um den hauchdünnen Tränenschleier von

ihrem Blick wegzuwischen. Dann fing sie langsam an, lautlos zu lachen. Der Gedanke, daß Frau Grünberg sich naiv stellte und zum Koran, zu Khomeini und Montaseri griff, nur um sie zu ignorieren, brachte sie zum Lachen. Die Erkenntnis, daß sie sich mit ihrem ganzen Pflichtbewußtsein und ihrer Großzügigkeit als eine voll-kommene Idiotin hinstellte, die die Diktatoren beim Wort nahm, nur um sie zu verurteilen, brachte sie zum Lachen. Die Tatsache, daß sie unruhig und doch stolz und unerschütterlich auf ihr deutsches Verständnis von Menschlichkeit verzichtete, nur um ihr zu beweisen, daß die einzige Rettung der Menschen in der Unter-werfung unter Schimpf und Schande bestehe, brachte sie zum Lachen. Diese Erkenntnis bedrückte zugleich ihr Herz und erfüllte es mit tiefer Trauer. Es kam ihr so vor, als ob im gütigen und legalen Verhalten Frau Grünbergs eine Art niederschlagender und origi-neller Gleichgültigkeit menschlichem Schicksal gegenüber verbor-gen war. Ein Verhalten, das offensichtlich jenseits von Bestialität und Barbarei lag. Es war zivilisiert und wirkte manchmal von einem Gefühl des Mitleides angehaucht gütig und freundlich. Es unter-schied sich aber nicht von jener offiziellen und erniedrigenden Brutalität, die sie acht Monate lang in ihren Krallen gefangen gehalten hatte.

Azar sagte nichts. Als ob sie den Sonnenaufgang abwartete, saß sie da und zählte die senkrechten schwarzen Streifen in Frau Grünbergs Kleid.

Frau Grünberg fragte: »Ist es nicht so? Warum bekennen Sie sich nicht reumütig und kehren in Ihre Heimat zurück? Bekennen Sie sich zur Reue!«

Auf einmal kam ihr der Ton von Frau Grünbergs klangvoller Stimme bekannt vor. Sie hob ihren Kopf und starrte auf das helle, milde Tageslicht. Sie glaubte, daß die graue Wolke, die sich langsam näherte und ihren Schatten tropfenweise auf das baumwollweiße Tageslicht warf, den unsichtbaren Wesen, die bis dahin in der milchfarbenen Umgebung verschwunden waren, Gestalt verlieh und sie in ihr bekannte Personen verwandelte. Azar erkannte die Stimme wieder, die ihr in ihrer weit entfernten Erinnerung befahl: »Bekenne dich reumütig, Schwester! ... Bekenne dich reumütig, dann bist du gerettet! ... Sonst stehst du in fünf Minuten vor dem Erschießungskommando...«

Azar fühlte plötzlich, daß ihr Herz nicht mehr schlug und das Blut in ihren Adern erstarrte. Ein kalter Schweiß bedeckte ihre Lippen und ihre Stirn. Es schwindelte ihr im Kopf, und sie zitterte am ganzen Körper. Sie steckte ihre erfrorenen Finger zwischen die Zähne, um ihr schwindelerregendes Klappern verstummen zu lassen. Ihr war übel. Ihr Speichel lief wie ein dünnes Rinnsal herunter. Sie sah unter ihren Lidern auf den Pasdar, der ruhig vor ihr saß.

Er hatte ein rundes, kindliches und glattrasiertes Gesicht, das einen blauen Schatten auf seine schwarzen, glänzenden Augen warf und sie in einer vernebelten Aura versinken ließ. Seine hellen, ein Fingerglied langen Haare lagen wie Fischschuppen aufeinander. Im Gegensatz zu seinen zackigen, nervösen und aufgeregten Bewegungen hatte er ein ruhiges, klares Gesicht. Er sprang plötzlich hoch, zog seine Pistole aus der Tasche und zielte auf Azars Stirn. Aus seinen Augen blickte ein wildes, gefangenes Tier auf sie und knurrte durch die Zähne: »Bekenne dich zur Reue! Du dreckige Hure! ... Bekenne dich reumütig!«

Azar sah zur fleischigen, erblaßten Stirn des Pasdars, die so weiß wie die Wand hinter ihm war, und fragte leise und unsicher: »Wofür muß ich mich reumütig bekennen?«

Und sie steckte mechanisch ihre Hand in den Mund und fing an, an ihren Fingernägeln zu kauen. Sie versuchte, ihre Angst, Verwirrung und Unruhe, die sie schutzlos machten, zu bezwingen. Der Pasdar entsicherte geräuschvoll seine Pistole, und Azars Herz schloß im selben Augenblick die Klappen. Sie fühlte, wie eine schaudernde Kälte ihr Hirn lähmte. Eine Kälte, die allmählich in ihre Adern drang und sie in eine eisige Statue verwandelte. Ihre Kiefer fingen von selbst an zu zittern. Sie hörte das dumpfe und klanglose Klappern ihrer Zähne. Sie zog den Gefängniskittel fest um sich und fragte wieder: »Was habe ich denn getan, daß ich mich zur Reue bekennen muß?«

Der Pasdar blickte sie wütend und haßerfüllt an. Er legte seine Pistole an ihre Schläfe, drückte sie fest darauf und preßte durch die

Zähne: »Nun spielst du den Unschuldsengel? Stellst dich ganz unwissend? Kannst du dich nicht mehr daran erinnern, was für Artikel du geschrieben hast, und wie du für die »Freiheit« schwärmtest? Welche Freiheit? Freiheit in Verrat? Freiheit in Spionage? Freiheit in Landesverrat? Freiheit in Zusammenarbeit mit der imperialistischen Presse? Freiheit, um Propagandamaterial gegen die Islamische Republik und den Islam zu sammeln? Freiheit, um in die Dienste von CIA oder KGB einzutreten? Alle sagen »Krieg, Krieg, bis zum Sieg« und du redest vom »Frieden«. Ein ganzes Volk spricht von den Gaben des Krieges, und du redest von seinen Leiden und Zerstörungen ... Imam Khomeini spricht vom Kampf bis zum letzten Blutstropfen zur Errichtung der Islamischen Herrschaft auf der ganzen Welt ... und du sagst: Frieden. Ist das nicht Verrat? Verrat an dem Führer, Verrat an dem Gottesstaat, Verrat an dem Blut Hunderttausender Märtyrer, die im Kampf gegen den gottlosen Saddam für den Islam und Imam gefallen sind ... Wofür sollst du dich reumütig bekennen? Für deine niederträchtige, verräterische Vergangenheit ... Für deine Zusammenarbeit mit der imperialistischen Presse gegen den Islam und die Islamische Republik...«

Azars Kopf sank langsam auf ihre Schulter ... Der Druck des Pistolenlaufes gegen ihre Stirn ließ nach. Sie rieb sich die von einer im Gefängnis verbreiteten Krankheit gezeichneten Hände, die von vielen kleinen roten Punkten bedeckt waren und juckten, und blieb stumm und regungslos sitzen.

Gegenüber den absurden und haltlosen Vorwürfen des Pasdars fühlte sie sich hilflos. Sie sah auf ihre lilafarbenen Fingernägel und das blaue Netz der Äderchen, das sich unter ihrer dünnen Haut bis zum Knöchel verbreitet hatte, und wunderte sich darüber, daß sie mit diesen Händen solche schwerwiegenden Verbrechen begehen konnte...

Der Pasdar brüllte plötzlich: »Willst du dich zur Reue bekennen, du verräterische Dirne? ... Bekennst du dich nicht reumütig?«

Azar erschrak. Sie sprang hastig hoch. Ihre Beine fingen an, in starken Zuckungen zu schlottern. Mit erstarrtem Mund und kraftlosen Muskeln sagte sie den ersten Satz, der ihr einfiel: »Ich weiß nichts ... Ich bin nur eine Journalistin ... und ... habe alles, was meiner Meinung nach ... meiner Meinung nach richtig war, geschrieben ... Ich wußte nicht...«

Der Pasdar trat zurück. Er starrte mit seinen großen, schwarzen Augen, die unter der niedrigen, fleischigen Stirn in seinen Augenhöhlen versunken waren, haßentflammt auf Azar. Nach einer kurzen bedrohlichen Pause hob er seine Pistole in die Höhe seiner Schulter. Er zielte auf ihre Stirnmitte und flüsterte leise: »Im Namen des barmherzigen Gottes!«

Azar beobachtete verängstigt seine Bewegungen, rührte sich leicht auf der Stelle und strich sich mit dem Ärmel den Schweiß von Gesicht und Stirn. Der Revolutionwächter sagte mit einer rauhen und grausamen Stimme: »Siehst du, ... dein Leben hängt an meinem Fingerdruck ... nur ein Fingerdruck...«

Azar schloß ihre Augen. Sie knirschte mit den Zähnen. In ihrem Inneren flehte eine Frau. Sie kreischte. Sie schlug sich auf Kopf und Gesicht. Sie wollte mit ihren Zähnen dem Pasdar das Fleisch vom Leibe zerren, beißen und in Stücke zerreißen, um in jener endlosen und wahnsinnigen Qual ein wenig Frieden zu finden.

»Nun drücke ich aber richtig ... In fünf Sekunden platscht dein Hirn wie ein zerdrückter Blumenkohl mit etwas Tomatensaft darauf an die Wand ... nur ein Knall ... und hin ist dein Leben!«

Azar fühlte, wie eine warme Flüssigkeit zwischen ihren Beinen hinunterfloß und sie selbst im Abgrund eines finsteren, tiefen und feuchten Brunnens versank. Als Azar bewußtlos zu Boden fiel, wurde der Abzug mit einem leichten, hohlen Geräusch gezogen. Der Pasdar schaute zum leeren, kalten Lauf seiner Pistole und lachte vergnügt.

Azar stand auf. Sie fragte Mahmoud, ob er Tee trinken wolle. Er streckte seinen Hals, steckte die Hände in die Taschen und sagte schüchtern: »Die Schatten essen und trinken nichts.«

Ihre Großmutter sagte: »Ich trinke aber! Wenn ich mit der Wolle fertig bin.«

Die Kassette drehte sich noch. Azar nahm ihr Deutschbuch. Klaus sah nach wie vor lächelnd und mit einem verwirrten Blick auf sie und fragte: »Darf ich dir eine Zigarette anbieten?«

»Nein, danke! Das schadet der Gesundheit...«

Azar versuchte, beim Hin- und Hergehen ihre Gedanken zu konzentrieren. Sie schloß ihre Augen und wiederholte noch einmal den Satz und warf dann einen Blick auf den Telefonapparat. Sie erinnerte sich plötzlich daran, daß sie den Zettel mit dem Hinweis auf die Brillen mit der weißen oder schwarzen Fassung in ihrem schwarzen Brillenetui verstaut hatte, von dem sie nicht wußte, wo es sich zur Zeit befand.

Während sie auf das Bild Nazlis im goldenen Rahmen starrte, legte sie verstimmt das Buch weg. Sie schaltete den Recorder aus und ging zum Telefonapparat. Um ihn zu überprüfen, wählte sie die Nummer der »Arbeitsangebote« des Arbeitsamtes. Eine Frau erklärte deutlich und ruhig, daß man Vertreter, Gärtner, Straßenbauarbeiter, Heizungsinstallateure, Baustellenwächter und einige hübsche Frauen für die Werbung suche.

Azar legte den Hörer auf und sagte zu Klaus: »Sie suchen ein paar hübsche Frauen für die Werbung.«

Sie wünschte sich, daß sie niemals ein Telefon besäße, und blickte mit einem unterdrückten Schamgefühl auf das verschwommene Bild ihres eigenen Gesichtes in ihren Gedanken, das Bild einer jungen Frau mit glänzenden, dunklen Augen, die unter halbmondförmigen und geschlossenen Augenbrauen glänzten und die Frische und Klarheit ihrer glatten, hellen Haut doppelt hervortreten ließen. Sie dachte an ihre roten stolzen Lippen, die vor Unruhe und Begierde zitternd heimlich die Lippen Mahmouds geküßt hatten. Sehnsüchtig biß sie sich auf die Lippen. Sie legte ihre Hände auf den Mund, damit Klaus, der den Fernseher eingeschaltet hatte und sich das Fußballspiel ansah, ihren Seufzer nicht hörte, der ihrem betrübten Herzen entsprang. Die metallische Stimme des Sportreporters, die aufgeregten Schreie von Klaus und der schwindelerregende Trubel der Menschenmassen reizten Azar. Sie stand wütend auf und schrie als Antwort auf seine zornigen, vorwurfsvollen Blicke: »Du kannst auch nichts anderes, als einen zum Wahnsinn treiben...«

Sie entschloß sich, überhaupt nicht ans Telefon zu denken, und sah verstohlen auf Mahmoud.

Nach jenem heißen und wirren Nachmittag hatte ein solcher
Haß auf Mahmoud Azars Herz erfüllt, daß sie ihn nicht für eine
Sekunde leiden konnte. Sobald sie ihn sah, schlug ihr Herz doppelt
schnell. Ihr Gesicht lief rot an. Sie fror aber trotzdem, bekam eine
Gänsehaut und erschauderte. Dieser plötzliche Stimmungsumschwung war so unnatürlich und sogar gegen jedes Naturgesetz, daß
Azar zu der Schlußfolgerung gelangte, daß selbst ihre roten Blut-
körperchen Mahmoud hassen sollten. Wenn sie von weitem das
Rosenwasser roch, mit dem er seinen ganzen Körper besprühte, um
wie die alten und weitgereisten Angestellten des Außenministeri-
ums zu duften, wurde ihr übel. Manchmal stieg die Übelkeit sogar
in ihrem Hals hoch. Sie mußte weglaufen und sich in die Hand
übergeben, damit es keiner merkte. Die Erste, die Azar in dieser
Situation überraschte, war Attefeh, die selbst etwas für Mahmoud
übrig hatte und seine Augen und seine Nase wie die des Schauspie-
lers Warren Beaty fand. Dann erfuhr auch die Großmutter davon.
Aber keine der beiden wußte den wahren Grund ihres Stimmungs-
umschwunges bei der Begegnug mit Mahmoud. Attefeh nahm dies
als Zeichen ihrer einseitigen und verschüchterten Liebe zu Mahmoud und schüttete sich vor Lachen aus. Sie erzählte dann
schamlos und weitschweifig den anderen Mädchen der Familie ihre
Vermutung, die sie für eine sichere Tatsache hielt. Zum Schluß
sagte sie mit einem hämischen Stolz: »Oh ... Azar wird in die Luft
gehen, wenn sie erfährt, daß Mahmoud nur mich liebt...«

Im Gegensatz zu ihr hielt die Großmutter es für ein Zeichen der
Schande und dafür, daß Azar ihre Jungfräulichkeit verloren haben
könnte. Azars unwiderstehliche Hartnäckigkeit gegen einen Be-
such bei einem Arzt oder einer Hebamme stärkte sie in ihrer
Befürchtung. Azar selbst führte ihren Stimmungswechsel auf
»Sonnenstich« zurück. Sie schloß sich deshalb den ganzen Sommer
lang im Keller ein, der der kühlste und dunkelste Platz im Hause
war.

Während Azar im Keller saß, alleine mit Steinen spielte und vor
Einsamkeit und Langeweile gähnte, kam sie zu dem Schluß, daß
ihre Gleichgültigkeit den gemeinen Gerüchten Attefehs gegenüber,
die sie kichernd überall verbreitete und die mit allgemeinem

Gelächter der Mädchen aufgenommen wurden, ihr keineswegs Würde und Selbstachtung, sondern nur Schmach und Erniedrigung einbringen würden: etwas, was auf keinen Fall in ihrem Interesse liegen konnte. Sie entschloß sich deshalb, einen unerbittlichen Kampf aufzunehmen, aber nicht gegen die Gerüchte, die Attefeh sich zusammenreimte, sondern gegen sie selbst. Sie war nun felsenfest entschlossen, sich in das Spiegelbild des Mädchens von Attefehs Gerüchten zu verwandeln. Sie wollte genau das tun, was sich Attefeh wünschte und in ihren Gedanken ausmalte. Damit konnte sie ihre Lügen Wirklichkeit werden lassen und sich dadurch an ihr rächen.

Als Mahmoud zum ersten Mal jenen Keller betrat, um Azar zu besuchen, waren alle Mädchen der Familie dort versammelt und paßten scharf auf sie und Mahmoud auf. Sie wechselten mit Blicken und Bewegungen der Augenbrauen, Mund und Lippen einige Zeichen und kicherten leise vor sich hin. Azar fing zuerst an zu pfeifen, um dadurch sowohl ihre Gleichgültigkeit zum Ausdruck zu bringen, als auch die Sprechblasen der Gerüchte, die vor ihr in der Luft schwebten, wegzupusten oder bestenfalls zu Attefeh selbst hinzupusten.

Sie zog dann bei einer günstigen Gelegenheit Mahmoud zur Seite und flüsterte ihm ins Ohr: »Ich bin bereit mich mit dir anzufreunden ... nur unter zwei Bedingungen ... erstens, wenn du dieses stinkige Parfüm aus Ghom nicht mehr benutzt und zweitens nicht mehr so viel lachst...«

Es war klar, daß Mahmoud auf der Stelle die Bedingungen akzeptierte. Er lachte nicht mehr und besprühte sich nicht mehr mit Rosenwasser. Es waren die ersten Anzeichen, die Attefeh ängstigten und das verschmitzte Lächeln der Mädchen der Familie in eine stille Nachdenklichkeit verwandelten. Attefehs Lippen wurden dünn, ihre Augenhöhlen enger, ihr Blick boshafter und voller Haß, Neid, Eifersucht und Gier. Azar versuchte keineswegs, ihre engen, zärtlichen Beziehungen vor den Augen anderer zu verheimlichen. Erstens weil sie in ihrem Herzen keine Liebe zu ihm verspürte, und diese Tatsache sie vor den Folgekrankheiten des Gefühls der Rührung und Schwäche schützte, und zweitens weil es weil es ihr praktisch nicht gelungen wäre und Attefeh und andere Mädchen der Familie alle ihre Tricks durchschaut hätten.

Als drei Jahre nach dieser Geschichte Attefeh sich vor Neid, Qual und Erbitterung in eine Spindel verwandelt hatte und Azar sich als Siegerin dieses stummen und komplizierten Kampfes fühlen konnte, wurde Mahmoud zum Militärdienst eingezogen. Azar konnte nun aufatmen. Sie sah sich von der tödlichen, täglichen Qual der Begegnungen mit ihm, teils in Einsamkeit und teils unter den neugierigen und scharfen Augen der Fremden, erlöst. Als man hinter Mahmoud, der dreimal unter dem Koran hergegangen war und ihn geküßt hatte, eine Schüssel Wasser geschüttet hatte, wünschte sie sich inbrünstig, ihm nie wieder zu begegnen. Sie trocknete ihre Hände, ging in ihr Zimmer, legte sich auf ihr Bett und blickte auf ihr anständiges, ehrbares und treues Bild in den Augen anderer. Dabei sah sie auch Attefeh, die mit dünnen Lippen und engen Augen auf sie starrte und haßerfüllt und zornig wie eine Wahnsinnige schrie: »Du gemeines, neidiges, rachsüchtiges Mädchen ... Ich weiß ganz genau, daß du Mahmoud überhaupt nicht liebst und nur um mich und meine Liebe zu ruinieren, dich so hinstellst ... Sei sicher, daß ich mich rächen werde! ... Um jeden Preis!«

Azar lächelte und freute sich hochmütig darüber, daß sie dank ihrer Ausdauer und Disziplin und dank ihres starken Willens sowohl die Widerspenstigkeit und den Zorn Attefehs, als auch ihren eigenen Haß überwinden konnte. Sie schloß ihr Zimmer und stellte ein paar Zigaretten, die sie ihrem Vater gestohlen hatte, und eine Schnapsflasche, die sie halb geleert in einer Ecke der Küche gefunden hatte, auf den Tisch. Sie schaltete das Radio ein und hörte sich das Programm »Westliche Wunschmusik« an. Dann zog sie sich langsam und bedächtig aus und tanzte zu den schnellen Rhythmen der Beatles-Musik. In der Müdigkeit ihrer einsamen Feste fühlte Azar, daß ihr etwas fehlte: als sie sich schnaufend auf das Bett warf und sich den Chorgesang der Beatles – »She loves you, yeah, yeah, yeah« – anhörte und dabei die Hand über ihren Körper, jung, verschwitzt und voller Begierde, gleiten ließ ... Zuerst traute sie sich nicht, dieses Verlangen einzugestehen. Als sie aber dem unwiderstehlichen Begehren ihres heißen Körpers begegnete, der im Verlangen nach Wälzen, Gleiten und Berühren eines anderen Körpers fieberte, und als sie sah, daß ihre Lippen in Begierde des Küssens, Saugens und Beißens anderer Lippen unruhig zitterten und sogar ihre geschmeidigen schwarzen Haare in der Sehnsucht des Streichelns ungeduldig waren, erst dann akzeptierte sie ergeben und zufrieden, daß der Name, der wie eine sanfte Melodie über ihre Lippen floß und sie zu einer endlosen, süßen Ekstase führte, »Mahmoud« hieß. Sie hatte sich eine Wahrheit gestanden, die vorher nie in ihre Vorstellungen paßte. Die Wahrheit, daß sie Mahmoud liebte, aber nicht mit ihrem Herzen, sondern mit jedem einzelnen ihrer Körperteile. Sie schloß ihre Augen und flüsterte voller Scham, Genuß, Begierde, Seufzer, Schmerz und Elend seinen Namen. Sie stöhnte nicht nur in der Sehnsucht aller seiner Zärtlichkeiten, Küsse, Berührungen und Liebesspiele, sondern sehnte sich auch inbrünstig nach jenem Tag, an dem Mahmoud mit einer ungeschickten Grobheit auf dem Maulbeerbaum nach ihrem Bauch gegrapscht und ihren Nabel berührt hatte. Sie lag nachts mit offenen Augen auf dem Bett, rief nach ihm und fühlte, daß in ihrem Herzen eine Quelle der Leidenschaft sprudelte. Sie rief nach ihm und fühlte, wie ihre Augen in der Sehnsucht seines Anblickes nichts mehr sehen konnten. Sie rief nach ihm und fühlte, wie ihre Hände flehentlich und willenlos ausgestreckt wurden, um ihn oder seine Erscheinung zu umarmen. Mit der Stimme einer alten Liebe rief sie nach ihm und hörte sich laut sagen: »Mahmoud, ... Mahmoud, ... ich brauch' dich!«

Nun gab es für sie kein aromatischeres Parfüm als das Rosenwasser, mit dem er sich besprühte, und keine schöneren Zähne als seine weißen und scharfen Zähne.

Jeden Morgen sah sie als erstes nach dem Aufstehen ihren Stolz, der schuldbewußt vor ihr kniete und um Vergebung bat. Sie behandelte ihn wie einen zum Tode verurteilten Gefangenen, denn sie sah in ihm den Hauptgrund ihrer Niederlage in einer Beziehung, die sie mit Haß angefangen und dann aus Gewohnheit gleichgültig weitergeführt hatte. Sie begriff nun, daß dies alles verschiedene Aspekte einer tief verwurzelten Liebe waren, die sie unterdrückt hatte, um ihren Stolz nicht zu verletzen. Attefeh tat ihr plötzlich leid. Sie erschrak darüber, daß sie Attefeh mit Hilfe grausamer Qualen besiegt hatte. Sie fürchtete sich vor dem Satan, der in ihrem Körper wohnte und sie derart grausam, unbarmherzig und hartherzig werden ließ, und flehte zu Gott, ihn im gleichen Augenblick in ihr zu töten. Entgegen allgemeiner Meinung glaubte sie, kein Engel, sondern eine Hexe zu sein, die zur Erreichung ihrer Ziele leichtfertig andere opferte.

Achtzehn Monate vergingen so, und Azar kam zu der Schlußfolgerung, daß sie nur durch Zurückgewinnung von Attefehs Herz ihre Liebe retten konnte.

Als sie den Abschiedsbrief von Mahmoud bekam, waren an jenem Vormittag noch kaum ein paar Stunden vergangen, seit Azar bestürzt und mit wirren Haaren zu Attefeh gelaufen war, um vor ihr zu knien und sich für die unerträglichen Qualen, die sie ihr bereitet hatte, zu entschuldigen. Attefeh hatte sie energisch von sich gewiesen und gesagt, daß sie sie und Mahmoud hasse und daß sie sich besonders vor den weißen, scharfen Zähnen »jenes Dummkopfes«, die den Fischzähnen ähnelten, und dem Duft, den er immer versprühte, egal ob er sein Rosenwasser benutzte oder nicht, ekele. Sie könne auch Azar nichts sagen, weil es nichts Gemeinsames zwischen ihnen gebe. Azar hatte sie unterbrochen und gesagt: »... aber unsere gemeinsame Liebe zu...«

Attefeh hatte ihren Kopf geschüttelt und mit der Müdigkeit von jemandem, der auf sein Recht zu kämpfen in einem erklärten Krieg verzichtet, gesagt: »Nein, ... wir können sogar nicht gleich lieben oder hassen ... Ich hasse dich zum Beispiel nicht, weil du mir meine Liebe weggenommen hast, sondern nur weil ich mich daran gewöhnt habe, dich zu hassen...«

Azar hatte Attefehs Worten nicht mehr zugehört. Sie war aufgestanden und hatte das Haus verlassen, nicht weil sie gesehen hatte, daß Attefeh genau wie ihr Vater beim Reden ihre Hand mit ausgestrecktem Finger auf- und niederbewegt hatte und vor ihr marschiert war. Auch nicht, weil sie geglaubt hätte, daß Attefeh wirres Zeug redete. Denn im Grunde sagte Attefeh die Wahrheit, die sie am eigenen Leib, jedoch unter umgekehrten Vorzeichen, erfahren hatte. Nein, es war ein dumpfes Gefühl gewesen, das ihr befohlen hatte, vor Mittag zu Hause zu sein. Eine Bange, die die ganze Nacht in ihren Adern zirkuliert war und ihr Herz erfüllt hatte, hatte sie vor einem bevorstehenden, unheilvollen Ereignis gewarnt, das an jenem Tag geschehen sollte.

Als der Postbote klingelte, ahnte Azar plötzlich, daß der Zeitpunkt der Verkündung jener Katastrophe gekommen war. Aufgeschreckt lief sie zur Tür und entdeckte unter den Monatsabrechnungen von Wasser, Strom und Telefon einen gelben Umschlag, den sie seit Wochen erwartet hatte: es war ein Brief von Mahmoud, der nach wie vor nach Rosenwasser roch. Azar traute sich nicht, ihn sofort zu öffnen. Denn viel deutlicher als die unklare Wahrheit, die im Brief geschrieben war, führte ihre Vermutung sie zur logischen Voraussage dessen, was in naher Zukunft passieren sollte. Deshalb zog die Großmutter ihr den Brief mit der Begründung aus der Hand, daß sie die erste nahe Verwandte ihres Neffen sei und daß das, was er schreibe, auch sie angehe. Sie sagte Azar ziemlich grob, daß sie sich schämen und sich nicht wie ein vierzehnjähriges Mädchen hinstellen müsse! ... Es gebe doch keinen Krieg ... und man sterbe auch, Gott sei Dank, nicht mehr an Typhus und Malaria ... Großmutter öffnete den Brief und änderte bald ihre Meinung. Denn es gab Krieg, nicht im Lande, sondern etwas weiter in Dhofar, und Mahmoud, der »seinen Dienst an Heimat und Nation« als Soldat der Kaiserlichen Armee ableistete, die die Ehre des Regionalgendarmen auf den Schultern trug, mußte an diesem Krieg teilnehmen. Das streitsüchtige Gesicht der Großmutter nahm plötzlich einen leidenden Ausdruck an, und sie fing an, so heftig zu kreischen und zu schluchzen, daß Azar ihre Unruhe und ihre Sorgen, die sie seit längerem quälten, vergaß oder verdrängte. Sie legte die Großmutter, die einen Nervenzusammenbruch erlitt, auf den Boden, besprühte ihr Gesicht mit Wasser und versuchte mit derselben groben Methode, mit der die Großmutter sie tröstete, sie zu beruhigen. Sie fuhr die Großmutter schroff an, daß sie sich schämen müsse; eine erfahrene Frau, die die beiden Weltkriege erlebt habe, sollte sich nicht wie ein vierzehnjähriges Mädchen hinstellen! ... Was heiße denn, daß es nun Krieg gebe! ... Solle denn jeder sterben,

der an dem Krieg teilnehme? ... Außerdem gebe es doch überall den
Tod ... sowohl im Frieden als auch im Krieg ... Der Todesengel
nehme doch alle irgendwann mit, oder nicht? ... den einen durch
eine Kugel, den anderen wegen Durchfall und Erbrechen und
wieder einen anderen durch einen Pferdetritt ... Wie sei denn ihr
eigener Mann dahingeschieden?

Obwohl es der Großmutter inzwischen besser ging, redete Azar
noch weiter. Sie sprach nicht mehr mit ihr, sondern mit sich selbst.
Sie versuchte, mit Hilfe der Logik ihr Herz zu bezwingen. Mit einem
rachsüchtigen Willen versuchte sie, ihr Gefühl zu bändigen. Sie
glaubte, daß jedes einzelne Wort, das sie aussprach, ein Steinsplitter
sein werde, das sie später, wenn sie im Dschungel der unendlichen
Liebe und der unüberwindlichen Trauer über deren Verlust
herumirrte, zur Endstation der Vernunft führen werde.

Die Großmutter rief sie, aber sie hörte nichts. Sie sprach
weiterhin von der Allmächtigkeit des Todes und seiner Erbar-
mungslosigkeit und Grausamkeit und davon, daß er sich weder
vorher ankündige, noch später Zeichen hinterlasse. Entgegen der
allgemeinen Meinung seien die Toten armseliger als die Lebenden,
denn man werde sie bald vergessen. Sie verfaulten an ihrer
Einsamkeit und nicht an ihrem Tod! Azar sagte dies und fing an, die
unzähligen Toten der Familie auswendig aufzulisten. Dabei klang
ihre Stimme wie die der Großmutter.

Die Großmutter rief sie, aber sie hörte wieder nichts. Denn sie
dachte gerade über »Schicksal« und »Vorsehung« nach und darüber, daß nichts auf der Welt, auch nicht die Erfahrung anderer
Schicksale, den Menschen vor der Überraschung bei der Erkenntnis und der Akzeptierung seines einzigartigen, eigenen Schicksals
schützen könne. Sie glaubte, daß entgegen der allgemeinen Ansicht
gerade das Schicksal zu ändern sei, und zwar durch die Macht der
Zeit. Und sie fing an, von der Geschichte gelähmter Menschen zu
erzählen, die mit Hilfe des Sports und der Therapie wieder laufen
lernten. Dabei ähnelte ihre Stimme der ihrer Mutter.

Die Großmutter rief sie noch einmal, aber Azar hörte auch
diesmal nicht. Denn sie sprach gerade über den Krieg und darüber,
daß die Welt heute von einer Handvoll niederträchtiger, blutrünsti-

ger Krimineller beherrscht werde, die nie zum Lieben fähig seien und wie die römischen Cäsaren ihren Spaß und ihr Vergnügen darin fänden, unschuldige Menschen gegeneinander kämpfen zu lassen. Sie meinte, daß entgegen der allgemeinen Meinung die Menschheit nicht nur keinen Fortschritt gemacht habe, sondern noch grausamer geworden sei. Azar sagte, daß sie wissen möchte, wo sich dieses »Dhofar« überhaupt befinde, warum es einen Krieg führe und wen und was ihr Mahmoud dort schütze. Diese erbarmungslosen Regierungen glaubten, daß das Menschenleben so wertlos sei und daß sie ihrer Dummheit und ihrem Wahnsinn ihren Mahmoud opfern konnten. Glaubten sie denn wirklich, daß niemand ihnen Widerstand leiste? ... Dabei fand ihre Stimme ihren eigenen Klang.

Azar sprach noch drei Stunden lang ununterbrochen, stellte Fragen und stieß wüste Drohungen aus, als ob sie Angst hätte, den Strom der Fragen, der in ihren Gedanken seinen Ursprung fand und über ihre Zunge hinausfloß, aufzuhalten. Denn sie war nicht sicher, ob die logische Antwort auf alle jene verwirrenden Fragen nicht auf die Schwäche, Hilflosigkeit und Armseligkeit eines Wesens namens Mensch zurückzuführen war. Als sie verstummte, war ein Mond aus mattem Glas aufgestiegen und schwebte in der Tiefe eines blauen Himmels. Die Großmutter rief sie nicht mehr, denn sie war mit dem Kopf auf ihrem Fuß eingeschlafen. Azar lauschte dem dumpfen Rauschen der Nacht und der kühlen Brise, die sanft wehte. Sie atmete den leichten, durchdringenden Duft des Jasmins und den beißenden Geruch der besprühten Erde ein und sah zum blauen Schatten des Profils der Großmutter auf dem roten Teppich und zu den unzähligen Sternen, die verschlossen und geheimnisvoll blinzelten. Sie fühlte plötzlich, daß sich alles in ihr gegen jene Ordnung, Stille und Vollkommenheit, gegen jene Ruhe und Tadellosigkeit, gegen jene Perfektion und undurchdringliche Harmonie auflehnte. Es kam ihr ungerecht vor, daß der Mond so schien, so gemein, daß so eine leichte Brise wehte, und so unverschämt, daß der Jasmin einen so berauschenden Duft versprühte, wenn sie nicht wußte, was sie mit ihrer inneren Unruhe und Verwirrung tun sollte. Sie glaubte plötzlich, daß die Wogen des Aufruhrs ihr Inneres zu überschwemmen drohten und daß sie mit der Duldung des Ausbruchs der Ströme der Wehklagen und des Jammers dies zu verhindern versuchte. Es war jener Aufruhr, der mehrmals in ihr hochgekommen war und den sie jedesmal gebändigt hatte. Sie gab dann schließlich auf. Sie legte ihre Hände an die Ohren und schrie aus Protest in ihrem Inneren mit derselben Kraft, mit der sie ein Leben lang gegen ihren inneren Protest Widerstand geleistet hatte: »Dies ist aber nun wirklich grausam; dies ist aber nun wirklich brutal; ... dies ist aber nun wirklich unerträglich!«

Die Großmutter wachte plötzlich auf und fing an, in der Vorstellung, daß ein Dieb eingebrochen sei, laut zu schreien: »Helft uns Moslems! ... Helft uns!«

Dieses unvermeidbare Mißverständnis erschütterte Azar so heftig, daß sie sich in den empfindsamsten Menschen der Welt verwandelte. Sie fing an zu weinen. Ihr Weinen endete in Gekreisch, Jammern, Wehklagen und Beschwörungen. Die Großmutter war so verlegen, daß sie zunächst gar nicht reagieren konnte. Sie saß da und blickte verwirrt, traurig und matt auf Azar. Die einzige Reaktion, die ihr danach einfiel, war die von Azar am Mittag bei ihrem eigenen Gekreisch, Geschrei und ihrer Aufregung: sie fing an, die gleichen Szenen des Mittags, jedoch mit vertauschten Rollen, zu spielen. Reden, Reden und Reden ... Aber Azar schlief am kraftlosen Ende jener endlosen Monologe nicht ein. Im Morgengrauen beruhigte sie sich. Als sie aufstand, schienen schon die Strahlen einer warmen und leuchtenden Sonne ins Zimmer. Es roch nicht mehr nach Jasmin. Es wehte kein Wind. Die Luft war trocken und still. Azar ging direkt ins Zimmer. Sie suchte alle Geographie- und Geschichtsbücher, bunten Atlanten Asiens und Europas sowie politischen Beiträge aus Zeitungen und Zeitschriften zusammen, die über »Dhofar« berichtet hatten. Sie streute sie um sich und fing an zu lesen. Sie war so ins Lesen vertieft, daß sie alles andere vergaß. Sie verließ ihr Zimmer nur dann, wenn sie ein anderes Buch besorgen wollte. Bald verlor jedoch ihr »Dhofar« an Reiz, sie fing an, über Vietnam zu lesen, und danach begann sie von jenem geschlossenen Zimmer aus, das ihre Großmutter die »Einzelzelle« nannte, ihre Reise um die Welt. Je mehr sie las, umso mehr litt sie. Sie verfiel aber trotzdem nicht der Verzweiflung. Tag und Nacht stand die Großmutter verängstigt und besorgt hinter der Tür und versuchte aus dem Rascheln der Papiere, den Seufzern Azars und dem Knacken ihrer Hals- und Handgelenke etwas anderes zu hören. Besonders an den bedrückenden und traurigen Nachmittagen des Sommers breitete sie ihr Nähzeug hinter der Tür im Gang aus und fing an zu nähen, in dem Pflichtgefühl, daß sie bei einem Vorfall die erste sein würde, die alles dank der Macht ihrer Fähigkeiten zurechtbiegen würde. Sie hörte gleichzeitig, daß Azar manchmal sagte: »Das ist aber ungerecht...«

Und wieder: »Das ist aber grausam...«

Und zeitweise: »Das ist aber unerträglich.«

Als die Großmutter sich den Klang und Ton ihrer Worte anhörte, schauderte sie vor Angst und stach mit der Nadel in ihren Finger statt in den Stoff und stöhnte vor Schmerz. Während sie ihren Finger aussaugte, dachte sie über den Klang jener Sätze nach und darüber, daß ihre Stimme nicht mehr vor unerfahrener Leidenschaft und dem Gefühl eines jungen Mädchens, das vor Liebe rebellierte, so bebte. Nein, in ihrer Stimme war vielmehr die Kraft der reifen Logik einer Frau verborgen, die allmählich begriffen hatte, daß die Wahrheit all des Elends der Menschen in ihrem alltäglichen gewöhnlichen Verhalten lag: in ihrer zutiefst unveränderbaren Gewöhnung an das Elend ... Dies müßte man also ändern.

Die Großmutter erschrak vor dem rebellischen, selbstbewußten Ton, der in Azars Worten schwebte, und entschloß sich, Azar schlicht und einfach zu beschatten, aber nicht mehr aus der Nähe, sondern von weitem. Sie nahm ihre Sachen, verschanzte sich hinter ihrer eigenen Zimmertür, nahm von da aus wie eine pflichbewußte Wächterin jede ihrer sichtbaren und unsichbaren Bewegungen unter die Lupe und stellte verwundert fest, daß sich Azar entgegen ihrer Annahme die meiste Zeit nicht in der »Einzelzelle«, sondern außerhalb des Hauses befand. Sie ging sogar an bestimmten Tagen einkaufen und kam jetzt im Gegensatz zu früher, als sie immer mit einem Stoß in Zeitungspapier gewickelter Bücher zurückkehrte, mit einem Korb voller Gemüse, Eier und Obst nach Hause zurück.

Sie sprach nicht so oft von Mahmoud und erwartete nicht mehr so sehnsüchtig seine Briefe. Als eines Tages seine Mutter sie mit der freudigen Nachricht der bevorstehenden Rückkehr ihres Sohnes, Ingenieur Mahmoud, in zwei Monaten aus »Dhofar« besuchte, freute sich Azar nicht nur nicht, sondern sagte auch mit erstaunlicher Gleichgültigkeit: »Er spielt für mich keine Rolle mehr.«

Und sie ging in die Küche, um den Einkaufskorb zu nehmen.

Die Großmutter fragte: »Aber warum?«

Azar rief achselzuckend aus der Küche: »Nichts ... Ich glaube nur, daß ich ihn nicht mehr lieben kann...«

Die Großmutter fragte sie wieder skeptisch: »Wieso hast du es früher gekonnt?«

Azar stockte ein bißchen, kam dann bedächtig heraus, stellte sich vor sie und sagte leise und deutlich: »Nur aus dem einfachen Grund, daß er früher kein Mörder war und nicht auf Menschen, die für ihre Unabhängigkeit kämpfen, geschossen hatte...«

Azar dachte auch nicht einmal eine Sekunde lang über den Wirrwarr nach, den sie mit diesen Worten zu Hause und unter allen Verwandten und Familienmitgliedern auslöste. Sie nahm den Korb und ging hinaus. Erst als die tödlichen Kopfschmerzen der Großmutter noch drei Tage und Nächte anhielten und dann schließlich zu Erbrechen führten, begriff Azar, daß sie nicht den richtigen Ort für die Verkündung ihrer neuen, unerschütterlichen Ansichten gewählt hatte. Sie entschuldigte sich bei der Großmutter und zwang sie, eine Woche lang im Bett zu bleiben, wobei sie ihr ständig kalte Umschläge auf die Stirn legte. Während sie die verbotenen Bücher und »schädlichen« Schriften im Korb und unter dem Gemüse, dem Obst und den Eiern hin- und herschleppte, stellte sie sich vor die Großmutter und gestand mit einem vorge...uschten Schamgefühl, daß sie ihre Verlobung mit Mahmoud auflösen wolle, aber nicht wegen des Unsinns von vorhin, sondern weil sie einen anderen liebe. Er sei auch wie sie Jurastudent, der jedoch mehr wisse als sie. Sie versuchte dann, die glänzende Zukunft, die die beiden nach Abschluß des Studiums erwartete, in prächtigen Farben auszumalen. Die Reaktion der Großmutter bestand neben dem Schweigen, das ihre Unzufriedenheit zum Ausdruck brachte, in der

Wiederkehr langanhaltender Kopfschmerzen, die durch keine Beruhigungsmittel verschwanden. Deshalb gab Azar nach. Sie nahm ihre Lüge zurück. Sie verließ ihren utopischen Geliebten und löste im Gegenzug ihre Verlobung mit Mahmoud auf.

Bevor Azar unruhig und in banger Erwartung aufstand, sah sie sich die verträumten und wimpernlosen Augen von Klaus an und erinnerte sich daran, daß sie ihr rotes Brillenetui am Tag zuvor neben dem Korb mit dreckiger Wäsche gesehen hatte, und ging sofort ins Bad. Das Brillenetui lag da auf einem Zettel, der sie fragte, ob sie die Monatsabrechnung für das Telefon bezahlt habe. Auch nach langem Überlegen konnte sich Azar nicht daran erinnern, welcher Tag und Monat es war. Denn während sie noch darüber grübelte, dachte sie auch daran, warum die Telefonklingel nicht ertönte. Sie nahm ihr Brillenetui, zog den Zettel heraus und vergewisserte sich schließlich, daß sie beim Lesen die Brille mit der schwarzen Fassung tragen mußte. Obwohl sie im Moment nicht las, trug sie diese Brille. Sie dachte sich, daß sie vielleicht auch deshalb das Gefühl hatte, ihren Tag in einem flackernden Licht angefangen zu haben, daß ihr alles unscharf und verschwommen vorkam und sie sich überhaupt nicht konzentrieren konnte. Plötzlich klingelte das Telefon. Obwohl Azar sicher war, daß sie es gehört hatte, reagierte sie nicht. Sie wollte nicht wahr haben, daß das Warten, das sie vor der Monotonie des Alltags geschützt hatte, so einfach endete. Das Telefon ertönte noch einmal. Aber Azar glaubte, seinen Klang in der Welt ihrer Träume zu hören. Um der Versuchung standzuhalten, den Hörer abzunehmen, ging sie in die Küche. Aber sie fühlte plötzlich, daß die Besorgnis wie Efeu aus ihrem Herzen herauswuchs und in einem Augenblick ihren Zweifel und ihr Mißtrauen überwucherte. Sie eilte zum Telefon und nahm den Hörer ab. Es kam ihr vor, als ob sie nicht mehr atmen könnte. Fast schreiend sagte sie: »Hallo...«

Sie schluckte mühevoll ihren Speichel hinunter.

Es war kein Laut zu vernehmen. Niemand antwortete. Die Stille kreiste sanft in der Telefonmuschel und verwandelte sich in einen Garnknäuel aus akustischen Signalen, das bis in die Ewigkeit zu reichen schien. Azar legte den Hörer auf. Sie war fast sicher, daß ihr verwirrtes Herz diese stürmischen Befürchtungen nicht mehr ertragen konnte und ein Stadium erreicht hatte, in dem es jeden Augenblick seine Klappen vor diesen inneren Auseinandersetzungen schließen konnte. Deshalb reagierte sie nicht, als das Telefon nochmals klingelte.

Sie fühlte ihren Puls und fing an, ihn in Erwartung seines baldigen Verstummens schweigsam zu zählen. Azar sah zugleich Nazli, die in Erwartung ihres Anrufes auf der Couch an der Heizung saß, Radio hörte und mit ihrer Stimme dieselben Worte wiederholte, die sie selbst beim Radiohören immer ausgesprochen hatte, und befand sich in derselben Unruhe und Besorgnis, mit der sie nun auf das Klingeln des Telefons wartete.

Sie glaubte, ihrem eigenen verkleinerten Abbild am anderen Ende der Welt zu begegnen. Sie sah auf ihre lachenden Augen im blattförmigen Rahmen des Stammbaumes auf dem Fernseher und litt noch mehr Kummer als zuvor. Um Nazli nicht zum selben blinden Warten zu verurteilen, das ihr eigenes Herz so verwirrt hatte, beschloß sie, den Hörer abzunehmen. Als sie sich vergewissert hatte, daß das Klingeln des Telefons nicht im Reich ihrer Träume, sondern in der Welt der Wirklichkeit ertönte, tat sie es. Ruhig und beherrscht sagte sie: »Ja!«

Eine starke und sichere Stimme fragte: »Spreche ich mit Frau Azar Omid persönlich?«

Azar sagte: »Ja«.

Der Mann sagte: »Entschuldigen Sie die Störung! Ich bin ein Freund von Georg. Erinnern sie sich an ihn?«

Azar erinnerte sich an das rötliche und freundliche Gesicht Georgs, der eine Zeitlang in ihrer Nachbarschaft gewohnt hatte,und sagte: »Ja...«

Der Mann fuhr fort: »Frau Omid, es geht darum, daß ich eine Sendung echter italienischer Weine eingeführt habe und an Bekannte verkaufe, Frau Omid, ... jedoch billiger als im Geschäft ... Georg sagte...«

Azar unterbrach ihn: »Ich trinke aber keinen Wein ... bin überhaupt nicht daran interessiert...«

Der Mann ließ nicht locker: »... Jeder sollte eine Kiste italienischen Wein im Keller haben, Frau Omid ... Wenn auch nicht für den eigenen Bedarf ... so doch für die Freunde, Frau Omid ... Georg sagte, daß Sie sehr aufgeschlossen sind, Frau Omid...«

Azar mußte lachen und sagte: »Wirklich?«

Sie erinnerte sich daran, daß sie der Großmutter keinen Tee aufgesetzt hatte. Im gleichen Augenblick erschien Georg vor ihr, der sein Portemonnaie aufgemacht hatte und ihr das Bild seiner Frau und seiner beiden Söhne zeigte. Er sagte, daß er Marketing betreibe, aus beruflichen Gründen eine Zeitlang in Köln bleiben müsse und jemanden suche, mit dem er ab und zu gemeinsam frühstücke. Aber seine erste Verabredung mit Azar legte er auf den Abend eines Frühlingstages, als die orangefarbene Sonne in einem leeren und rauchlosen Horizont untertauchte und die von Hektik und Betriebsamkeit des Tages müde und benommene Stadt in einer vorläufigen orangefarbenen Stille zu sich fand. Georg empfing sie mit einem Strauß roter Rosen und halbgeschlossenen Augen und fing vom ersten Augenblick an, ununterbrochen zu reden. Er sagte, daß er Bewunderer und Liebhaber des Orients sei...

»Oh, das Land Schahrzads. Ihr seid doch auch Menschen, oder nicht? Der Ausländer ist doch auch ein Mensch. Ist es nicht so?«

Und von der Vorstellung, daß er sich mit einer Frau aus jenem Erdteil befreunde, sei er so entzückt, daß er glaube, die Welt stehe auf dem Kopf.

»Oh, Sie kommen aus dem Iran? Wie schön. Ich habe auch damals, als ich Student war, den Schah des Iran verehrt! Er war ein charmanter Mann ... und dann die Soraya, das Öl, die heiße Sonne ... Sehen Sie mal! ... Ich glaube, daß der Schah jetzt tot ist ... Es ist für einen Ausländer sehr schwierig, sich unserer Kultur anzupassen ... Aber er hat auch seine eigene Kultur ... und das ist schrecklich...«

Er habe ja persönlich nichts gegen diese Menschen und verstehe sich gut mit ihnen ..., aber er könne insgesamt die Existenz der Ausländer in seiner Heimat nicht gutheißen ... Manchmal reize sogar der Geruch ihrer Gewürze seine Nerven ..., aber die orientalischen Frauen seien trotzdem viel schöner, und er könne dies nicht leugnen. Und wenn man in ihre wie die Nacht pechschwarzen

Augen schaue, fühle, wie die Leidenschaft des Lebens durch die Adern fließe ... Er sei doch sehr poetisch geworden, oder nicht?!

Bis dahin hatte Georg sein fünftes Bierglas geleert und Azar nur die Gelegenheit gegeben, ihr teilnahmsloses und sinnloses »Ja, Ja« in der verqualmten, lärmenden und halbdunklen Luft der Kneipe loszulassen. Die anfängliche Stimmung Azars, ein mit Unruhe vermischtes Gefühl der Freude und des Abwartens, verwandelte sich allmählich in Zorn und Wut, und weil sie diese nicht offen äußern konnte, drückten sie sich in einer tiefen Trauer aus. Als sie dann hörte, daß Georg sagte: »Oh, ...diese mystische orientalische Trauer reizt mich mehr als alles andere...«, nahm sie einen gleich-gültigen Ausdruck an. Sie entschloß sich, dem Gequatsche von Georg nicht mehr zuzuhören und in ihren Gedanken nicht nach den Sätzen zu suchen, die sie auswendig gelernt hatte, um diese Bekanntschaft etwas herzlicher zu gestalten. Sie saß ruhig und gelassen mitten im betäubenden Lautgewirr jener Kneipe, dem bebenden Lärm betrunkenen Gelächters, Gebrülls, Gekreischs und Geschrei der Lautsprecher, blickte auf die roten, großen Augen einer Holzeule, die vor ihr an einer Stütze aufgehängt war, und verfolgte Sekunde für Sekunde den Verlauf der Nacht.

Plötzlich fühlte sie, wie sich Georgs Kopf seitlich zu ihrem Hals beugte, sich ihr allmählich annäherte, und sah, wie sich seine Lippen lautlos wie die eines Fisches bewegten und ihre Lippen und ihr Kinn küssen wollten. Die Tropfen seines Speichels flossen aus seinem Mundwinkel, verloren sich in den dichten Haaren des Kinns und glänzten in seinem ergrauten Bart. Seine Pupillen waren hinter den halbgeschlossenen Lidern verschwunden. Nur ein weißer Vorhang mit blauen und roten Äderchen füllte seine Augenhöh-len.

Azar merkte auf einmal, daß die Kopf-, Bart- und Schnurrbart-haare Georgs Farbe annahmen und schwarz wurden. Sie verloren ihre glatte, geschmeidige Form und verwandelten sich in ein dichtes, schwarzes und krauses Knäuel. Die rosafarbene Haut seines Gesichtes wurde allmählich dunkler. Der Knochen seiner Nase bekam einen Buckel, und tiefe, kurze Falten zogen die Haut seiner Stirn zusammen. Aber seine betrunkenen, verschwomme-

nen Augen behielten ihren Ausdruck: den Ausdruck eines gehetz-
ten Tieres, das vor Wollust dem Wahn verfallen war. Wenn Georg
seinen Mund auf- und wieder zumachte, sah Azar den Glanz seiner
goldenen Zähne, die unter den geschwungenen bläulichen Lippen
und den rauhen, schwarzen Haaren seines Schnurrbartes funkel-
ten, und zitterte vor Schrecken. Denn sie stellte verwundert fest,
daß sie mit offenen Augen Alpträume hatte. Obwohl sie in einer
Ecke ihres Bewußtseins sicher wußte, daß sie in den fortgeschritte-
nen Stunden eines Frühlingsabends in einer Kneipe saß, konnte sie
ihre schaudernde Anwesenheit in der Dämmerung eines Winter-
morgens im Istanbuler Gefängnis nicht übersehen. Sie sah sich vor
lauter Qual und Elend leiden. Seit dem Tag, an dem sie die Welt der
Vernunft und des Verstandes sowie die Welt der Nöte und Be-
schwernisse betreten hatte, hatte sie noch nie so viel Schmerz,
Demütigung und Qual erleiden müssen. Im Vollbesitz ihres Bewußtseins und mit allen ihren Sinnesorganen fühlte sie, wie die
scharfe Skalpellklinge des Leides in ihr Herz eindrang und die
Adern, Kammern, Klappen und Wände dieses hohlen Organes
zerfetzte und zerriß. Sie blickte zur Holzverkleidung der Kneipe,
die von Bildern, Gemälden und verschiedenen Plakaten überdeckt
war, und sah, wie ein stürmischer Wind sie alle in einem Zug
wegfegte und aus dem Fenster schmiß. Es blieben nackte, weiße,
leere Wände und eine Decke zurück, aus der ein mit grauen
Spinnenweben überwucherter Ventilator herunterhing. Azar hielt
ihre Ohren fest, denn sie konnte nicht feststellen, ob die schnellen
Rhythmen der türkischen Musik, die sie hörte, in ihrer Hirnhöhle
oder im Reich der Wirklichkeit gespielt wurden. Sie fühlte plötzlich, daß der Stuhl unter ihrem Körper auf- und niederging. Als sie
genauer hinschaute und sah, daß es nicht der Stuhl, sondern die
kräftigen Beine des wachhabenden Offiziers des Istanbuler Gefäng-
nisses waren, auf dessen muskulösen Oberschenkeln sie saß, haßte
sie sich und ihr Schicksal mehr als alles andere. Sie schaute
mitleidslos in ihre verweinten Augen und sah darin die Flamme der
Qual, in der ihre Seele schmorte. Ihr Herz wurde aber trotzdem
nicht weich. Sie sagte erbarmungslos: »Soll das Ganze bedeuten,
daß du dich als unschuldig hinstellen willst?!«

Die Last dieser Wahrheit, die so gewaltig wie ein Berg war, hatte sie nicht zugrunde gerichtet, und sie sagte mit der Gewißheit von jemandem, der die beschwerlichen und verschlungenen Engpässe der Verzweiflung, Hoffnungslosigkeit und Erniedrigung schon irgendwie bezwungen hatte: »Ich habe nur das getan, was jeder zu seiner Rettung tun würde...«

Als Azar auf den muskulösen Schenkeln des wachhabenden Offiziers gesessen hatte und vor Elend und Trunkenheit in Gelächter ausbrach, hatte sie auch an dieses Problem gedacht. Ihr Herz wurde in der Wirrnis des Grauens und in der Glut des Gefühls der Schande aufgewühlt. Sie schlang trotzdem ihre Hände um »Özkans« Hals und ließ ihn mit seinen behaarten Lippen, die er wie ein Fisch auf- und zumachte, ihre Brüste saugen. Die Schlinge ihrer Hände brannte an der Stelle, wo sie seinen kurzen und stacheligen Nacken berührte. Azar biß auf ihre Lippen, schloß die Augen, und während sie versuchte, ihr Gefühl des Elends, Hasses und der Verbitterung zu überwinden, sagte sie sich: »Jawohl ... zur Rettung derselben Haut und desselben Knochens mache ich es...«

Sie hatte ein paar Wochen lang hartnäckig Widerstand geleistet. Sie wollte sich später aufrecht und frei von jedem Schandfleck und Schmutz in Erinnerung haben. Wenn Özkan mit der Offiziersmütze unter dem Arm seitwärts ihre Zelle betrat, sie anlächelte und seine goldenen Zähne aufblitzen ließ, rührte sich nichts anderes als Haß und Entsetzen in ihrem Herzen. Sie schrie, schimpfte und vertrieb ihn mit Schlägen, die sie gegen die Tür, Wände und in die Luft losließ, aus der Zelle. Özkan lachte aber ruhig und prophezeite mit der Gelassenheit eines Löwenbändigers: »In ein paar Tagen wirst du dich zu meinen Füßen werfen ... in ein paar Tagen...«

Seit dem letzten Tag, an dem »Özkan« zuversichtlich, beharrlich und mit einem Lächeln, das durch den Glanz seiner goldenen Zähne noch gräßlicher erschien, ihre Zelle mit der Offiziersmütze unter dem Arm und seitwärts verlassen hatte, war soviel Zeit vergangen, daß Azar dachte, ihre Seele gerettet und dafür ihr Leben geopfert zu haben. Von dieser Entdeckung wurde sie nicht nur nicht froh und zufrieden gestimmt, sondern sie stellte verwundert fest, daß sich ihre Unruhe verstärkt hatte. Während sie in einer Ecke

der Zelle saß und sich den stummen und geduldigen Gang der
Ameisen, Zikaden und Eidechsen anschaute, ließ sie ihr Leben so
verständnisvoll und gewissenhaft vor ihren Augen Revue passieren,
als gehörte es nicht ihr. Deshalb ließ sie es zu, daß sich ihr Herz mit
einem zarten Gefühl des Mitleides und Mitgefühls mit dem Wesen
füllte, das ihr von Niederlagen geprägtes Leben voller Hoffnung
zurückgelegt hatte, das sich aber nicht zu dem Menschen entwik-
keln konnte, von dem sie ein Leben lang geträumt hatte. Sie sah
dem Gewirr dichter Spinnweben zu, die die Decke bedeckten, und
es kam ihr so vor, daß die Frau, die in ihr verwelkte, ohne auch nur
einmal die Möglichkeit zum Aufblühen bekommen zu haben, nicht
mehr den Pasdaran standhalten konnte. Sie starrte auf die kupfer-
farbenen Scharniere der Zellentür, die vor lauter Rost vermodert zu
sein schienen, und kam zu dem Schluß, daß ihr Verständnis von
einem aufrechten Leben sich nicht auf ihre Erkenntnis, sondern
auf ihre unheilbare Naivität stütze, die noch den Schuß und die
Kette ihres Denk- und Begriffsvermögens umspannte. Sie sah sich
die Risse und Sprünge der Wand an, die sich in Ameisen- und
Zikadenhaufen verwandelt hatten, und glaubte allmählich, daß sie
im Gegensatz zu früher nicht gegen das Leben und seine Gesetzmä-
ßigkeiten, sondern gegen sich selbst kämpfen müsse, um die
Wirklichkeit akzeptieren zu können. Dann stellte sie sich »Özkan«
vor, der mit der Offiziersmütze unter dem Arm und seitwärts die
Zelle betrat und sie mit tiefer Stimme und in offiziellem Ton fragte,
ob sie wisse, was die illegale Einreise in die Republik Türkei
bedeute? Und sie antwortete im Gegensatz zu früher: »Ja!« Er fragte,
ob sie wisse, was acht Monate illegaler Aufenthalt in der Republik
Türkei bedeuteten? Und sie antwortete im Gegensatz zu früher:
»Ja!« Und er fragte, ob sie wisse, was der Versuch illegaler Ausreise
aus der Republik Türkei bedeute? Und sie antwortete: »Ja!« Dann
fragte »Özkan«, ob sie wisse, daß er sie nach dem geltenden Gesetz
der Republik der Türkei an die Pasdaran der Islamischen Republik
ausliefern müsse? Und sie antwortete: »Ja!« Dann drehte sich
»Özkan« um sie, streifte mit dem Ärmel seiner Uniform ihren
Körper und flüsterte leise und vertraulich in ihr Ohr: »Wirst du
heute abend mit mir schlafen, damit ich alle diese unverzeihlichen

Vergehen übersehe?« Azar senkte ihren Kopf, nahm sich zusammen und antwortete unendlich traurig: »Ja!«

Während Azar in einer Ecke ihrer Zelle hockte, versuchte sie ihr Bild der vergangenen acht Monate, das wie ein verblaßtes Schwarz-Weiß-Bild ständig vor ihren Augen war, ganz aus ihrem Gedächtnis zu streichen. Sie räusperte sich, warf den Kopf zurück, glättete die Falten ihres dünnen zerknitterten Rockes und schüttelte die Ärmel und das Vorderteil ihrer zerfetzten Jacke. Das Bild trat geduldig und gelassen etwas zurück. Es stand da vor ihr, in Erwartung, daß der von ihren Klamotten in die Luft gewirbelte Staub sich bald wieder legte. Dann trat es mit schmutzigem Gesicht, eingesunkenen Wangen, glatter hoher Stirn, die von einer Fett- und Rußschicht bedeckt war, und schwarzen Augen, die noch von der Liebe zum Leben glänzten, aus dem Staub. Sie sah sich in der ganzen Zeit die Sohlen ihrer ramponierten Schuhe auf dem Boden schleifend im Viertel der Iraner in Istanbul schlendern. Sie stand vor Lebensmittelgeschäften und Restaurants, legte mit vorgetäuschtem Stolz und äußerlicher Selbstachtung ihre Hand auf den Bauch, um das wüste Treiben des tollwütigen Wolfes, der vor lauter Hunger an die Wände ihres Magens und Darmes biß, etwas zu beruhigen. Sie trat manchmal in ein Restaurant und fragte nach der Toilette. Dann ging sie absichtlich den falschen Weg und gelangte in die Küche. Bevor jemand etwas merkte, strich sie mit Fingern das verbrannte, erkaltete Fett von den Bratpfannen oder Herdplatten und steckte es in den Mund. Wenn sie nichts zu essen fand, flüchtete sie in die verlassenen Gassen des Viertels, aß den Gips und Putz der Wand, wühlte im Abfall herum, und wenn sie einen Knochen fand, biß sie daran und kaute ihn wie einen Kaugummi.

Seit sie mit einem von Angst und Schrecken erfüllten Herzen unter Anleitung eines Schleppers aus dem Iran geflohen, an einem heißen Nachmittag in Istanbul eingetroffen war und in einem überfüllten und dreckigen Gasthaus ein Zimmer genommen hatte, drehten sich ihre Gedanken ständig um einen Punkt: Wie sollte sie sich aus jener Hölle befreien? Jeden Morgen, wenn sie durch die Erschütterungen von Folteralpträumen aus dem Schlaf gezerrt wurde, dachte sie darüber nach, wie sie sich aus jener Hölle retten sollte. Wenn sie mit Trauer und Schwermut auf die Vergangenheit und die Heimat schaute, die sie zurückgelassen hatte, überlegte sie sich, wie sie aus jener Hölle der Ungewißheit und Unsicherheit entfliehen könnte. Wenn sie auf ihre verwickelte und hoffnungslose Zukunft starrte, dachte die daran, wie sie sich vor den Fallen der Schlepper, Mittelsmänner, korrupten Beamten und vor allem der Polizei schützen sollte. Wenn sie vor den Vertretern verschiedener Botschaften, Menschenrechtsorganisationen und der Organisation des Roten Kreuzes saß und sich ihre unklaren und enttäuschenden Antworten anhörte, dachte sie daran, wie sie aus jener endlosen Grube wieder heil herauskommen sollte. Jede Sekunde, beim Wachen und Schlafen, im Traum und Alptraum, in den Augenblikken der Trauer und Schwermut, wenn sie ihre Flucht aus dem Iran bereute und wenn sie sich letztendlich doch freute, den Krallen der Pasdaran entronnen zu sein, dachte sie immer an ihre erneut bevorstehende Flucht. Sie war so sehr in diesen Gedanken versunken, daß sie überhaupt nicht merkte, wie alle Möglichkeiten der Flucht durch das ständige Denken daran mit ihr in der Tiefe versanken: als sie zu sich kam und merkte, daß der Schlepper, der sie in die Türkei gebracht hatte, plötzlich verschwand, ohne ihr die ihm anvertrauten Gelder und den gefälschten Paß zurückzubringen. Sie war von diesem Vorfall so erschüttert, daß sie direkt ins Bett ging und es eine ganze Woche lang nicht mehr verließ. Dieses tückische und doch weitverbereitete Unrecht hinterließ so einen ewigen, finsteren Eindruck auf sie, daß ihre Meinung über Menschen und ihre Fähigkeit zu Nächstenliebe und Gutmütigkeit grundlegend zusammenbrach. Sie begriff allmählich, daß ihre Liebe zur menschlichen Rasse nicht auf Realitäten, sondern einzig und allein auf ihren Illusionen basierte. Sie wälzte sich die ganze Zeit im Bett ihrer Einsamkeit und sah mit verwirrendem und traurigem Erstaunen, daß alle wackeligen Stützen ihrer Erkenntnis und ihres Verständnisses von Gesellschaft und den darin herrschenden menschlichen Beziehungen sowie von den Menschen vor lauter Vermoderung wankten und dem Zusammenbruch nahe waren. So sehr der Verlust ihres Vertrauens und ihrer Zuversicht sie traurig stimmte, so wenig bedrückte sie das Abhandenkommen ihres Geldes oder Passes. Als dann der Gasthausbesitzer nach einer Woche an die Tür schlug und seine rückständige Miete verlangte, stand sie auf, nahm ihren Rucksack, gab ihm ihre Uhr für die Miete und ging zur Tür hinaus. Sie wagte es nicht einmal, ihm ihre Lage zu erläutern und den Mietvertrag ohne Vorauszahlung für ein paar Tage zu verlängern. Nicht weil es nicht möglich gewesen wäre, daß er dies akzeptierte, sondern weil sie befürchtete, daß er es nicht akzeptieren würde.

Seit jenem Tag verwandelte sich der ewige Gedanke an die Flucht aus jener Hölle in Azars Kopf in die tägliche Sorge um die Umstände, jene Hölle zu überleben. Im vierten Monat ihres Aufenthaltes war sie unter der Last des Kummers, der Krankheit, der Armut sowie der Gemeinheiten und der Arglist der sie umgebenden Menschen so zusammengebrochen, daß sie aus dem Reich der Toten zu kommen schien. In dieser Zeit hatte sie mit dem Verkauf des teuren Ringes, den die Großmutter ihr auf dem Totenbett gegeben hatte, ihre vollkommene Kapitulation vor den Strapazen des Lebens eine Zeitlang hinauszuschieben versucht. Ihre Tage verbrachte sie mit endlosen Gängen zu Treffpunkten der Schlepper, Stammlokalen der Devisenmakler, Mittelsmänner und Fälscher von Dokumenten, Unterlagen und verschiedenen Stempeln. Sie hatte schließlich das Labyrinth des weitverzweigten Netzes der Schlepper und ihrer Banden passieren können und nach der verzehrenden Qual tagelangen bangen Wartens und der Bezahlung einer beträchtlichen Summe an Dollars einen anderen gefälschten Paß bekommen. Sie hatte den gefälschten Stempel zur legalen Ausreise aus dem Iran in ihren Paß drücken und eine drei Monate gültige, aber gefälschte, Aufenthaltserlaubnis für die Türkei bekommen können und stand nun wieder vor der Frage, vor der sie vier Monate zuvor, als sie in Istanbul eingetroffen war, gestanden hatte: »Wie soll ich aus dieser Hölle entfliehen?«

Obwohl es weder an der Bedeutung oder der Kompliziertheit der Lösung des Problems, noch an Azars Situation etwas geändert hatte, fühlte sie, daß sie nicht mehr so unruhig war wie früher. Sie litt weniger als früher. Als zum zweiten Mal der Schlepper, der ihr versprochen hatte, sie binnen einer Woche durch den Kontrollsaal des Istanbuler Flughafens zu bringen, ins Flugzeug zu setzen und nach Kanada zu schicken, plötzlich verschwand, war sie nicht überrascht und regte sich nicht auf. Sie verkaufte die einzige Goldkette, die ihr geblieben war, wechselte das Geld in harte Währung und suchte einen anderen Schlepper auf. Als sie den Versprechen und Beteuerungen »Abdollahs« zuhörte und so tat, als ob sie sein Ehrenwort akzeptierte oder gar schon akzeptiert hätte, kam sie allmählich zu dem Schluß, daß das, was sich verändert hatte, sich nicht außer, sondern in ihr befand. Und als sie genau hinschaute, glaubte sie, es als eine Art Gefühlslosigkeit interpretieren zu können: eine undurchdringliche Gleichgültigkeit vor Enttäuschung, vor Lüge, Heuchelei und Betrug.

Bevor auch mit diesem Schlepper das gleiche wie mit den anderen passierte und er im schwindelerregenden Chaos und Wirrwarr Istanbuls verschwand, brachte er Azar bis zum Schalter der Paßkontrolle, sie lief aber diesmal selber wieder zurück. Es war in einer kalten und finsteren Nacht, als Abdollah hastig und hektisch an der vermoderten Tür des Lagers klopfte, in dem Azar hauste. Er riß sie mit der freudigen Nachricht aus der Tiefe des Schlafes und der Wärme, daß Wärme und Schlaf sie im Flugzeug nach Deutschland erwarteten. Dann gab er ihr ein blaues Blatt, das sie in ihren Paß einlegen sollte. Er zeigte ihr einen bestimmten Schalter und fing selber an, hinter den Glastüren des Flughafengebäudes hin- und herzulaufen. Azar stand mit dem Rucksack in der Hand in der Warteschlange vor dem Schalter und zitterte vor lauter Unrast und Erregung. Obwohl Abdollah ihr alles in jeder Hinsicht versichert hatte, verwandelte sich ihre Zuversicht jeden Augenblick mehr in Zweifel.

Ohne bestimmten Grund hatte sie ein banges Gefühl. Ihr Herz pochte schnell und unregelmäßig. Es kam ihr so vor, daß sie unglückseliger war, um so eine unerwartete Möglichkeit zu bekommen: ganz einfach in der Nacht zum Flughafen zu gehen und ohne irgendeinen Zwischenfall zu fliegen? Es ist unmöglich! Es ist unmöglich! In der Wirrnis ihres inneren Kampfes verfiel sie so stark dem Mißtrauen und dem Zweifel, daß sie ihre Beherrschung verlor. Sie war oft genug betrogen worden, um nicht bedenkenlos Gefahr zu laufen! Niedergeschlagen von Argumenten ihrer Erfahrung, die von unbestreitbaren Realitäten belegt wurden, kehrte sie um und lief ruhig und sorglos aus dem Flughafengebäude und am erstaunten und zornigen Abdollah vorbei und kehrte mit derselben wahnsinnigen Hartnäckigkeit und Beharrlichkeit, mit der sie jene Stadt möglichst bald und zu jedem Preis verlassen wollte, zu ihr zurück.

Am Tag darauf suchte sie Abdollah auf und fand ihn nicht. Auch nicht in der folgenden Woche und den Wochen darauf. Es war ihr fast nichts mehr geblieben, was sie verkaufen oder verpfänden und womit sie Geld auftreiben konnte, um einen anderen Schlepper aufzusuchen und ihn dann wieder plötzlich verschwinden zu sehen.

Sie beschloß deshalb, mit ihren Kenntnissen über die Beziehungen zwischen den Schleppern, Mittelsmännern und den bestechlichen Beamten des Flughafens, selbst die Rolle aller dieser drei zu spielen. Dies würde ihr Anliegen schneller und auch billiger zum Ziel führen, auch wenn die Wahrscheinlichkeit der Gefahr steigen würde. Aber für sie, die ohne Bleibe, Schutz und Geld und völlig einsam geblieben war, gab es keine andere Wahl.

Sie wechselte den letzten Rest ihrer Habe in Dollars, legte sie in ihren Paß und ging zum Flughafen. Sie versuchte, sich von jenem verwirrenden Gefühl zu entfernen, das sie einmal auf dem halben Weg des Erfolges zur Rückkehr bewegt hatte. Deshalb schritt sie ruhig, gelassen und sicher voran. Sie sah sich die Gesichter der Beamten, die hinter den Schaltergläsern die Pässe der Passagiere kontrollierten, einzeln an. Sie suchte einen aus, der ihr bekannt vorkam und dem Beamten sehr ähnelte, den Abdollah ihr an jenem Tag gezeigt hatte, und legte ihren Paß mit den darin eingelegten Dollarscheinen auf seinen Tisch. Der Mann runzelte seine Stirn und hob die Augenbrauen. Er warf einen Blick auf Azar und einen Blick auf den Paß und die Geldscheine und rief, ohne einen Augenblick zu zögern, die Flughafenpolizei. Azar war so sehr von jener normalen aber ungewöhnlichen Reaktion überrascht, daß sie ohne den geringsten Widerstand ihren Rucksack auf die Schultern warf und dem Polizeibeamten folgte.

Erst als sie vor »Özkan« saß und sich die Anklagepunkte: Versuch zur Bestechung und Korruption des Staatsbeamten, Besitz eines gefälschten Passes, Besitz einer gefälschten Aufenthaltsgenehmigung, illegale Einreise in das Territorum der Türkei, illegaler Aufenthalt auf dem Territorium der Türkei und Besitz gefälschter Dollarscheine, anhörte, begriff sie, warum ihr »Versuch zur Korruption eines Staatsbeamten« gescheitert war. Sie begriff zugleich, daß ihre Krankheit, die Entfremdung von den Realitäten des Lebens, völlig unheilbar war. Deshalb verlegte sie sich auf Starrsinn. Sie bestritt heftig alle Vorwürfe. Protestierend behauptete sie, daß alle Dokumente echt, gültig und überprüfbar seien. Außerdem ginge die Fälschung der Dollarscheine sie nichts an. Sie behaupte ja nicht, daß sie auf dem Gebiet eine Expertin sei, könne aber schwören, daß sie für jeden Dollarschein hundert Toman ihrer Landeswährung bezahlt habe, oder möchte vielleicht Herr Hauptmann ihr noch den Besitz einer Druckerei zur Fälschung von Geldnoten zu den anderen Anklagepunkten anhängen!

An jenem Wintervormittag, bevor sie ihre tägliche Jagd auf die Eidechsen beendet und ihre schwingenden, schmalen Schwänze gekehrt hatte, öffnete ein Soldat die Klappe ihre Zelle und sagte ihr flüsternd, daß »Özkan« ihre Auslieferung und die einiger anderer an die Grenzposten der Pasdaran der Islamischen Republik vorbereite. Azar fühlte plötzlich, daß ihre Knochen anfingen wie die abgehackten Schwänze der Eidechsen im Sack ihres Körpers zu zittern und zu knacken. Wie sie auf dem Boden hockte und der Schauder ihren Körper in feinen Wellen erschütterte, kam es ihr vor, daß allmählich das Blut aus ihren Adern wich. In der Hoffnung, der Soldat würde ihr bestätigen, daß sie sich verhört hatte, hob sie den Kopf. Aber hinter dem schwarzen Himmel, der sich vor ihren Augen öffnete, und den glänzenden Glasperlen, die wie Regentropfen herabfielen, sah sie das ernste und grobe Gesicht des Soldaten, und der Hoffnungsfunken in ihrem Herzen erlosch gänzlich. Dann flehte sie Gott an, »Özkan« möglichst bald in ihre Zelle zu schicken und ihm zu offenbaren, sein gewohntes Gespräch mit ihr wieder aufzunehmen. Mit diesem Wunsch, der einst eine sichere Tatsache war, und gegen den sie sich mit ihrem ganzen Leben aufgelehnt hatte, stand sie auf, strich sich über die Haare, wusch sich das Gesicht und erfrischte mit einem feuchten Tuch ihren Hals und ihre Achselhöhlen. Sie setzte sich auf den Bettrand und versuchte, ihrem Kopf, ihrem Körper und ihren Händen einen koketten und liebkosenden Ausdruck zu verleihen und den Instinkt, der seit Jahren in ihr eingeschlafen war, wieder wachzurufen. So vergingen zwei Stunden, und von »Özkan« war nichts zu hören. Sie hatte in dieser Zeit nur den Aufruhr ihrer Seele besiegen können, die sich auf keinen Fall der Schmach und der Schande der Liebelei mit einem niederträchtigen, fremden Menschen wie »Özkan« ergeben wollte, und sie hatte Pläne zur Rettung eines am Rande der Vernichtung stehenden Lebens entwerfen können. Während sie unruhig den unaufhörlichen Ablauf der Minuten verfolgte, kam sie zu dem Schluß, daß das Warten ihr nichts bringe und daß sie selbst die Initiative ergreifen müsse. Dabei fiel ihr Blick auf den unaufhaltsamen und aufeinanderfolgenden Marsch der Ameisen. Sie stand plötzlich auf, schlug zornig und protestierend an die Zellentür und verlangte etwas Kalk. Der Soldat, der dem Herrn Hauptmann von ihrem Wunsch berichtet hatte, kehrte sofort zurück und fragte, wofür sie den Kalk brauche. Azar sagte: »Für die Ameisen!«

Der Soldat ging weg und brachte nach ein paar Minuten die Antwort des Herrn Hauptmann: »Du sollst dir um was anderes Sorge machen als um die Ameisen...«

Azar sagte: »Ich mache mir Sorgen und habe deshalb nach Kalk verlangt.«

Der Herr Hauptmann schickte die Botschaft: »Es ist schon zu spät, und du hättest früher daran denken müssen...«

Azar sagte: »Wir Iraner haben ein Sprichwort, das besagt: Egal wann du den Fisch aus dem Wasser fischst, er ist immer frisch.«

Und der Herr Hauptmann antwortete: »Und wir haben ein Sprichwort, das besagt: Das Geprüfte prüfen zu wollen ist ein Irrtum.«

Verstört und verwirrt vom rätselhaften Dialog der beiden ging der Soldat mit verlockenden Worten Azars und kehrte mit gleichgültigen Botschaften des Herrn Hauptmann zurück. Als er zum zwanzigsten Mal mit einer der abweisenden Antworten des Herrn Hauptmann zu Azar kam, beschloß er, selbständig jenem sinnlosen Geschwätz ein Ende zu setzen, und als er auf das besorgte und fast verzweifelte Gesicht Azars traf, entschloß er sich, ohne ein Wort zu sagen mit dem Gefühl der Zufriedenheit eines Gefängniswärters, der einem Gefangenen den letzten Wunsch erfüllt, selber den Kalk zu besorgen und ihr zur Verfügung zu stellen.

Azar, die durch den plötzlichen Abbruch ihrer geheimnisvollen Gespräche völlig zusammengeschreckt war, legte sich ruhig auf das Bett und überließ sich, leidend und hilflos, ihrem unheilvollen Schicksal. Für sie spielte der Strang jener zweideutigen Botschaften und Antworten, der plötzlich zerriß und dessen Enden sie mit ihren kraftlosen, fiebrigen Händen nicht mehr zu verbinden vermochte, die Rolle eines Lebensfadens. Während sie vor Ohnmacht im Bett ihrer Einsamkeit weinte, sah sie die Nacht, stumm und still, in die Zelle eintreten, ihren schwarzen Tschador ausbreiten und sich lautlos hinsetzen, als nähme sie als Vertreterin der Natur an ihrer offiziellen Trauerveranstaltung teil. Die Tür ging plötzlich mit einer leichten Drehung des Schlüssels im Schloß leise auf, und der Soldat, dessen Gesicht im Dunkeln versunken war, trat mit einer mit Kalk gefüllten Aluminiumschüssel in die Zelle ein. Er hob seine Hand mit einer langsamen aber zackigen Bewegung und reichte Azar ehrerbietig die Schüssel, als verliehe er ihr eine Ehrenmedaille. Schluchzend sprach Azar unbewußt denselben Satz aus, den »Özkan« prophetisch am Morgen an sie selbst gerichtet hatte: »... Es ist schon zu spät ... du hättest früher daran denken müssen...«

Als »Özkan«, der auch seinerseits vom Abriß jenes vergnüglichen und befriedigenden Gesprächsfadens überrascht worden war, ohne die Offiziersmütze und in voller Größe in die Zelle trat, war der Soldat gerade dabei, ihr einzureden, daß der Fisch immer frisch sei, wann immer man ihn aus dem Wasser fische! Die Augen »Özkans« glänzten noch von einer süßen Zufriedenheit, und in seinem Gesicht waren noch die Wogen des leisen Gekichers zu sehen, das er während jenes Gespräches von sich gegeben hatte, während er dabei die Spitzen seines Schnurrbartes gedreht hatte. Er schrie aber trotzdem wie ein Donner den Soldaten an und schalt ihn dafür, daß er es gewagt hatte, eigenwillig seinen ausdrücklichen Befehl zu mißachten. Er stieß die Kalkschüssel um und warf den Soldaten aus der Zelle. Azar, die infolge ihrer allgemeinen Schwäche erneut von ihrer Seele und ihren moralischen Grundsätzen überraschend umzingelt und von diesen attackiert wurde, saß noch ergeben und lässig auf dem Bett und blieb der Anwesenheit »Özkans« gegenüber gleichgültig, obwohl sie sich mit ihrer ganzen List bemüht hatte, ihn in ihre Zelle zu locken. Entgegen ihrer Vermutung kam es nicht zu einem Gespräch zwischen ihnen.

Im Grunde war sie zufrieden, daß sie nicht gezwungen war, auf seine Fragen mit einer Reihe von demütigenden und unheilvollen »Ja, ja« zu antworten. Sie streckte ihre Hand aus, packte die Schnapsflasche, die er aus seiner Tasche gezogen und ihr angeboten hatte, am Hals und trank sie in einem Zug aus. Sie zog es vor, sich nichts zu merken. Auch was »Özkan« ihr laut und manchmal sogar schreiend über die Streichung ihres Namens aus der Liste der »auszuliefernden Flüchtlinge«, die Besorgung eines Passierscheins für die Kontrollhalle des Flughafens und den Flug nach Deutschland erzählte, wollte sie nicht hören.

Sie hielt jene Nacht nur in den verschwommenen und verworrenen Bildern der rhythmischen Bewegungen seiner kräftigen, muskulösen Oberschenkel und eines behaarten Mundes, der wie ein Fischmund auf- und zugemacht wurde, fest. Davor lag noch die Erinnerung, wie sie lässig auf dem Federbett saß und verzweifelt und geduldig die Begegnung mit dem letzten Angesicht ihres Todes erwartete.

Azar sah noch einmal zu Georg, der mit offenem, feuchtem und sich manchmal öffnendem und schließendem Mund ihre Lippen suchte und fühlte, daß etwas sie von innen wie ein Erdbeben erschütterte. Es wurde ihr schwindlig, und sie hatte nicht mehr die Kraft, ihren Speichel zu schlucken. Sie schlug Georg zurück, warf ihre Tasche auf die Schulter, verließ mit einem Gefühl der Übelkeit jenen schwindelerregenden Wirrwarr und die verqualmte, stickige Luft der Kneipe und flüchtete in ihr Zimmer.

Der Mann sagte: »Sie müssen zugeben, Frau Omid, daß drei Mark Preisunterschied pro Flasche eine Menge ausmachen...«

Azar sagte müde: »Ich habe doch gesagt, daß ich überhaupt nicht trinke ... Ich habe kein Interesse daran...«

Und sie legte den Hörer auf.

Azar setzte anstelle von Tee Kaffee auf und erinnerte sich daran, daß sie Tag und Monat im Wandkalender finden konnte. Ein Zettel neben dem Tablett fragte sie: »Hast du die Pflanzen gegossen?« Schon seit langer Zeit wollte Azar den Zettel zerreißen, vergaß es aber immer wieder. Denn er verwirrte sie vollkommen. Es passierte manchmal, daß sie an einem Tag drei Mal mit dieser Frage konfrontiert wurde und dreimal die Pflanzen goß. Das begriff sie erst später, als sie über die Fäulnis der Pflanzenwurzeln nach-dachte. Danach packten sie jedesmal Zweifel und Unsicherheit, als sie den Zettel sah, denn sie konnte sich nicht daran erinnern, ob sie vorher die Pflanzen gegossen hatte oder nicht. Und weil sie glaubte, daß bei jener klirrenden Kälte das Nichtgießen der Pflanzen dem Gießen vorzuziehen sei, war sie dann jedesmal sicher, daß sie sie vorher gegossen hatte. Deshalb fingen die Wurzeln der Pflanzen an zu ermüden. Azar regte sich sehr darüber auf, daß ihr klarer und heller Verstand derart verwirrt war, daß er zwischen der Fäulnis als Folge von übermäßigem Gießen und der Ermüdung als Ergebnis der Vernachlässigung desselben keinen Bezug herstellen konnte, und sah ihren einzigen Ausweg darin, Klaus anzuschreien.

Während Azar auf ein Klingelzeichen des Telefons wartete, ging sie ans Fenster. Draußen war alles weiß und gefroren. Von dem tiefen, verdreckten Himmel fiel ein erblaßtes, rotes Licht auf den Boden, der von der klaren Eisdecke glänzte. Der Wind schmiegte die kahlen, schwarzen Äste der Bäume in ständigem Zittern aneinander und vermischte die winterliche Stimme der Natur mit dem gleichmäßigen Dröhnen vorbeifahrender Autos. Es kam Azar so vor, daß in der Natur grundlegende und unvorgesehene Änderungen stattgefunden haben müßten, weil sie den Anblick ihrer Winterlandschaft nicht genießen konnte. Sie war absolut unfähig, die Schönheit jener gefrorenen Aussicht zu verstehen, deshalb sah sie im Himmel eine hohle Kuppel aus angeknabbertem Papier, in den Bäumen entstellte, ungehobelte Kleiderbügel, deren Schöpfung neu überdacht werden müßte, und im Mond einen Ausschnitt aus einem Spiegel, dessen Silberschicht hier und da abgebröckelt war.

Azar fühlte, daß sie vor lauter Unrast zugrunde ging. Sie starrte auf das Telefon, als könnte sie mit ihren Augen akustische Wellen sehen. Sie trat etwas näher. Ein salatgrünes Blatt, das krankhafte braune Flecken trug, löste sich von den dünnen Zweigen der Buntnessel-Pflanze und fiel flatternd zu Boden. Ihr schien so, daß alles in jenem kalten, feuchten und düsteren Zimmer dem Tod, der Zersetzung und der Fäulnis entgegenging. Sie zog ihren Mantel fester um sich und lächelte die Schatten ihrer Mutter und Groß-mutter an, die noch die Wolle aufwickelten und in jener grauen, matten Atmosphäre die einzigen lebendigen und wirklichen Bilder zu sein schienen. Plötzlich rief Nazli sie. Azar ging zum Fernseher, stand vor ihr, bückte sich in Sehnsucht nach ihrer Umarmung und sagte mit einer unterdrückten Trauer und Liebe: »Ja!«

Nazli sprang aus dem blattförmigen Rahmen, aus dem sie Azar anlächelte, nahm ihre Hand, zog sie zu ihr ins Zimmer und sagte: »Komm Tante! ... Du wirst dich riesig wundern ... Du wirst dich riesig freuen...«

Seit einer Woche ging sie direkt nach der Schule in ihr Zimmer, schloß die Tür ab und blieb bis zum Abendessen darin. Sie hatte in einer kindlichen, verschnörkelten Handschrift an die Tür geschrie-ben: »Bitte klopfen!« Als Attefeh sah, daß sie mit Ausdauer und Unnachgiebigkeit Nazli Ordnung und Diziplin beigebracht hatte, freute sie sich. Sie hatte das letzte Mal, als Nazli plötzlich die Zimmertür geöffnet und Azar verwirrt und weinend in ihrem Schoße gesehen hatte, sie so heftig angeschrien, daß Nazli wie Espenlaub am ganzen Körper zu zittern anfing und Azar vor lauter Schrecken und Mitleid ihren eigenen Kummer vergaß: »Mädchen, ist das hier etwa ein Stall ... Ich habe dir doch hundertmal gesagt, daß du vorm Eintreten klopfen sollst!«

Dann lief sie zu Nazli.

Azar wischte hastig ihre Tränen weg und strich sich über das Gesicht und den Kopf. Sie nahm sich zusammen, saß stramm auf dem Bett und kam zu dem Schluß, daß Attefeh sich in Wirklichkeit über ihre Sturheit und Zurückhaltung geärgert hatte und eigentlich sie und nicht Nazli anschreien wollte. Deshalb sagte sie, als sie dann sah, daß Nazli, erblaßt und zitternd, gerade dabei war, dem Zorn ihrer Mutter zum Opfer zu fallen, als Antwort auf die Frage, die Attefeh ihr eine halbe Stunde lang ständig gestellt und auf die sie doch keine Antwort bekommen hatte, ohne daß sie ihre Frage noch einmal gestellt hätte: »Weil mein Herz in diesen vier Wänden verwelkt. Wenn ich nur ein bißchen rausgehen könnte ... in den Park gehen könnte ... in die Berge gehen könnte ... in die Natur gehen könnte...«

Sie drehte ihre Hände im lichtlosen Raum des Zimmers im Kreis und legte sie auf ihr Herz. Sie begriff selbst nicht, ob sie von ihren Sehnsüchten oder von ihrem Kummer sprach. Sie wollte nur auf jeden Fall Nazli vor dem Zorn ihrer Mutter schützen. Deshalb erzählte sie weitschweifig die lustigste Erinnerung, die ihr in dem Moment einfiel, und fing selber an, schallend zu lachen, während noch Tränen aus ihren Augen flossen. Attefeh war so verdutzt, daß sie ihren Zorn gänzlich vergaß. Sie sah Azar eine Zeitlang überrascht zu, die gleichzeitig weinte und lachte, und als sie merkte, daß die Entdeckung des Geheimnisses jener Tränen und jenes Gelächters sie noch mehr in gedankliche Verwirrung versenken würde, trat sie in die fröhliche und heitere Welt von Azars Erinnerung ein und fing ihrerseits an, sich vor Lachen auszuschütten. Auch Nazli, der die Angst auf der Türschwelle den Weg versperrt hatte, fing an zu lachen, ohne ein Wort von dem zu verstehen, was ihre Tante Azar erzählte. Das Haus, das noch einige Augenblicke zuvor von Trauer und Zorn erfüllt war, hallte von Freude und Lachen wider. Alle drei lachten soviel, daß sogar ihre Kiefer wehtaten. Attefeh sah eine Zeitlang Azar nicht mehr an, weil sie dann sofort und ohne jeden Grund wieder einen Lachanfall bekam. Trotz unerträglicher Bauchschmerzen konnte Nazli ihr Lachen nicht beherrschen. Azar lachte so heftig, daß sie kaum atmen konnte. Während sie versuchte, sich von jenen endlosen Lachanfällen zu befreien, kam sie zu der Schlußfolgerung, daß es ihr leichter fiel, Trauer und Leid zu ertragen als Fröhlichkeit und Freude. Eine diffuse Angst ergriff plötzlich ihr Herz; eine Angst, die längst ein Bestandteil ihrer Natur

geworden war und einer erprobten Wirklichkeit entsprang. Sie
unterbrach sofort ihr Lachen und sagte: »Es ist nicht gut, daß wir
soviel lachen ... Soviel Lachen endet dann schließlich in Weinen...«

Ihre Prophezeiung trat bald ein; an dem Tag, an dem Nazli ihre
Hand nahm und sie in ihr Zimmer führte, damit sie sich vor lauter
Bewunderung freue. Die ganzen Wände und die Tür des Zimmers
waren von Farbe bedeckt. Grün, silbern und dunkelbraun schim-
mernde Farben einer sommerlichen Straßenaussicht, in der sich
himmelhohe Bäume bis zum Horizont reihten und sich dort unter
dem goldenen Wasserfall der Sonnenstrahlen wuschen. Die Farben
Rot, Gelb und Lila in den gewaltigen Felssprüngen, in den zierlichen Weizenähren eines endlosen Feldes und in der auf dem Rock
einer Passantin aufgedruckten blühenden Blume. Die Farben Blau,
Tiefblau und Weiß im Herzen des Himmels, mitten im Meer, in den
kleinen rasenden Wellen am Strand ... Farbe, Licht, Natur ... der
schwindelerregende Geruch des Frühlings, der Duft einer vom
Tauwasser besprenkelten Steppe, der blendende Glanz des Son-
nenaufgangs ... Azar war verwirrt, drehte sich um und schaute
verwundert auf jenes Wunder der Farbe, des Lichtes und des
Schattens. Sie wollte sich an dem jungen Stamm jenes Kiefernbau-
mes festhalten und hinaufklettern, sie wollte auf den glänzenden,
harten Felsen springen, die ganze Waldfläche zurücklegen, ihre
Lungen vom starken Duft der wilden Blumen dieser Steppe füllen
und aus vollem Hals in die Leere des blauen Himmels schreien.
Azar fühlte, daß es ihr vor lauter Glück schwindlig wurde. Ihr Herz
war so von Freude erfüllt, daß sie anfing zu weinen. Sie kniete auf
der Stelle mitten im Zimmer nieder, legte ihre Hände auf den Mund,
und während sie den Kopf wiegte, fing sie ein herzzerreißendes
Heulen an. Sie warf einen Blick auf Nazli und dann auf die rote
Hütte, die von den dichten Ästen und Blättern der Bäume des
Waldes überdeckt war, und weinte von ganzem Herzen. Sie sah zu
Attefeh, die verwundert und erstaunt auf der Türschwelle stand und
auf jene rührselige Szene schaute, und dann zu dem schmalen
Bach, in dem silbern schimmerndes Wasser rieselte, und weinte vor
lauter Liebe. Sie sah zur Erde, zum Himmel, zu den vor ihr

emporsteigenden Bergen, zu der bis in die Unendlichkeit sich ausdehnenden Steppe und zur Liebe und Leidenschaft, die Nazli beim Malen in jedem einzelnen von ihnen hinterlassen hatte, und weinte vor dem Gefühl der Ohnmacht ihr gegenüber. Sie heulte und schluchzte so lange, bis auch Nazli und Attefeh zu weinen anfingen. Das Haus, das sich auf Fest- und Freudenzeremonien vorbereitete, verwandelte sich in eine Trauergemeinde. Nazli, die Schuldgefühle hatte, aber den Grund nicht wußte, weinte am heftigsten und ergreifendsten von allen. Jede versuchte, die andere zu trösten, streichelte ihr den Kopf und das Gesicht, küßte sie, beschwor sie bei Gott, mit dem Geheul aufzuhören, und weinte selbst noch heftiger als zuvor, ohne einen Grund zum Weinen zu haben.

Bevor Nazli aufstand, um niedergeschlagen ihre Bilder von der Wand abzuhängen, sagte sie schluchzend: »Entschuldigung, ... Tante! ... Ich wollte nur ... dir eine Freude bereiten ... ich wollte nur...«

Azar schüttelte ihren Kopf. Sie schluckte ihren Gram hinunter, umarmte die beiden, stöhnte leicht und sagte ihnen leise und stockend, als würde sie ihnen ein Geheimnis anvertrauen: »Wie gut, daß wir ..., daß wir ... uns ... haben!«

Azar zog den Ärmel ihres Pullovers herunter und wischte damit den Staub vom Metallstamm des »Familienstammbaumes« ab. Bevor sie sich entsann, daß sie ihn mit einem Tuch besser hätte polieren können, hauchte sie auf Nazlis Bildglas und strich ein paar mal mit dem Bördchen ihres Ärmels darüber. Sie sagte sich, daß sie daran denken müsse, noch »Metallpolierspray« auf die Einkaufsliste zu schreiben. Als sie den blattförmigen Rahmen von Nazlis Bild zurechtmachte, zerriß die Türklingel plötzlich ihr Herz. Ihre Hand zitterte. Der Baum glitt ihr durch die Finger und fiel herunter. Azar fühlte, daß die Welt plötzlich vor ihren Augen verschwommen und düster wurde ... Sie sah Nazli, die beklommen und verängstigt durch einen dichten Nebel von Staub und Schutt auf einen Haufen aus Ziegeln und Eisen stürzte. Azar schloß ihre Augen. Ihr Herz pochte wahnsinnig. Sie versuchte, mit Händen und Füßen, mit ihrem ganzen Körper, den Baum in der Luft zu schnappen. Sie schrie vor lauter Verzweiflung. Die Spitze ihres Fingers berührte den Baumstamm. Todesschweiß bedeckte ihre Stirn. Vor lauter Schwäche kniete sie hin.

Als sie ihre Finger um den Baumstamm klammerte, war ihr keine Kraft mehr geblieben. Das metallische Rascheln der Blätter brachte sie wieder zu sich. Nazli schaute sie weiterhin lächelnd an. Azar streichelte ihre Wangen und sagte sicher: »Du lebst ... ich weiß es ... du kannst nicht tot sein...«

Die ohrenbetäubende Klingel der Tür ertönte noch einmal. Azar warf einen Blick zu Klaus, der sich auf dem Tisch ausgebreitet hatte und einen Artikel über »Umweltschutz« las, stellte den Baum auf den Fernseher und schrieb auf einen Zettel: »Wegen der Klingel zum Hausmeister...«

Sie zog ihren Mantel fester um sich, damit sie sich nicht in Großmutters Wolle verwickelte. Ihre Füße stießen aber an die Lackschuhe Mahmouds. Sie ging gleichgültig an ihm vorbei und versuchte, sich daran zu erinnern, was für ein Tag es war. Bevor sie die Tür öffnete, warf sie einen Blick zum Telefonapparat.

Das Mädchen, das vor ihr stand, war nicht älter als zweiundzwanzig Jahre. Sie stampfte ein paar mal mit ihren Schuhen, auf denen Schneestaub lag, auf die Fußmatte. Im Schein des kalten, grellen Lichtes, das vom schneebedeckten Boden und vom stummen Himmel reflektiert wurde, glich sie einer erblaßten Heiligen, die nicht wußte, was sie mit ihren Händen anfangen sollte. Sie klammerte sie an die Hintertaschen ihrer Jeans und sagte kurz und knapp: »Guten Tag ... Ich komme von der Organisation des Rettungsdienstes ... Darf ich reinkommen?«

Ohne zu antworten, sperrte Azar den Türspalt etwas weiter auf. Ein nackter Baum mit kahlen Ästen erschien vor ihr. Eine Schicht gefrorenen Schnees bedeckte wie Schimmel seine oberen Äste. Azar zitterte innerlich. Die Luft war vom kalten und dünnen Geruch jener winterlichen Natur erfüllt.

Das Mädchen rieb sich die Hände, hauchte in die gefalteten Hände und sagte: »Es ist schrecklich kalt!«, und sie fragte dann sofort und unvermittelt: »Entschuldigen Sie, haben Sie Kinder?«

Azar sah zu Nazli, die sie nach wie vor mit freundlichen Augen anlächelte, und wandte sich verwundert dem Mädchen zu. Sie wollte sie fragen: »Wieso?«, aber das Mädchen hob sofort die Hände mit einer beruhigenden Geste und sagte lächelnd: »Keine Angst! ... Keine Angst! ... Ich komme weder vom Finanzamt noch vom Jugendamt ... Seien Sie unbesorgt! ... Es geht um die Rettung von Menschenleben ... die Rettung von unschuldigen Kindern ... für den Fall, daß sich ihr Leben in Gefahr befindet ... und hier spielt die Zeit eine wichtige Rolle ... eine sehr wichtige ... ein Augenblick früher oder später kann das Leben oder den Tod eines Menschen bedeuten ... Glauben Sie es nicht?«

Azar zuckte mit den Achseln und hatte nichts einzuwenden.

»Unsere Organisation ist deshalb auch mit Hubschraubern ausgerüstet ... Stellen Sie sich das vor ... Hubschrauber! ... Das Problem des Verkehrs und der weiten Entfernungen ... und ... und ... und... kann dann nicht mehr zum Tod eines Kindes führen. Unsere Zeit ist die Zeit des Pflichtgefühls und des Verantwortungsbewußtseins ... Glauben Sie das nicht?«

Azar hatte wieder nichts einzuwenden.

»Wenn es dieses Pflichtgefühl und Verantwortungsbewußtsein ... und ... und ... nicht gäbe, könnte unsere Organisation, die auf der Basis dieses Gefühls und dieses Bewußtseins gegründet wurde, Menschenleben zu retten, ihre Arbeit nicht fortsetzen ... ein Hubschrauber ist kein Spielzeug, das man mit zehn Mark beschaffen könnte ... Glauben Sie es nicht?«

Azar hatte wieder nichts einzuwenden. Sie saß weiterhin stumm und lautlos vor ihr und sah abwechselnd zu Nazlis Bild, zum Telefonapparat und zu dem Mädchen. Das einzige, was sie in Erstaunen versetzte, war die Tatsache, daß das Bild und die Stimme des Mädchens ab und zu wie ein Fernsehbild plötzlich verschwanden und an ihre Stelle das schauderhafte Geräusch des Zerberstens riesiger Glasflächen oder der schreckliche Klang vom Einsturz mehrstöckiger Gebäude trat. Azar zitterte jedesmal entsetzlich vor jenen plötzlichen Geräuschen. Aber manchmal blieb auch das Bild der Frau vor ihren Augen, und obwohl sich ihre Lippen bewegten, war kein Laut zu vernehmen. Diese betäubende Stille regte Azar mehr auf, eine bedrohliche Stille, von der Azar glaubte, daß sie zu Krieg, Blut, Hunger und zu den verbrannten Feldern und zerstörten Städten führen würde. Deshalb strengte sie sich an, dem Mädchen genauer zuzuhören und sich auf die Telefonklingel zu konzentrieren. Das Mädchen, das die Hoffnung auf eine Antwort schon aufgegeben hatte, steckte ihre geröteten Hände unter die Achseln und sagte: »... deshalb ist die Spende jedes Bürgers von 98 Mark für uns sehr wichtig ... (Stille) ... und ... und ... (Stille) ... diese Belege setzen die Mindestspende auf 98 Mark ... (Stille) ... gegen das Leben eines Kindes ..., das in einem Brand ... (Stille) ... Glauben Sie es nicht? ... (Stille) ... (Stille) ... (Stille)...«

Um dem Elend jener entsetzlichen Stille zu entrinnen, versuchte Azar zu reden. Es schien ihr sogar, daß sie ein paar Sätze über ihr niedriges Einkommen und darüber, daß man einen so hohen Betrag von ihr nicht erwarten dürfe, gesagt hatte. Sie stellte aber verwundert fest, daß kein Laut aus ihrer Kehle zu kommen schien. Sie sagte noch lauter: »Hören Sie, was ich sage?«

Das Mädchen reagierte nicht. Sie drehte die Spendenquittungen hin und her, zog einen roten Filzstift aus ihrer Jackentasche, schlug ihre verworrenen Haare zurück und unterstrich die Wörter »98« und »Finanzamt«. Azar fragte wieder verzweifelt: »Hören Sie nicht, was ich sage? Hören Sie meine Stimme nicht?«

Aber sie hörte selbst keinen Laut. Sie fühlte, daß sie mit jeder Aufregung mehr und mehr im Sumpf jener betäubenden Stille versank. Das Mädchen starrte nun etwas unsicher auf Azar. Sie zog ihre Augen etwas enger zusammen, sah Azar direkt an und bewegte ganz langsam ihre Lippen. Plötzlich drang aus der Tiefe jener astronomischen Stille der Klang dumpfer Schreie und wildes, unklares und weitentferntes Getöse an die Oberfläche. Azar rieb sich die Ohren, säuberte mit den Fingern ihre äußere Haut, und es schien ihr, daß das höllische Getöse, das auf einmal um sie herum Gestalt angenommen hatte, wie ein Donner mit einem kräftigen, konzentrierten und klangvollen Knall in ihren Ohren platzte. Ein Heer von dichtbehaarten, zerzausten Männern, eingehüllt in Leichentücher, mit grünen Stirnbändern erschien vor Azar. Auf alle Bändern waren mit weißen Buchstaben die Parolen »Auf nach

Karballa« und »La Illa. Ilallah« geschrieben. Die aufgeregte und
verschwitzte Masse stampfte mit zornigen und weitaufgerissenen
Augen auf den verwüsteten Boden und brüllte. Ein leichter,
dunkler Staub stieg wie eine Wolke aus Erde von ihren beschlagenen Stiefeln hoch. Eine Stirnfalte von Haß und Zorn verzerrte ihre
Gesichter. An der Ecke ihrer bläulichen, geschwollenen Lippen war
gelber Schaum getrocknet. Alle sahen mit erstaunten, geröteten
Augen und bitterem Stirnrunzeln auf die zusammengestürzten
Häuser, Ruinen, verbogene glaslose Fensterrahmen, auf jenen Tod
und jene Zerstörung, die von einer Aura aus Staub und Rauch
umhüllt waren, atmeten die vom Verwesungsgeruch der unter dem
Schutt von Ziegeln, Putz und Eisenträgern liegenden Leichen
erfüllte Luft ein, stampften in die Blutrinnsale, die auf den Straßen
dahinflossen, liefen auf den blutbefleckten, zerfetzten Kleidern, die
der Wind hin- und herschleuderte und schrien mit einem dämonischen Ausdruck: »Krieg, ... Krieg, ... bis zum Sieg ... Krieg, ... Krieg, ...
bis zum Sieg.«

Azar hielt sich die Ohren zu. Sie verschloß ihre Augen vor jener
höllischen Aussicht, die ihr Herz ins Pochen versetzt hatte. Ihr
Gesicht war erblaßt, und ihre Zähne klapperten von selbst. Wieder
herrschte eine dünne Stille im Zimmer. Das Mädchen sah zerstreut
und verwirrt zu Azar und fragte: »Sie! ... Sie! ... Geht es Ihnen nicht
gut?«

Ihre Stimme schien aus der Tiefe einer Höhle zu kommen und
glich einem dumpfen Summen, das jene leichte Stille kratzte. Azar
verstand nicht, was sie sagte. Sie legte ihre Hand auf ihre trockene
Kehle, versuchte zu lächeln und sagte: »Es geht mir überhaupt nicht
gut ... Geben Sie mir ein Glas Wasser!«

Das Mädchen versuchte, aus den klanglosen Lauten, die Azars
Kehle ausstieß, zu hören, was sie wollte. Sie begriff aber nichts. Sie
räumte hastig die Quittungsbelege und Werbebroschüren vom
Tisch weg. Azar flehte sie an: »Ein Glas Wasser ... Ein Glas
Wasser...«

»Ich hoffe, daß ich Sie nicht gestört habe ... Wollen Sie, daß ich
einen Arzt anrufe? Woher soll ich denn wissen, was ich zu tun habe,
wenn Sie nicht reden?«

Ihre Stimme wurde jetzt schon ein bißchen deutlicher, hatte aber weiterhin einen weitentfernten und magnetischen Klang und wurde gelegentlich ein- und ausgeschaltet. Azar sagte erschrocken: »Ich rede aber ... Geben Sie mir nur ein Glas Wasser!«

Das Mädchen räumte die Papiere zusammen, sah sich im Zimmer um und sah zu Azar, die stumm und still, mit zitternden Lippen und angsterfüllten Augen vor ihr saß. Sie stützte ihre Hände auf die Knie, stand auf und sagte hastig: »Es ist dann besser, wenn ich gehe ... (Stille) ... Sind Sie sicher, daß es Ihnen ...? (Stille) ... Brauchen Sie etwas?...«

Azar schnitt ihr erschrocken das Wort ab und sagte: »Doch ... doch ... ein Glas Wasser...«

»Also ... auf Wiedersehen ... schönen Tag noch...«

Sie lief hastig zur Tür, machte sie in einem Zug auf und lief zu jenem nackten, einsamen Baum, auf dessen zitternden Ästen der Schimmel des Schnees noch glänzte.

Die Dämmerung war schon angebrochen. Ein rotes, verschwommenes Licht schien auf das weiße Laken des Schnees, das auf dem Boden ausgebreitet war. Azar schaute hinter den beschlagenen Scheiben nach draußen und sagte zu Klaus: »Heute abend schneit es.«

Klaus lachte vergnügt und sagte mit roten Buchstaben: »Ich möchte in diesem Sommer meinen Urlaub in Südfrankreich verbringen. Wo fährst du im Urlaub hin?«

Azar sagte verärgert: »Zum Friedhof!«

Und als hätte sie unterbewußt einen langersehnten Wunsch ausgesprochen, wiederholte sie sehnsüchtig: »Friedhof!«

Sie fragte sich, warum das Telefon nicht klingelte, sah zum erstarrten, grellen Glanz des weißen Schneelichtes, das in der Luft schwebte, und fand alles kalt, grob und tot. In der Hoffnung darauf, daß ihre Voraussage über das bevorstehende Schneetreiben nicht eintreten möge, ging sie ans Telefon und wählte die Nummer 1164, den Wetterdienst. Eine tiefe Männerstimme machte nach Begrüßung und Ansage von Tag, Monat und Jahr ihre Hoffnung zunichte und kündigte die Temperaturen der deutschen Flughäfen mit

Zahlen wie 4, 5, 9 und einem Minuszeichen davor an. Azar freute sich aber trotzdem, denn sie hatte das Datum erfahren. Sie versah mit ihrem roten Filzstift auf dem Kalender Samstag, den 23. Dezember, mit einem Kreuz. Der Kalender war fast voller bunter Kreuze. Manchmal war ein Tag sogar mit drei Kreuzen in verschiedenen Farben versehen. Es waren Tage, die so eintönig, langweilig und unendlich waren, daß Azar ihre Geduld und Ausdauer verlor und fühlte, daß sie vor lauter Einsamkeit und Isolation zugrunde ging. Es kam ihr vor, daß sie jeden dieser Tage dreimal gelebt hatte. Manche Tage hatten überhaut kein Kreuzzeichen, denn Azar hatte weder ihren Anfang noch ihr Ende wahrgenommen. Sie hatte es vorgezogen, ihre Jahrhunderte dauernde Länge durch Schlaf zu verkürzen. Sie fing diese Tage überhaupt nicht an, um von der Qual und der Sorge frei zu sein, sie bis zur Nacht zu verbringen. Sie blieb im Bett und setzte, von Tränen und Schweiß überströmt, ihr Elend im Traum fort.

Um mit den großen und kleinen bunten Kreuzen nicht durcheinanderzugeraten, schrieb sie auf einen Zettel: »Heute ist Samstag, der 23. Dezember.« Und während sie ihn an die gegenüberliegende Wand klebte, warf sie einen Blick auf den Telefonapparat. Es kam ihr so vor, daß sie sich einen geregelten, konkreten und festen Plan vornehmen mußte, um die Blumen nicht verkehrt zu gießen. Während sie darüber nachdachte, sagte sie zu Klaus: »Siehst du, ich habe doch gesagt, daß es heute abend schneit...«

Sie bot ihrer Großmutter Kaffee an und sah, daß die Augen von Mahmouds Schatten schlaftrunken waren. Klaus bestellte noch ein Glas Bier, kicherte vor sich hin und sagte: »Ich pfeife darauf!«

Azar dachte, daß der beste Zeitpunkt zum Gießen morgens sei, und es schien ihr so, daß sie keine Probleme haben würde, wenn sie direkt nach dem Händewaschen die Blumen gießen würde. Sie nahm ein Blatt Papier und suchte nach ihrem Filzstift. Unter den Zetteln kam ein in grün beschrifteter Zettel wie ein Ertrunkener an die Oberfläche: »Heute ist Montag, der 12. November.« Ihre Mutter sagte: »Ich gehe nun schlafen...«, und ihr Schatten verschwand sofort.

Azar fragte Klaus: »Warum pfeifst du darauf?«

Klaus antwortete nicht. Die Kassette war zu Ende. Azar hatte einen schwarzen Filzstift gefunden. Sie sah, daß Mahmoud nach wie vor döste, und sagte ungeduldig: »Steh doch auf! ... Geh schlafen! ... Warum sitzst du hier rum und pennst?«

Sie wandte sich dem Telefonapparat zu und sagte: »Klingle doch, du verdammtes Ding! ... Klingle doch!«

Sie schrieb auf einen Zettel: »Gießen der Blumen nach dem Händewaschen« und legte ihn auf den Telefontisch neben einen Zettel, auf dem geschrieben stand: »Heute ist Donnerstag, der 11. Mai«.

Es schien ihr, daß sie alles verschwommen sah. Sie nahm die Brille mit der schwarzen Fassung ab, setzte die mit der weißen Fassung auf und suchte in ihren Gedanken nach einem Beleg dafür, daß sie die Monatsabrechnung für das Telefon bezahlt hatte. Sie fragte noch einmal Klaus entschieden: »Ich rede doch mit dir ... Ich habe dich doch gefragt, warum es dir egal ist.«

Sie griff nach einer Strähne ergrauter Haare, die ihr auf die Stirn gefallen war, und strich sie zur Seite. Sie fühlte, daß eine feuchte Kälte bis in ihr Knochenmark drang. Es fröstelte sie, als würde man mit einem nassen Besen ihren Rücken streicheln. Ein Zettel erinnerte sie daran: »Hast du deine Blutdrucktropfen eingenommen?« Plötzlich fiel ihr ein, daß sie die Herdplatte nicht abgestellt hatte. Die Erkenntnis, daß so eine unbezwingbare und gewaltige Vergeßlichkeit nicht nur ihre Seele und Gedanken, sondern die ganze Welt ihrer Existenz in ihre Gewalt gebracht hatte und sie unerbittlich zum Ruin führte, stürzte sie in ein tiefes Gefühl der Verwirrung. Es kam ihr vor, als hätten sich die Einsamkeit und die Vergeßlichkeit in einer grausamen und hämischen Abmachung verbündet, um ihr menschliches Hirn von innen her zu zersetzen. Sie sah, wie sie wie eine Spinne ihr Gewebe um ihre Seele und die Zentren ihres Gedächtnisses und Denkvermögens spann, wie sie die Fähigkeit zum klaren Denken und zur Einprägung des Gesehenen und Gehörten darin erstickte und ihre Hirnschale mit dem verworrenen Knäuel ihrer Gewebe bedeckte. Als sie vergeblich versuchte, in ihren Gedanken eine Spur der Erinnerung an jene Tage zu finden, deren Verlauf sie durch Notizen auf Papierfetzen außer

Zweifel gestellt hatte, stellte sie traurig fest, daß sie das Gefühl für
die Zeit verloren hatte. Sie stand zornig auf, stellte die Herdplatte
unter dem Kessel ab, dessen ganzes Wasser verdampft und in die
Luft gestiegen war und dessen glänzendes Metall glühte, und kam
zu dem Schluß, daß auch jene Papierfetzen genau wie ihr Wille
nicht in der Lage waren, ihr zu helfen, das Gefühl für die Zeit
wiederzufinden oder ihre Einsamkeit und Zerstreutheit zu bezwingen. Vor lauter Zorn fing sie an, an ihren Fingernägeln zu kauen,
und fragte wütend Klaus: »Bist du denn taub? Ich habe dich doch
gefragt, warum es dir egal ist? ... Was!? Wegen meiner Vorher-
sage?«

Sie schaltete den Recorder an. Klaus erzählte in der Rolle eines
Rundfunksportreporters von einem Fußballspiel, das er in der
vorigen Nacht gesehen hatte. Azar fühlte, daß die Spitze eines
Skalpells ihren Magen durchbohrte. Dann fiel ihr ein, daß sie seit
dem Morgen nichts gegessen hatte. Sie ging ans Telefon, um die
Nr. 1167 zu wählen und ein Kochrezept zu bekommen. Sie war noch
nicht an dem Tisch vorbeigegangen, als die Telefonklingel plötzlich
wie das Quietschen einer Nadel auf einer Glasfläche an das
Knochengehäuse ihres Hirnes kratzte. Azar nahm sofort den Hörer
ab, und ihr Herz fing an, in rasendem Tempo zu pochen. Eine
aufgeregte Stimme sagte vom anderen Drahtende: »Hallo ...
Hallo...«

Azar strich mit ihrem Mantelärmel die dicken Schweißperlen
weg, die auf ihrer Stirn standen und schrie: »Hallo ... Hallo?«

Das dumpfe Geräusch des Luftalarms und dann das Geknatter
der Luftabwehrraketen hallten in der Telefonmuschel ... Azar legte
ihre Hand auf die feuchte Stirn und zitterte innerlich. Die deutsche
Telefonistin kam in die Leitung und sagte entschieden: »Sprechen
Sie! ... Sprechen Sie! ... Die Verbindung ist hergestellt!«

Azar schrie grollend: »Hallo ... Teheran! ... Teheran ...«, und dann
hörte sie den entfernten schrecklichen Widerhall der Raketenex-
plosionen, der sich dann im dumpfen, furchtbaren Schall des
Einsturzes der Häuser und dem trockenen, unendlichen Klirren
der Fensterscheiben verlor. Klaus schrie: »Noch ein Tor ... hinter
dem Strafraum ... für die Mannschaft aus Düsseldorf!«

Plötzlich erfüllte das ohrenbetäubende Geheul von Handhupen, Jubel, Schreien, Anfeuerungsrufen und Pfiffen das Zimmer. Azar hielt ihr freies Ohr zu. Sie fühlte, daß sie in den stürmischen, schwindelerregenden Wellen jener ungewohnten Geräusche erstickte. Ihr Atem stockte. Kalter Schweiß lief ihr über die Wirbelsäule. Sie machte den Mund auf und sagte mit heiserer, zitternder Stimme: »Hallo! ... Teheran ... Attefeh? ... Ich möchte Attefeh sprechen...«

Ihre Stimme vermischte sich mit der groben, hastigen Stimme des Teheraner Telefonisten: »Drei Minuten noch ... dann ist Ihre Zeit zu Ende!«

Eine verängstigte Stimme fragte am anderen Drahtende: »Wer sind Sie denn ... Wen wollten Sie sprechen? ... Wen wollten Sie sprechen? ... Hallo?«

Azar atmete tief aus und ein. Sie legte ihre Hand auf das Herz und warf Klaus einen bösen Blick zu, damit er seinen Mund halte. Sie schaute dann zu ihrer Großmutter, die auf dem Stuhl schlummerte. Sie fühlte, daß ihre Knochen vor Schmerz Risse bekamen. Von weitem war das Geknatter eines Hubschraubers zu hören ... Ab und zu erschallten die vereinzelten, dumpfen Schüsse der Luftabwehrraketen ... Sie sah für einen Augenblick Nazli, die mit aufgeplatzter Stirn zu ihr lief ... In ihren Augenhöhlen hatten sich Blutklumpen gestaut. Azar schrie vor Grauen: »Nazli ... Nazli ... Geht es ihr gut? ... Wie geht es Nazli?«

Klaus haute mit der Faust auf den Tisch und schrie: »Was für ein Pech! ... Scheiße! ... Verdammt, genau ein Zentimeter daneben!«

Das aufgeregte Gebrüll der Zuschauer, das sich mit Gelächter, freudigem Jubel, dem Trommeln und dem dumpfen Geräusch der Handhupen vermischte, versetzte das Haus in Schwingung. Azar nahm das Telefon und ging in die Toilette. Eine eigenartige Besorgnis lastete auf ihrem Herzen. Sie schloß ihre Augen und sagte noch einmal verzweifelt: »Hallo ... Antworten Sie! ... Antworten Sie!«

Sie geriet vom ununterbrochenen Heulen der Sirenen der Feuerwehr- und Krankenwagen ins Schaudern. Im halbdunklen Raum der Toilette, die von einem schwachen Licht erhellt wurde, lehnte sie sich an die Tür und starrte auf die großen, blutgetränkten Augen Nazlis, die verzweifelt, verängstigt und hilfesuchend auf sie gerichtet waren. Plötzlich drang eine klare, deutliche Stimme, die vor Angst zitterte, mitten aus jenem Lautgewirr durch: »Feuer! ... Feuer! ... Das Stadtzentrum brennt! Oh Gott! ... Was für eine Hölle! ... Rettet uns!«

Die Leitungen waren durcheinandergekommen. Das Gepolter der Menschen, die die Treppen hinabstiegen, und der Galopp der Menschenmassen auf dem von Glasscherben bedeckten Boden waren zu hören. Die Luftabwehrraketen schossen unerbittlich weiter. Manchmal erstickte das Gekreisch und Geschrei von Leuten, die sich telefonisch nach dem Befinden ihrer Freunde und Verwandten erkundigten, die anderen Geräusche. Eine Mutter fragte kreischend: »Mein Kind! ... Wo ist mein Kind? ... Um Gottes Willen, findet mein Kind!«

Azar fühlte, daß sie allmählich unter der Last jenes Getöses aus Angst, Qual und Leid ihr Bewußtsein verlor. Ihr Mund war ausgetrocknet, und ihre Zähne klapperten von einer inneren Kälte. Mit dem Rest ihrer Kraft schrie sie: »Hallo? ... Hallo? ... Attefeh? ... Nazli?«

Eine Frau am anderen Drahtende schrie: »Hallo ... Wer sind Sie? Wen wollen Sie sprechen? ... Ja! ... Attefeh? ... Attefeh ... ist nicht da ... Hallo ... Hallo? ... Mein Gott, ist das der Tag des Jüngsten Gerichts? ... Verdammt sei der Krieg! ... Verdammt seien seine Urheber und Drahtzieher!«

Der Teheraner Telefonist schnitt ihr das Wort ab und drohte schroff: »Schwester, wenn du noch ein Wort solch konterrevolutionären Zeugs redest, unterbreche ich die Verbindung!«

Azar sprang ihm ins Wort: »Nein, Bruder, ... ich bitte Sie! ... Entschuldigen Sie! ... Ich möchte nur...«

Sie fühlte, daß der Klang ihrer Worte im trockenen und unaufhörlichen Summen und Rascheln, das wie ein schmaler Fluß von Geräuschen vom anderen Drahtende auf sie zuströmte, verschwand. Sie stockte ein bißchen, sagte noch ein paar mal verzweifelt: »Hallo ... Hallo ...« und bekam keine Antwort. Der Fluß der Geräusche war plötzlich zum Stillstand gekommen. Azar sah ungläubig zum Telefonhörer. So wie sie vergeblich den Ansturm der Verzweiflung auf ihr Herz abwehrte, dachte sie über die Sinnlosigkeit des Wartens nach, das sie den ganzen Tag über in einer unerträglichen Spannung schmoren ließ, und kam zu der Schlußfolgerung, daß sie dermaßen hilflos der Macht der Zweifel und Ungewißheit ausgeliefert war, daß sie sich im Nu der tödlichen Gewißheit ergeben würde. Dann wüßte sie, woran sie war. Sie hätte sorglos auf Unrecht und Grausamkeit spucken und mit einem klaren Verstand wahnsinng gegen alles rebellieren können, jede Güte, jede Gerechtigkeit, jedes Mitgefühl in Frage stellen und furchtlos Gott fragen können, wer so viel Ungerechtigkeit zu verantworten habe.

Die deutsche Telefonistin kam in die Leitung und fragte: »Ist Ihr Gespräch zu Ende? Haben Sie sprechen können?«

Azar sagte gleichgültig: »Ja!«

Sie legte auf. Sie fühlte, daß sie vor lauter Unruhe schweißüberströmt war. Sie zog ihren Mantel aus, ließ das Telefon dort auf dem Klodeckel und trat widerwillig ins Zimmer. Klaus schrie noch aus vollem Hals für den Sieg der Düsseldorfer Mannschaft. Während Azar zur Schlußfolgerung kam, daß die Abwesenheit von Attefeh und Nazli selbst ein Zeichen ihres Sieges über den Tod sein könnte, schaltete sie den Recorder aus. Ein Hoffnungsstrahl blitzte in ihrem Herzen, das ganz von Verzweiflung und Verwirrung beherrscht wurde. Sie war sehr erstaunt, daß in einer Ecke ihres verwirrten Herzens noch Splitter von Leichtgläubigkeit und haltloser Zuversicht verstreut waren. Sie schwankte wie ein Pendel zwischen der tödlichen Qual einer grundlosen Vermutung und dem verzehrenden Leid einer schrecklichen Gewißheit hin und her und ließ dabei Stück für Stück die ganze Existenz und das ganze Dasein ihrer Person wie verbrauchte, unnütze Gegenstände auf der Strecke bleiben: klarer Verstand, die Hoffnung, die Leidenschaft des Lebens, das Vertrauen in Liebe und Freundschaft. Während sie auf das runde, lachende Gesicht Nazlis im blattförmigen Rahmen jenes Baumes starrte und überlegte, kam sie zu dem Schluß, daß ihr wie einem ausgeplünderten Haus nichts mehr geblieben war außer einer Tür und ihrem Rahmen, einer Tür, deren Flügel nie auf

Freude, Spaß, Entzücken und Glück geöffnet wurden. Plötzlich fiel
ihr ein, daß sie die Monatsabrechnung für das Telefon nicht bezahlt
hatte, und sie fragte sich, warum wohl diese Tür noch stand? Müde
und erschöpft von der Verwirrung ihres rätselhaften Lebens stand
sie plötzlich auf. Als ob sie inzwischen eingegangen wäre, sah sie
kleiner und trauriger aus. Sie nahm schnell ihren schwarzen Mantel
vom Stuhl und schlenderte schweren Schrittes durchs Zimmer. Die
Großmutter wachte vom Schleifen ihrer Schuhe auf dem Holzbo-
den des Zimmers auf und sah mit dunklen, erstaunten Augen, daß
Azar, gebückt unter der Last ihrer traurigen Lebensjahre, schnell
zur Tür ging. Sie fragte verwundert: »Wohin? ... So spät in der
Nacht?«

Azar sagte mit einer Stimme, die aus einer weitentfernten
Erinnerung zu kommen schien, während sie sehnsüchtig ihren
Kopf schüttelte: »Ich weiß es selbst nicht ... zum Friedhof!«

Sie schwenkte ihren Mantel in der Luft und hielt ihn in
Schulterhöhe, um ihn anzuziehen. Doch ließ plötzlich das trockene
und klanglose Geräusch vom Fall eines metallenen Gegenstandes
sie auf der Stelle erstarren. Ihr verängstiger Blick irrte sofort rastlos
umher, um jenes tote Geräusch zu lokalisieren. Azar stand noch
regungslos auf ihrem Platz und zitterte von der sinnlichen Berührung mit einem unheilvollen Ereignis. Sie fühlte, daß der Ansturm
eines dem Wahn verfallenen Blutes auf ihr Hirn ihre Schläfen
anschwellen ließ. Sie strich sich über die schweißnasse Stirn und
versuchte, durch das Schlucken ihres Speichels die trockenen
Wände ihrer Kehle etwas anzufeuchten. Sie fühlte plötzlich, daß sie
vor lauter Durst zugrunde ging.

Als ihr Blick an der Stelle jenes verstummten Gerausches haften
blieb, schien es ihr, daß die ganze Lebenskraft in ihr sich in kleine
Blasen verwandelte. Unter dem weißen, kalten Licht, das vom
Fenster auf das Zimmer strömte, war der metallene »Baum der
Familie« mit seinen vier zitternden Blättern auf den Boden gefallen
und strahlte einen goldenen Schein auf die leichten Schatten des
Holzbodens. Azar fühlte, daß ein schwarzer Groll ihren Hals
heraufstieg. Sie schlug ein paar Mal mit den Wimpern und sah jedes
mal jene weiße und erstarrte Atmosphäre, die vom goldenen Schein

Lebenskraft zu bekommen schien, immer verschwommener und undeutlicher. Als ihre Augen auf Nazlis Bild fielen, in dem keine Spur von Lächeln mehr zu sehen war, ergriff ein heftiges Schaudern, das bis in die Tiefen ihres Herzens reichte, ihren ganzen Körper. Der Bilderrahmen Nazlis war das einzige Blatt, das sich durch den Sturz vom Stamm des Baumes gelöst hatte und etwas weiter mit einem zersplitterten Glas in einem schattenhaften Nebel lag. Es schien Azar plötzlich so, daß ein grüner Rost wie die Spur eines Fettflecks zuerst den Stamm und dann die ganzen Blätter des Baumes bedeckte und in einem Augenblick sich Meeresalgen auf den Gläsern und Bildern, Lippen, Augen und der hohen Stirn Nazlis ausbreiteten...

Azar fühlte, daß ihr Atem vor Angst in ihren Lungen eingesperrt war. Sie kniete vor dem von Algen bedeckten Bild Nazlis. Sie strich über das glitschige Grasgrün und versuchte, die feuchten Strähnen jener dunklen Pflanze, die wie geflochtene Haare Nazlis Gesicht bedeckten, zur Seite zu wischen und noch einmal den Glanz ihrer Augen in ihrem lächelnden Gesicht zu sehen. Leise und voll bitterer Sehnsucht rief sie: »Nazli...«

Und bevor sie eine Antwort hörte, sah sie, daß eine zitternde Hand plötzlich ihre Herzklappen schloß!

Warum nicht?

Ulrike rieb mit den Fingern ihr Ohrläppchen, das mit einer glänzenden Perle bedeckt war, und sagte: »Ach, du ... lieber Gott, verstehst du nicht, was Schutz von Kulturgut bedeutet? Ist das kein Begriff für dich?«

Sie war es, die mir am ersten Tag meinen Arbeitsplatz zeigte. Ich sah nur ihren Rücken und zwei bewegliche gelb-blaue Farben: ihre Haare und Stiefel waren gelb, ihre Jacke und ihre Hose blau. Mit festen, harten Schritten ging sie von einem Zimmer ins andere, öffnete Türen, schloß sie wieder, drückte auf Lichtschalter, und bevor die Neonlampen anfingen zu flackern, schaltete sie sie wieder aus, hieb mit der Faust auf die Schreibmaschinen, nahm die Telefonhörer ab, drehte die Wählscheiben, und schließlich warf sie einige Zeitungsausgaben auf meinen Schreibtisch. Bevor es mir gelang, einen Blick auf ihr Gesicht zu werfen, drehte sie sich um und ging.

»Lies sie mal und schau, was du damit anfangen willst, verstehst du?«

Ich sagte: »Nein, das ist nicht das Problem, sondern...«

Sie hob ihre Hände hoch, als ob sie kapitulieren wollte; mit dem Stuhl drehte sie sich zu ihrem Schreibtisch und sagte: »O. K., in Ordnung. Das ist dein Problem ... Sag einfach, wenn du dagegen bist, ganz einfach ... verstehst du?«

Ich stand nur da und schaute sie an. Es war gar nicht so einfach. Der Brief, den meine Mutter mit den Wünschen auf bessere Zeiten mit zitternder Hand geschrieben hatte, lag noch immer auf meinem Tisch: »Gestern Nacht warf Saddam wieder Bomben auf uns!«

Die Blätter der Blumen, die Ulrike um sich herum gestellt hatte, wendeten sich von ihr ab und schauten zum Fenster hinaus. Auf ihrem Tisch standen eine schmutzige Kaffeetasse und ein Aschenbecher, der voll Asche und Zigarettenstummeln war, auf denen braune Tabakfarbe und gelbe Flecken zu sehen waren. Ich atmete sehr langsam. Etwas Schweres drückte auf meinen Brustkorb. Der Anteil der giftigen Gase und der radioaktiven Substanzen in der Luft war gestiegen. »Gol« hatte ich schon gesagt, sie solle zu Hause bleiben und die Fenster nicht öffnen.

Es war sehr spät geworden. Als ich die Tür hinter mir zuschlug und auf die Straße ging, grollte es am Himmel wie Donner. Den ganzen Weg rannte ich. Trotzdem verpaßte ich die Straßenbahn. Zwanzig Minuten lang wartete ich auf die nächste Bahn, ich gähnte, und dabei dachte ich an den Alptraum, der mich die ganze Nacht bedrückt hatte, und ich horchte auf das Gebrüll der Motoren, das Wummern der Luftabwehrgeschütze, die Explosionen der Bomben und das schreckliche Echo der einstürzenden Wohnhäuser. Ich lief weiter, um die U-Bahn rechtzeitig zu erreichen. In letzter Sekunde, bevor sich die automatischen Türen schlossen, warf ich mich keuchend und schwitzend hinein. Der Zug blieb fünf Minuten lang in den dunklen, rauchigen, kurvigen Tunnels stehen. So schnell ich auch lief, ich erreichte die S-Bahn nicht. Ich blieb stehen und schaute die dicken Rauchwolken an, die aus den Ruinen der verbrannten Wohnhäuser in die Luft stiegen. Das Geheul der Sirenen schmerzte in den Ohren. Um nicht auf die grünen, gleichförmigen Felder, die hinter den Zugfenstern vorbeitanzten, schauen zu müssen, schloß ich meine Augen. Es schien mir, daß die Luftabwehrgeschütze, anstatt die Bomber zu beschießen, auf den kranken, leidenden und blinden Mond feuerten, der am Himmelsgewölbe hing. Glücklicherweise hatte der Bus Verspätung, und ich erreichte ihn rechtzeitig. Den ganzen Weg döste ich, obwohl ich Angst hatte, die richtige Haltestelle zum Aussteigen zu verpassen. Im Traum sah ich den kranken Mond, der von dunklen Wolken verschluckt wurde. Die Maschinengewehre aber knatterten weiter. Als ich die Tür zur Redaktion öffnete, schien es mir so, als ob ich mich in diesem täglichen Hin und Her in ein Pendel verwandelte.

Ulrike dämpfte die Stimme aus dem Radio, das unter Papierkram verborgen war, und während sie ihren Kopf und ihre Schultern im schnellen Rhythmus der Musik bewegte, wandte sie sich an Ulrich und sagte: »Du bist im Irrtum. Gib zu, daß du dich irrst. Ich meine, daß ... Ich habe selbst in der Zeitung gelesen ... oder irgendwo gehört ... und dies kann nicht falsch sein ... also es kann nicht falsch sein ... weil es richtig ist ... ja ... so einfach, es ist richtig! Heute weiß es jeder ... also, sag doch nicht, daß ich Unsinn rede ... Ein Porsche ist sowohl schneller als auch sparsamer ... Auf jeden Fall, er ist viel besser als diese Scheißautos, die wir fahren ... sehr einfach ... Das ist doch klar, oder?«

Dann begann sie, den Artikel einer Zeitung, die auf ihrem Tisch lag, zu lesen: »Aids geht alle an!«

Ich schaute auf die Bücher, die hinter ihr in einem Regal standen. Ich kannte den Titel jedes Buches und seinen Platz. Ich konnte mit geschlossenen Augen jedes Buch finden. Niemals änderten sich ihre Plätze, außer die der Wörterbücher. Heute hatten das »Bedeutungswörterbuch« und »Rechtschreiben« mit dem »Etymologielexikon« und dem »Fremdwörterbuch« die Plätze getauscht. Ich dachte, ich sollte für »Gol« keine Schokolade mehr kaufen. Das Milchpulver, das zur Herstellung der Schokolade verwendet wurde, war mit radioaktiven Substanzen verseucht.

Ich blickte aus dem Fenster. Es regnete. Die Bauarbeiter, die von Fett, Schweiß und Regentropfen glänzten, zündeten Feuer an, um den Tag des Richtfestes des von ihnen errichteten Gebäudes zu feiern. Über dem blauen Rauch der Flammen hing der nasse Himmel glanzlos und matt wie eine Seemuschel.

Es langweilte mich, vor Ulrikes Tisch zu stehen. Ich atmete tief, hustete, trommelte mit dem hinteren Teil eines Bleistiftes gegen meine Zähne, räusperte mich, verschluckte mein Gähnen, und zuletzt schneuzte ich mich kräftig, ohne daß meine Nase verstopft gewesen wäre.

Ulrike sagte: »Ach ... du bist hier?«

Das Telefon klingelte, und während sie mit den Fingern ihr Ohrläppchen, das mit zwei goldenen Ringen geschmückt war, rieb, nahm sie den Hörer ab.

»Es ist mir scheißegal ... mir ist egal, daß sie krank ist ... laß sie sagen, was sie wollen ... das ist ja Scheiße ... Ich habe immer gesagt, mehr als tausend Mal gesagt ... dir selbst habe ich auch gesagt ... ihnen habe ich auch gesagt ... ich sage nochmal ... Ich habe nichts zu verlieren. Das ist klar, daß ich in Urlaub gehen will! Habe kein Geld mehr für die Mutter ... Ich sagte doch, mir ist es scheißegal. Wenn das Schwein denkt, daß ich lüge, ist es sein Problem...«

Nun hatte ich genügend Zeit, sie genau anzuschauen. Unter ihrer zarten mumienhaften Haut waren die dünnen blauen Adern zu sehen.

Ihre leuchtenden Augen blickten kühl, und ihre Lippen schimmerten bläulich unter der blassen Schminke. Ihre muskulösen, festen Kiefer mit einer Reihe großer und weißer, nach vorne gewachsener Zähne gaben ihr ein Pferdegesicht. Es schien mir, daß all ihre Lebenskraft in diesen steinernen Kiefern lag. Sie sprach mit den Kiefermuskeln, mit ihnen verspottete sie, wurde traurig, mit ihnen liebte sie, haßte sie, sie dachte sogar mit diesen Kiefern, und sie mahlte mit ihnen bei jedem Schlag auf die Schreibmaschinentastatur: »Tschernobyl am Rhein oder im Rhein?«

Sie legte den Hörer auf, ein weiteres Mal murmelte sie. »Scheiße, dreckiges Schwein...«. Dann sah sie mich an, und wie ein Huhn, das gackernd aus dem Käfig herauskommt, beruhigte sie sich. Ihre Augenbrauen verschwanden hinter den goldenen Haaren, die auf ihrer Stirn lagen.

»Ist was?«

»Es ist wegen der Reportage, die...«, sagte ich.

»Ach ja! Über das Kulturzentrum der Iraner...«, sagte sie.

»Aber das ist kein Kulturzentrum ... es ist mehr eine Gaststätte, die...«, sagte ich.

»Die was?«

»...die einige Gemälde an die Wand gehängt hat...«

»Und?«

»Das ist doch kein Thema für eine Reportage der Feuilletonseite...«

»Doch!«

»Das heißt...«

»Bist du dagegen? Ja? Wenn du dagegen bist, sag es ... Verstehst du? ... Ja? ... Dann bist du einfach gegen meinen Vorschlag!«

Ich spürte, daß sie wie eine selbstsichere zufriedene Spinne ihr Spinnengewebe verließ und dorthin ging, wo sie hingehen wollte.

»Sie gibt ihre sture Haltung nicht auf ... Also, sie verspottet mich ... Ich habe ihr doch gesagt ... Gestern hatte ich ihr schon gesagt, daß wir Bundesrepublik Deutschland schreiben und nicht BRD. Ich hatte gesagt, daß wir nicht BRD schreiben ... aber sie schreibt noch immer BRD, das ... heißt, sie schrieb BRD ... im Entwurf zu einer Kurzmeldung, die sie machte, hatte sie BRD geschrieben ... ich habe es selbst nicht gesehen ... aber ich weiß, daß sie BRD geschrieben hatte. Ich hatte ihr gesagt, daß wir ... wir Bundesrepublik Deutschland schreiben. Es kann sein, daß sie, als sie die Meldung mit der Maschine getippt hat, nicht mehr BRD geschrieben hat, aber gestern hatte sie geschrieben ... und ich hatte ihr schon gesagt, ... daß Bundesrepublik Deutschland. Sie macht das extra. Und nun diese neue Geschichte ... Kulturzentrum oder Gaststätte ... Gaststätte oder Kulturzentrum ... Immer widersetzt sie sich ... immer widersetzen ... ihre Sturheit ... kann ich nicht mehr aushalten. Ich hatte ihr schon gesagt ... gestern hatte ich auch gesagt, ... man kann ein Kulturzentrum haben und auch nebenbei eine Gaststätte, aber sie sagt, sie hat mir selbst gesagt, auch gestern sagte sie, daß der Typ zuerst eine Gaststätte führte und dann ein Kulturzentrum ... was ist der Unterschied? Ich weiß es nicht ... fragen Sie sie selbst ... Sie kann doch selbst sprechen, sie kann doch selbst sagen, ... Fragen Sie sie selbst ... Komm, sag du es selbst ... bitte schön...!«

Es waren zwölf Leute mit blauen Augen und glatten Haaren. Sie saßen am Konferenztisch und sprachen in ihrer Muttersprache über mich. Gut oder schlecht, es war nicht wichtig. Wichtig war, daß ich mit meinen schwarzen Haaren und braunen Augen in ihrer Sprache eine Antwort geben mußte. Aber in meiner Muttersprache fragte ich mich, warum ich nicht gegen das Thema der Reportage sein sollte. Als der Chefredakteur seine Knie an den Tisch lehnte und das Kinn mit den Händen festhielt und sagte, daß Ulrike als meine Vorgesetzte sich über mich beschwerte, wunderte es mich.

Meine Verwunderung wurde größer, als ich merkte, daß Ulrike, obwohl sie im Raum daneben saß, über alles, was mich betraf, informiert war. Sie wußte sogar vom Inhalt meiner handgeschriebenen Manuskripte, die ich nach dem Tippen in den Papierkorb warf. Ich schaute in ihr versteinertes Gesicht und in ihre kalten Augen, und es schien mir, als ob bei ihr und in ihr nur die langen Ohrringe, an deren Ende zwei goldene Schiffe mit geblähten Segeln in der Luft flatterten, lebten und sonst nichts.

»Ulrike, es geht nicht ums Widersetzen...«, sagte ich.

Mit einer Art Liebkosung senkte sie ihren Kopf und streichelte die Perle, die wie ein farbloses Tröpfchen an ihrem Ohr klebte. Sie drehte sich mit ihrem Stuhl zu Ulrich und sagte: »Schön, nicht wahr?«

Dann wandte sie sich zu mir: »Was ist denn sonst?«

»Ja ... weißt du ... Schutz von Kulturgut ist in sich vielleicht ein interessantes Thema ... aber ich ... es fällt mir dazu nichts ein...«, sagte ich und heftete meinen Blick an ihre Ohrläppchen, die ungewöhnlich klein und honigwachsgelb waren...

Mit einer bohrenden, höhnenden Stimme sagte sie: »Ach ... laß das ... Wieso fällt dir nichts ein? Schutz von Kulturgut ist sehr wichtig ... verstehst du? ... sehr wichtig ... das sind Denkmäler der menschlichen Kultur, sie sind Kultur der Menschheit ... diese pflegen die anderen zu schützen ... und die anderen schützen diese ... verstehst du? Im Krieg, während der ausländischen Invasion, während der Bombardierung ... Und diese kulturellen Denkmäler, also die Kultur der Menschheit ist bedeutsam ... Und ihr Schutz ist noch wichtiger. Weißt du, wieviel die Bundesrepublik Deutschland investiert, um diese Baumonumente, diese Denkmäler der menschlichen Zivilisation instandzuhalten? Und jene schützen diese ... Sowohl alte Gebäude und Kirchen als auch die Handschriften und Dokumente, also und ... und ... und ...«

Dann fiel ihr nichts mehr ein. Lustlos fügte sie hinzu: »Ja ... schreib über das, was ich dir eben sagte!«

Ich dachte daran, daß der Prozentsatz des Nitrats im Trinkwasser wieder gestiegen war. Es war besonders gefährlich für die Kinder. Ich mußte »Gol« sagen, sie sollte kein Wasser mehr trinken. Durst ist doch nicht schlimmer als der Tod! Meine Mutter hatte geschrieben, der Tod ist für uns kein Alptraum mehr, er ist mit unserem Leben vereint worden, wir haben uns schon an ihn gewöhnt, denn er ist überall, und wenn er auch selbst nicht erscheint, hört man von ihm. Viele versuchen, sich vor ihm zu verstecken. Jede Nacht packen sie und verlassen die Stadt. Sie wollen ihm nicht im Weg stehen. Doch die Flucht ist vergebens, denn der Tod ist überall, wenn auch in einer anderen Gestalt: Schlangengift, Skorpionstich und Stromdrähte ... Mir sind der Tod, seine Vorstellung oder sein Schatten eng vertraut. Wir gehen zusammen ins Bett und schlafen. Wir stehen morgens zusammen auf, um noch einen Tag sinnlos in die Nacht zu führen. Seit du fort bist, bin ich so einsam, daß ich nur dem Tod mein Herz ausschütte!

»Es ist wirklich lächerlich, daß man im Atomzeitalter vom Schutz des Kulturguts spricht«, sagte ich.

Ihre Augen blitzten. Sie hieb mit beiden Händen auf den Tisch und sagte: »Ach ... Dann bist du einfach gegen dieses Thema! Bist du gegen meinen Vorschlag? Wenn du dagegen bist, sag es schlicht und einfach. Sag doch, daß du nicht einverstanden bist...!«

Einmal hatte Ulrike aus Wut so heftig auf den Tisch geschlagen, daß Panik ausbrach. Alle Kollegen liefen zusammen, um festzustellen, was sich ereignet hatte. Da mein Zimmer neben Ulrikes lag, war ich als erste da. Ulrike saß mit dem Rücken zur Tür, den Blumen gegenüber, deren Blätter sich von ihr abwendeten und zum Fenster schauten. Sie war so zornig, daß sogar ihr einziger goldener Ohrring, der an ihrem rechten Ohr hing und an dessen Kettenende ein türkisblauer Erdball glänzte, zitterte. Sie rief mit einer tiefen, vibrierenden Stimme: »Warum ausgerechnet hier? In der Bundesrepublik Deutschland ... Scheiße! ... Warum nicht woanders? Gerade hier ... hier ... Wieso; wenn einer Bauchschmerzen hat, flüchtet er gerade hierher? Warum zu uns? Warum sucht man hier Asyl? Scheiße...«

Ulrich kratzte mit dem Zeigefinger an seiner Nase. Lustlos sagte er: »Quatsch! Beruhige dich!«

»Nein, es geht nicht um Widersetzung!« sagte ich, und dabei erinnerte ich mich an meinen Mann. Gestern hatte er wieder Fische gekauft, obwohl ich ihm mehr als hundert Mal gesagt hatte, er solle keinen Fisch kaufen. Wegen der Industrie und der chemischen Abfälle, die direkt in die Flüsse geschüttet wurden, waren die Fische verseucht, voller Würmer, und sie stanken nach Abfällen. Trotzdem kaufte er sie immer wieder.

Sein Argument war einfach aber auch dumm: »Es war ein Sonderangebot, billig, deshalb habe ich sie gekauft!«

»Gol« mußte ich sagen, sie sollte keinen Fisch mehr essen.

Ulrike war mit ihrer Geduld am Ende: »Schau mal, ich habe keine Zeit mehr ... Meine Geduld ist erschöpft ... Verstehst du? Entweder schreibst du über dieses Thema oder nicht...«

»Nein, ich schreibe nicht ... Ich kann es nicht...«

Mit einem hämischen Grinsen sagte sie: »Aber du hattest doch gesagt ... jedem gesagt, auch mir, daß du Journalistin bist, daß du zehn Jahre Erfahrung auf diesem Gebiet hast ... Nicht wahr?«

Ich hatte keine Lust, mich mit ihr auseinanderzusetzen. Ich schaute den Himmel an, der sich in ständigem Wechsel zusammenzog und wieder ausdehnte, und sah, wie sich große klebrige Insekten in der stickigen, feuchten Luft bewegten.

Meine Mutter hatte geschrieben, nachts den Himmel anzuschauen, sei für sie ein Zeitvertreib geworden. Ein Zeitvertreib, mit dem sie ihre Ängste, ihre Furcht vertreiben oder bewältigen könne, aber es ende immer in Unglück und Katastrophen. Deshalb habe sie sich entschieden, den Himmel nachts nicht mehr anzuschauen. Das blaue Pulverlicht, das nach jeder Explosion den Horizont erleuchte, versetze sie in Angst. Sie könne nicht mehr auf die gespenstisch leuchtenden Bäume aus Wolken und Staub schauen, die pfeifend innerhalb kurzer Zeit aus dem Boden heraussprängen und wie Giganten hochragten. Einmal, als sie ein bombardiertes Viertel besucht habe, sei sie so erschüttert gewesen, daß man sie ins Krankenhaus habe bringen müssen. Noch immer träume sie von jener Verwüstung, von Leichen, von den Trümmern aus Eisen und Ziegelsteinen, in denen Blut und Hirn und zerstückelte Gedärme verfaulten. Obwohl sie jeden Tag bade und ihren ganzen Körper mit Rosenwasser bespritze, könne sie den Gestank der verwesenden Leichen nicht vertreiben; den Geruch des verbrannten Fleisches, des Leders, des in den Flammen geschmolzenen Eisens, des stinkenden Schlamms.

Ulrike sagte zufrieden: »Dann werde ich die Angelegenheit zur Diskussion stellen ... Ich werde in der Konferenz sagen, daß du auf jeden Fall dagegen bist ... mit meinem Vorschlag nicht einverstanden bist!«

Und noch einmal drückte sie ihr rechtes Ohrläppchen, dann das linke.

Der Chefredakteur lehnte seine Knie an den Tisch und stützte den Kopf auf die rechte Hand. Er sagte: »Ulrike sagt, daß du schon wieder gemeutert hast. Das war das letzte Mal. Du darfst nicht immer widersprechen...«

Ich hörte nicht weiter zu, was er sagte, denn ich war dabei, in ihrer Sprache zu denken: »Warum nicht?«

Nachwort

»Es ist ein verzweifeltes Tun
die Verzweiflung herunterzumachen
denn die Verzweiflung macht unser Leben zu dem was es ist«
Erich Fried in »Lob der Verzweiflung«

Wenn ein Volk durch die Herrschenden in Angst, Ohnmacht und Schrecken gestürzt wird, ist die Verzweiflung am größten. Dann ist die Zeit reif für eine intellektuelle Auseinandersetzung, nicht zuletzt mit den *Frauen* des Iran, die in den Widerstand gingen, die sich auflehnten gegen den islamischen Despotismus, nicht zuletzt gegen die Unterdrückung der Frauen durch Väter oder Ehemänner; in einem Land, in dem Schriftsteller zum Tode verurteilt werden – selbst über die eigenen Landesgrenzen hinaus – und in dem eine Frau jederzeit verhaftet werden kann, wenn auch nur ihr Schleier verrutscht ist.

Nahezu unbemerkt von der bundesdeutschen Öffentlichkeit kamen mit den Flüchtlingen aus dem Iran in den vergangenen sechs Jahren viele Intellektuelle zu uns, geflohen mit den letzten ihnen zur Verfügung stehenden Mitteln vor der Schreckensherrschaft Khomeinis und seiner Nachfolger, oft unter Einsatz ihres Lebens.

Und hier finden sie sich plötzlich in einem luftleeren Raum wieder. Ärzte dürfen nicht praktizieren, Juristen nicht beraten und Lehrer nicht unterrichten. Da sind Künstler, Theaterregisseure, Maler und Literaten, die sich hierzulande auf der untersten Ebene wiederfinden, abgeschoben in die Do-it-yourself-Ecke der Szene-Plastikbecherseligkeit in Bürgerzentren und Schulen und fördern doch Überraschendes zutage. Schriftsteller haben es da besonders schwer; sie arbeiten vorwiegend mit der Sprache. Eine solche Autorin ist Fahimeh Farsaie.

Fahimeh Farsaie wurde 1952 als Tochter eines Kaufmanns in Teheran geboren und wuchs in der Geborgenheit ihres Elternhauses mit fünf Geschwistern auf.

1970 bestand sie ihr Abitur und begann zu schreiben. Im gleichen Jahr erhielt sie für ihre Erzählung »Die Hoffnung« den iranischen Fernsehpreis für junge Autoren.

1971 schrieb sie sich an der National-Universität Teheran für das Jurastudium und das Nebenfach Kunstgeschichte ein. Gleichzeitig veröffentlichte sie Beiträge in Anthologien und arbeitete während ihres Studiums als Kulturredakteurin bei der Wochenzeitschrift *Tamasch*. Heute sagt sie, daß es anfänglich wohl mehr die politische Dimension war, die sie zum Schreiben bewog. Es war eine Zeit, die Schriftstellern und Dichtern das Leben schwer machte. Da gab es im Iran den sogenannten Terroristenprozeß, und zwei der »Terroristen«, nämlich der im Iran berühmte Dichter Golossokhi und sein Kollege Danoshian, wurden hingerichtet. Das Fernsehen berichtete darüber. Die Hinrichtungen waren für Fahimeh Farsaie Anlaß genug, kritisch darüber zu schreiben. Aber wie sagt doch Peter Schütt in seinem Gedicht »Feueralarm« so treffend?

»Nicht die Brandstifter werden gejagt, sondern:
die zuerst gerufen haben: es brennt!«

Die Berichterstattung trug Fahimeh Farsaie die plötzliche Verhaftung durch den Geheimdienst SAVAK ein; die gerade erst Zwanzigjährige wurde mit brachialer Gewalt in das berüchtigte Ewin-Gefängnis in Teheran gebracht und tagelang verhört. Denn Intellektuelle, die nach Freiheit und Demokratie riefen, waren für den Schah ein rotes Tuch.

Fahimeh Farsaie hatte kein Recht auf eine freie Anwaltswahl, doch wie bei all jenen Schauprozessen wurde auch ihr ein Pflichtverteidiger zugeteilt. Die Anklage lautete auf »Aktivitäten gegen das Schah-Regime«.

Der um die eigene Existenz besorgte Anwalt ging im Prozeß darauf jedoch nicht inhaltlich ein, sondern leistete eine Art Fürbitte: »Sie ist doch noch ein Kind. Vergeben Sie ihr, und solche Aktivitäten werden nicht wieder vorkommen!«

Achtzehn Monate mußte Fahimeh Farsaie anschließend im Gassrs-Gefängnis zubringen. Wenn sie an diese Zeit denkt, hat sie fast keine Sprache mehr, denn über die Demütigungen, die ihr als Frau widerfuhren, kann und mag sie nicht reden. Aber einiges, was sie oder ihre Leidensgenossinnen in den Gefängnissen erlebt haben, wird deutlich in ihrer Erzählung »Sieben Bilder«.

Da zeigt Fahimeh Farsaie ihre eigene literarische Handschrift, in den gefesselten Blicken des Schreckens, den Alpträumen, den irreparablen Schäden, die die Frauen in verschiedenen Situationen erleiden: in der Ehekrise, bei der Verhaftung, dem Verhör, der Folterung. Da verwebt sie das eigene Schicksal mit dem anderer Frauen in kompositorisch vollkommener Form. Das ist Wagemut literarischer Kunst, der die Konfrontation nicht fürchtet: die ganze Barbarei eines Regimes wird an scheinbar Privatem aufgedeckt. Und noch etwas fällt an Fahimeh Farsaies Erzählungen auf: die poetische Sicherheit, mit der sie uns Bilder vor Augen führen kann, ja, sie fast »malt«, in einer völlig anderen Sehweise, in einer neuen literarischen Dimension.

Nach ihrer Entlassung aus dem Gefängnis 1973 durfte Fahimeh Farsaie ihr Jurastudium fortsetzen und 1976 mit einer Prüfung abschließen. Seit Khomeinis Machtübernahme ist dies nicht mehr möglich. Bis heute darf im Iran keine Frau Richterin oder Anwältin werden. Allerdings: Fahimeh Farsaie durfte nicht mehr unter ihrem Namen publizieren, eine Auflage der SAVAK. So wählte sie das Pseudonym *Behjat Omid*, zu Deutsch »Freude Hoffnung«, und arbeitete bis 1982 als Kulturredakteurin für die iranische Tageszeitung *Kayan*, die sie 1978 für ein Jahr als Korrespondentin nach London schickte, um u. a. über die Cézanne-Ausstellung zu berichten. In dieser Zeit kamen ihr auch ihre Rundfunkerfahrungen zugute, die sie schon bei Radio Teheran gesammelt hatte; die BBC erbat ihre kunstkritischen Beiträge.

1979 kehrte sie nach Teheran zurück.

Wie so viele hatte auch Fahimeh Farsaie einer politischen Änderung in ihrem Heimatland entgegengefiebert. Unter Kho-

meini wähnte man sich zunächst in Freiheit. Doch die Hoffnung
trog, denn langsam – Stück für Stück – wurde die Freiheit von der
islamischen Regierung wieder zurückgenommen, und nach dem
Umsturz 1979 sollte alles nur noch schlimmer werden. Der iranische Schriftsteller- und Künstlerverband SHORA, dessen Mitglied
Fahimeh Farsaie war, wurde verboten und verfolgt. Die Autorin
wurde von der Tageszeitung *Kayhan* »aufgrund ihrer engagierten
Literatur und ihrer politischen Aktivitäten« entlassen. Die Freunde
im Schriftstellerverband ereilte ein noch schlimmeres Schicksal.
Vorstand, Sprecher und Mitglieder wurden festgenommen. Der
Vorsitzende, der Schriftsteller Behazin, wurde 1982 verhaftet und
ist bis heute noch nicht frei; eine Journalistin und ein Dichter
wurden 1983 von der Khomeini-Polizei zu Tode gefoltert.

An einem dieser Tage klopfte die Polizei, die islamischen
Revolutionswächter *Pasdaran*, auch an Fahimeh Farsaies Tür. Sie
war nicht zu Hause, wurde gewarnt und ging mit ihrer Familie fünf
Monate in den Untergrund. 1983 floh sie über Pakistan nach
Westberlin, und es dauerte fast zwei Jahre, bis sie bei uns als
Asylberechtigte anerkannt war.

Flüchtende hinterlassen Schmerzen, nicht nur bei den in Gefahr
zurückgelassenen Familienangehörigen, sondern oft mehr noch
bei sich selbst. So baut sich in der Erzählung »Die gläserne Heimat«
die Protagonistin Azar ihre Schatten: da sind die Fotos der Mutter,
der Großmutter und des Kindes Nazli. Mit ihnen spricht Azar, wie
auch mit dem erfundenen deutschen Freund Klaus, ein erschrek-
kendes Beispiel des Kampfes zwischen Anpassung und Isolation. In
dieser Erzählung – wie auch in »So ist das Leben« – sind die
vielfältigen Erfahrungen eine Asylbewerberin mit Intensität und
starker Ausdruckskraft geschildert; differenzierte Aussagen, die
auch für uns eine Herausforderung zu einer Auseinandersetzung
mit uns selbst sind.

Die Bedrohungen, denen Asylbewerberinnen hier ausgesetzt
sind, die psychischen Barrieren, die die Kommunikation stören, hat
die Autorin gut herausgearbeitet.

In »Die gläserne Heimat« wird Azar mit folgendem Satz im
Ausländeramt belehrt: »Sie wissen doch, daß Ihnen keine Gefahr

mehr droht, wenn Sie Ihre Reue bekunden? Das steht im Koran geschrieben...«

Hier fallen die Flüchtlinge im übertragenen Sinn in die Kälte, fühlen sich selbstentfremdet mitten unter die »gutgenährten Automatenmenschen« versetzt, die offensichtlich anstelle eines Herzens ein Stück Plastik tragen und die *Dinge* an die Stelle der *Menschen* rücken. Indem man in der Nazizeit andere Rassen zu »Untermenschen« oder »Volksschädlingen« erklärte, die mit allen negativen Eigenschaften behaftet seien, konnte man sich von ihnen distanzieren, sie zu Freiwild erklären. Und indem man heute Flüchtlinge zu statistischen Zahlen und zu »Wirtschaftsasylanten« herabwürdigt, verdinglicht man sie und kann sie als »unerwünscht« ablehnen, ohne Schuldgefühle haben zu müssen.

In ihren Erzählungen setzt Fahimeh Farsaie die Erinnerung an die Heimat in eine Beziehung zur Gegenwart, oft auf mehreren Ebenen, und berührt so mit ihren Themen die private, die gesellschaftliche und die politische Situation der Frau. So entsteht ein bitter-zärtliches Bild von hoher Sensibilität und Poesie über ein Leben, das ausweglos scheint, in dem mehrmals alles zerbricht.

In »Die gläserne Heimat« erfährt Azar die Gleichgültigkeit der Deutschen gegenüber ihrem schweren Schicksal. Als sie ein Telefongespräch nach Teheran anmeldet, fragt sie verzweifelt: »Warum hören Sie mir nicht zu? Es geht um Leben und Tod ... um Leben oder Tod eines Kindes!« Und die deutsche Telefonistin antwortet: »Vorschrift ist Vorschrift.«

Klaus, der von Azar erdachte Freund in der gleichen Erzählung, steht für viele. Er stemmt Biergläser, redet von einem neuen Wagen oder schreit: »Noch ein Tor«, redet in Platitüden wie jene Besucher, die nur ihr Geschäft im Sinn haben, wenn sie an Azars Tür klingeln: der Zeitschriftenverkäufer, der Versicherungsvertreter, der Weinhändler...

Azars Stimme findet erst dann ihren eigenen Klang, wenn sie vom Widerstand spricht.

Eine Autorin sieht rot, im wahrsten Sinne des Wortes. In Fahimeh Farsaies Texten ist diese Farbe in all ihren Schattierungen vorherrschend. Rot sind der Schein des Feuers, das Licht, die

Augen, die Wolken, ja sogar die Schneenacht. Die Tiefe der Erzählungen und die Dichte der Texte, in denen alle Sinne angesprochen werden: Gefühle, das Wahrnehmen von Gerüchen, Düften, Klängen und Farben ergeben eine meisterliche Umsetzung auch alltäglicher Dinge in eine poetische Sprache. Man liest, hält ein, liest noch einmal...

Politische Verfolgung gleich zweier Regierungen ihres Heimatlandes hat die Autorin überaus ernst werden lassen, doch auch sehr selbstbewußt. Fahimeh Farsaie, als Autorin auch Stipendiatin der Heinrich-Böll-Stiftung, verweist mit konsequentem politischem Engagement auf die Bedeutung des Ungehorsams gegenüber irrationalen Autoritäten. Ihrem eigenen Weg in die Bundesrepublik Deutschland gingen voraus: Verfolgung unter dem Schah und unter Khomeini, Verhaftungen, Verhöre, Haft und Folter, Schreibverbot, Untergrund, Flucht, Desillusionierung – das ganze »normale« Schicksal einer Exil-Autorin. Eine, die sich nicht vereinnahmen läßt, deren Verstand frei bleibt von allem erlittenen Unbill und die sich vor dem Denken nicht fürchtet. Derzeit arbeitet sie an einem Roman über das Leben des im Iran 1988 hingerichteten Arztes Ahmad Danesh.

Fahimeh Farsaie begreift Schreiben als ein Stück Freiheit, egal ob in London, in Teheran oder in Köln. Nach allem für sie vielleicht die einzige Möglichkeit, eine Hoffnung, zu überleben.

Rosemarie Inge Prüfer

Editorische Hinweise

Seite 8 – *Provisorische Regierung:* Gemeint ist die erste Regierung nach dem Sturz des Schah-Regimes im Februar 1979. / *...dieses Kraftmeiers:* Es handelt sich um den späteren iranischen Außenminister Ghotbsadeh, der zwei Jahre nach der Revolution wegen »staatsfeindlicher Aktivitäten« verhaftet und bald darauf hingerichtet wurde / *Toman:* iranische Währungseinheit.

Seite 9 – Das Bild *Die Kartoffelesser:* von Vincent van Gogh.

Seite 11 – Das Bild *Der Kreis der Gefangenen:* von Vincent van Gogh.

Seite 12 – *Der Herr Doktor:* »Doktor« oder »Doktor Hosseynsadeh« waren die Decknamen eines berüchtigten Beamten des Staatlichen Sicherheitsorgans SAVAK.

Seite 13 – Das Bild *Der 3. Mai 1808:* von Francisco Goya. / *Toutschal:* Berg nördlich von Teheran.

Seite 15 – Das Bild *Der Sommer:* von Iwan Lakewitsch.

Seite 16 – Das Bild *Der Herbst:* von Iwan Lakewitsch / *Hosseyn sagte, daß er an die Front müsse:* Die Erzählung spielt während des Krieges zwischen Iran und Irak, vermutlich im Jahr 1981. / *Hilfswerk für die Unterdrückten:* nach der Revolution von 1979 gegründete Organisation, deren erklärter Zweck es ist, den Besitzlosen materielle Hilfe zukommen zu lassen.

Seite 17 – Das Bild *Der Winter:* von Iwan Lakewitsch.

Seite 18 – Das Bild *Frühling:* von Iwan Lakewitsch.

Seite 24 – *Pasdar:* Mitglied der Polizei Khomeinis.

Seite 90 – *Hammam:* orientalisches Badehaus.

Seite 91 – *Peykan:* Automarke in Iran.

Bruna Alban...

Die
unvergeßliche
Dinge

Erzählung

Vor über zwanzig Jahren »vorübergehend« in die
Bundesrepublik gekommen, hat sich die aus Jugoslawien
stammende Autorin seit mehr als einem Jahrzehnt
schreibend mit dieser Erfahrung auseinandergesetzt. Das
ist zunächst eine Erfahrung des Verlusts. Verlust der
Heimat, Verlust der Identität. Verlust der Zukunft?

In einem mühsamen Prozeß des Erinnerns von
Gerüchen, Wahrnehmungen, Bildern, Stimmungen und
schließlich von konkreten Dingen, Erlebnissen und
Personen gewinnt sie in und über die zunächst fremde –
deutsche – Sprache neue Identität und Zukunft.

Bruna Albaneze
DIE UNVERGESSLICHEN DINGE
Erzählung · 146 S. · ISBN 3-7638-0517-6 · DM 26.–

DIPA–VERLAG·NASSAUER STR. 1-3·6000 FRANKFURT 50

DIETER PFLANZ
vierzehn
Roman

DIPA

DIETER PFLANZ
vierzehn
Roman
100 Seiten
ISBN 3-7638-0512-5
DM 19.80

DIPA–VERLAG
Nassauer Straße 1–3
6000 Frankfurt 50

Vierzehn Jahre alt ist Achim, ein Junge von nicht besonderer Art, unmittelbar nach dem Ende des Krieges. Er angelt und schwimmt, er hat Freunde, er denkt sich Streiche aus, er ist feige und mutig, denkt Banales und Großes wie jeder Junge seines Alters.

In diesen scheinbar unwichtigen Alltagsszenen aus dem Leben eines Jugendlichen zeichnet der Autor ein Panorama der Kriegs- und Nachkriegsereignisse.

Achim ist Repräsentant einer ungesicherten Jugend, die nach Maßstäben sucht, Krieg und Heuchelei zu bannen, plötzlich erwachsen sein soll, ohne es je gelernt zu haben – schon gar nicht von den in die Nazi-Vergangenheit verstrickten Eltern.

Das Buch wurde 1972 zum ersten Mal veröffentlicht und ins Dänische übersetzt.

›Ein ernstes Buch, das selbt Erwachsene mit Gewinn lesen können, da es mit pyschologischem Feingefühl und Ehrlichkeit geschrieben ist.‹ *(Bonner General-Anzeiger)*

›Ein Buch, das Widerhaken zum Nachdenken hat.‹ *(Süddeutsche Zeitung)*

KHALID AL-MAALY
*Gedanken über das
Lauwarme*
Prosa

D I P A

KHALID AL-MAALY
*Gedanken über das
Lauwarme*
Prosa
150 Seiten
ISBN 3-7638-0513-3
DM 24.-

DIPA–VERLAG
Nassauer Straße 1–3
6000 Frankfurt 50

Noch allzuoft wird von in der Bundesrepublik lebenden Ausländern geschriebene Literatur mit dem Etikett »Gastarbeiterliteratur« abgestempelt, nicht ernst genommen oder zumindest als von nur dokumentarischem Wert eingestuft. Dabei umspannt diese Literatur die gesamte Bandbreite schriftstellerischen Schaffens.

Dies gilt um so mehr für die jüngere Generation von ausländischen Schriftstellern, die in der Bundesrepublik im Exil leben und diese Situation der »doppelten Fremdheit« (Al-Maaly) literarisch verarbeiten.

Die Erzählungen dieses Bandes basieren auf einer solchen außergewöhnlichen Erfahrung extremen Fremdseins, dem jahrelangen Aufenthalt im Asylantenheim: eine Zeit des Wartens auf etwas, das nie kommen wird. Zeit des Lauwarmen, mörderischer als das Heiße und das Kalte.

»Alle meine Versuche zu leben sind Versuche, meine Sprache aus der Gefangenschaft zu entlassen, sind Versuche, meinen Worten Bedeutung zu geben, um mich von Wörterbüchern zu befreien.« *(Khalid Al-Maaly)*

ANTON SÖLLNER
*Doch es wird
Herbst*
Gedichte

DIPA

ANTON SÖLLNER
*Doch es wird
Herbst*
Gedichte
96 Seiten
ISBN 3-7638-0518-4
DM 15.–

DIPA-VERLAG
Nassauer Straße 1–3
6000 Frankfurt 50

In diesen Gedichten, die formal weitgehend in der klassischen Tradition stehen, gelingt es dem Autor, die allgemein-menschliche und die besondere Erfahrung aus dem rumänischen Banat literarisch zu verarbeiten.

Strenge Formen wie Sonett, Stanze, Terzine, Ghasel, Distichon, freie Rhythmen aber auch volkstümliche Weisen vermitteln eine Vielzahl von dichterischen Farben, Stimmungen und Einstellungen.

Diese Gedichte aus vier Jahrzehnten haben zum Hintergrund die Erfahrungen der Nachkriegsentwicklung in Rumänien, spiegeln vielfache Ernüchterung, Enttäuschung, Infragestellung und fortwährende Suche nach dem Sinn des Seins.

Heimat ist nicht immer leicht zu finden, heißt es sinngemäß in einem der Gedichte. Die Suche nach ihr – und das heißt die immer neue Suche nach Sinn und Identität – ist das große Thema dieses Buches, geschrieben von einem Autor, der aus der Literatur zwar nicht seinen Beruf, immer aber eine Identitätsrettung machen konnte.

EDO LEITNER
Galgenlieder
Reimereien

D I P A

EDO LEITNER
Galgenlieder
Reimereien
70 Seiten
ISBN 3-7638-0515-X
DM 14.–

DIPA-VERLAG
Nassauer Straße 1-3
6000 Frankfurt 50

Schreiben nach Auschwitz? Angesichts der Flut von Gedenkveranstaltungen und -veröffentlichungen in diesen Monaten ist die Frage wieder in der literarischen Diskussion. Schreiben *im* Lager – daß selbst dies möglich und geradezu überlebensnotwendig für den Autor war, davon legen die »Reimereien« des Häftlings Nr. 210 im KZ Buchenwald Zeugnis ab. Entstanden 1944 unter der Drohung des Galgens, enthalten diese Verse anscheinend kein politisches, kein antifaschistisches Wort. Dennoch sind sie Ausdruck des Widerstandswillens eines Menschen, der sein Menschsein gegen die Nazi-Barbarei verteidigt.

Jahrzehntelang lagen diese Verse in der Schublade, erst bei einem Treffen zum 40. Jahrestag der Befreiung aus dem KZ Buchenwald wurden sie bekannt.

Wortspielereien in der Tradition Christian Morgensterns – aber unter welch unvergleichbaren Umständen geschrieben!

»Ich wollte mich nicht von meiner Angst fertigmachen lassen, und so habe ich mir die Aufgabe gestellt: jeden Tag ein Gedicht.« *(Edo Leitner)*

Ein Kreuz Mit Der Literatur

Wenn eine schöne Zeitschrift auf den Markt käme, das Titelblatt tiefsinnig-plakativ, der Inhalt dergestalt, daß neben kühner Prosa herzerschütternde dunkle oder blonde Lyrik stünde, daß ein hinreißend polemischer Leitartikel zu gut zu den informativen Nachrichten, den vom Geist der Aufklärung durchwehten Kommentaren und den launig eleganten Glossen paßte, daß staunenswerte Talentproben junger Autoren die funkelnde Brillianz tiefschürfender Essays auf das Trefflichste ergänzten – vielleicht eilten die Leser von Flensburg bis Garmisch-Partenkirchen in die Buchhandlungen und riefen das: »Her damit!« gegen das Schweigen der immermüden Buchhändler.

Lyriker aus dem Vogelsberg, der seine Texte ungedruckt zurückerhielt, unverschämt! rief der Abonnent aus, die dritte Mahnung in Händen, dabei hatte er längst bezahlt (aber das war voriges Jahr), immer heißen diese Blättchen Boten, lächelt der erfahrene Kritiker, und nach drei Nummern gehen sie ein wie Primeln in trockener Erde, die Redaktion streitet heftig über die Ursachen, die Setzer und Drucker mahnen die unbezahlten Rechnungen an, – da dies so ist, legt der Verleger in seinem dunklen Kontor das Gesicht auf den Schreibtisch, und sein grüner Papagei, der früher fröhlich krächzte: Auflage 5 000! schweigt wie in einen schweren Traum versunken.

Da es aber nicht so ist; verschämt liegt das Heft ganz unten im Zeitschriftenregal oder nahe bei der Tür, wo es dennoch nicht geklaut wird, ein Kreuz mit diesen Zeitschriften, sagte die Sortimenterin beim Auspacken, ja daran liegt's! murmelte verbittert der

Der Literatur Bote · Einzelheft 6,– DM · Jahresabonnement (4 Hefte pro Jahr) 20,– DM zzgl. Porto · Erscheint im dipa Verlag, Nassauer Str. 1-3, 6000 Frankfurt am Main 50 · Redaktionsanschrift: Hessisches Literaturbüro, Waldschmidtstr. 4, 6000 Frankfurt am Main 1

Der Literatur Bote